그 여자의 방

이을순 장편소설

국학자료원

그 여자의 방

이을순 장편소설

작가의 말

비가 내립니다. 마음의 빗물은 자꾸만 가슴속으로 깊이깊이 스며들고 있습니다. 문득 초등학교 시절이 떠오릅니다. 학교수업을 마치고 집으로 돌아갈 때면 습관처럼 흥얼흥얼 콧노래를 부르며 하늘을 올려다보며 걷고 또 걸었던 그 시절. 돌부리에 걸려 넘어져 무릎이 깨지기도 했고, 맞은편에서 달려오는 자전거와 부딪쳐 다리를 다치기도 했습니다. 그런데도 하늘을 바라보는 나의 습관은 좀처럼 고쳐지지가 않았습니다.

그렇습니다. 하늘에 둥둥 떠다니는 흰 구름의 조각들이 그토록 신비하게만 느껴졌던 겁니다. 갖가지 형태의 모양들이 변화무쌍하게 움직이면서 또 다른 모양을 만들어낼 때 머릿속에선 수많은 상상의 꽃들이 활짝 피어나곤 했으니까요.

지금 생각해보면 내가 이렇게 소설을 쓰게 될 줄은 정말 몰랐습니다. 사실 학창시절에 문학소녀도 아니었고 그렇다고 책을 즐겨 읽지도 않았습니다.

결혼하기 전까지 부모님의 가난한 살림살이를 지켜보면서 내겐 가슴 밑바닥에서 꿈틀거리는 뜨거운 감성보다는 현실적인 삶의 문제가 더 우선이라고 여기며 살아왔으니까요.

그런데 내 나이 서른 중반에 접어들 무렵 가슴에서는 뭔가 뜨거운 게 물컹물컹 목구멍으로 솟구쳐 올라왔고 그때 별안간 글이 쓰고 싶어졌습니다. 그래서 무작정 문방구로 달려가 두꺼운 대학노트 한 권을 사들곤 방안에 틀어박힌 채 주저리주저리 잡다한 글들을 써내려가기 시작했습니다. 그게 내가 뒤늦게 문학을 하게 된 동기유발이었는지도 모릅니다. 겁도 없이 무식한 용기 하나 달랑 들고 소설이라는 깊은 강물에 풍덩 빠져버렸으니 말입니다. 그러곤 그토록 오랜 세월을 거칠게 소용돌이치는 강물 한가운데서 마냥 허우적거리며 헛손질만 해댔습니다.

아주 오래전 함께 여행을 하던 지인께서 자신의 사랑이야기를 들려준 적이 있습니다. 순간 내 눈은 햇살처럼 반짝였고 귀는 쫑긋했습니다. 그 얘기는 세월이 많이 흘렀음에도 불구하고 뇌리에서 영 지워지지가 않았습니다. 나는 마침내 그때의 기억을 더듬으며 호흡이 긴 소설을 쓰기 시작했습니다. 하지만 허망하게도 중도에서 포기하고 말았습니다. 나의 창작곳간이 금세 텅 비어버린 탓에 더는 스토리를 끌고 갈 수 없었던 겁니다. 그렇게 미완성 원고는 오랜 시간 컴퓨터에 저장이 된 채 깊은 잠을 자고 있었습니다.

그러다가 어느 날 다시 그 원고를 꺼내 샅샅이 들춰봤습니다. 물론 겁도 났고 두렵기도 했습니다. 아니 솔직히 말하자면 자신이 없었습니다. 그런데 그날 밤 참으로 기이한 꿈을 꾸었습니다. 저 높은 허공에 외줄이 하나 길게 늘어져 있었고 그 출발점에서 내가 마치 곡예사처럼 위태롭게 그 줄을 타려고 서 있었습니다. 하지만 두려움에 벌벌 떨고 있는 나는 도무지 줄을 탈 수 없었습니다. 첫발을 떼어놓는 순간 까마득히 내려다보이는 지상으로 뚝 떨어져 내 몸뚱이가 유리파편처럼 박살 날 것만 같았기 때문입니다. 그때 갑자기 아주 커다란 팔뚝을 가진 함지박 같은 손 하나가 허공을 가르며 나타나더니 내 왼팔을 꽉 붙잡았습니다. 그러곤 빠른 동작으로 저기 끝에 있는 줄까지 날 끌고 데리고 갔다가 다시 처음 서 있던 곳으로 데리고 와줬습니다. 너무도 생생한 꿈이었습니다. 그 덕분이었을까요. 그동안 내 안에 도사리고 있던 두려움이 차차 사라지면서 이번에는 소설을 마무리 지을 수 있을 것만 같은 막연한 용기가 솟구쳤습니다.

정말 부끄럽습니다. 아직은 의식의 우물이 깊지가 못한 탓에 선뜻 소설을 내놓기가 망설여졌습니다. 하지만 용기를 냈습니다. 그리고 부족함이 많은 내 자신에게 질책하기보다는 따뜻한 위로의 말 한마디를 건네주고 싶었습니다.

정말 수고했다고. 또한 소설을 쓰는 동안 함께 동행해준 소설 속의 인물들과 비록 꿈속일지라도 그때 위기에 처해 있던 날 구해준 그 커다란 손에게도 정말 감사했다는 말을 전하고 싶었습니다.

오늘도 차를 몰고 사라봉으로 달려가렵니다. 그곳에 가면 제주 앞바다와 한라산을 한눈에 볼 수가 있어 나는 유독 그곳을 좋아합니다. 별도봉에 올라 두 손을 마주하고 미지의 세계로 흘러가는 흰 구름을 바라보며 삶을 위한 감사의 기도를 올리는 것 또한 내 일상에 커다란 즐거움이기도 합니다.

지금 이 순간 고마운 분들의 얼굴이 떠오릅니다. 내 마음의 스승이신 소설가 박상우선생님, 멀리 이천 '문사원'에서 늘 관심을 갖고 지켜봐 주시는 채수영교수님과 오명근선생님, 조언을 아끼지 않았던 정찬일작가님, 그리고 가족들에게 깊은 감사를 드립니다.

2016년 9월 애월 소정원에서

이을순

목 차

　대학수능시험이 다가오면 절집은 항상 분주했다. 합격을 기원하는 불공을 드리러 오는 신도들이 곳곳에서 모여들기 때문이다. 희수 또한 그런 절집 공양간에서 눈코 뜰 새 없이 바쁜 나날을 보내고 있었다. 신도들을 위해 밥을 짓고 설거지를 하고 또 법당을 청소하는 일들을 당연히 자신이 감당해야 할 몫이라고 여기며 살아왔다. 그동안 절집에서 요양을 하면서 부처님의 가피로 병도 고치고 몸도 건강해졌으니 그녀는 이제 더는 바랄 게 없었다. 그래서 절의 신도로 다니다가 오년 전부터 공양주 보살로 이곳 절집에서 지내게 되었다. 그게 곧 참선이고 기도라고 희수는 생각했다. 그런데 뜻밖에도 민기가 아내와 함께 절집을 찾아왔다. 그들은 종무실에서 스님을 만나 대학수능시험을 앞둔 딸의 불공 문제를 상의하고 있을 때 잠깐 그곳에 들른 희수는 단박 그를 알아보곤 자신의 눈을 의심했다. 그도 느낌이 이상했는지 고개를 돌려 희수를 바라봤다. 순식간에 두 눈빛이 마주쳤다. 두 사람은 잠시 뭔가에 홀린 사람처럼 서로 멍한 표정으로 서로를 바라볼 뿐 그 어떠한 말도 꺼낼 수 없었다. 이십여 년만이었다. 그때 그의 아내가 얼굴을 찡그리며 그의 팔을 잡아끌면서 빨리 법당으로 가자고 재촉했다. 그제야 그는 난감한 표정을 지으며 아내를 따라 법당으로 향했다. 희수는 한참 동안 그 낯선 여자의 뒷모습을 말끄러미 바라보았다. 냉기가 도는 산사의 바람이 사정없이 살갗으로 깊이 파고들었다. 다음날 그가 황급히 공양간을 찾았을 때 희수는 더는 피할 곳이 없었다. 그때 그는 묻지도 않은 말을 먼저 꺼냈다. 자신은 결국 어머니가 주선한 여자와 맞선을 보고 몇 달 후 서둘러 결혼을 했다고. 희수는 자신의 몸을 쑥 빠져나온 지난 세월이 새 떼가 되어 허공으로 아주 멀리 훨훨 날아가는 게 보였다. 공양간에서 나온 두 사람은 법당 후원에 있는 탑을 향해 천천히 걸어갔다. 하늘이 잔뜩 흐려 있었고, 산새들이 어디선가 구슬프게 울어댔다. 두 사람은 돌계단을 한 계단 한 계단 밟으며 탑을 향해 조심스럽게 올라갔다.

1장 오래된 저녁 속으로 철새는 날아오르고

어둠 속에서 빗줄기가 거세게 쏟아지고 있다. 희수는 오디오에서 흘러나오는 '철새는 날아가고(el condor pasa)'의 선율을 들으며 침대에 누워 몸을 뒤척인다. 며칠째 잠을 제대로 이루지 못해서인지 두 눈이 퀭하게 보인다. 희수는 붉게 충혈된 눈으로 잠시 천정을 응시하다가 천천히 몸을 일으킨다. 조금 전까지만 해도 요란법석을 떨던 아이들의 소리가 더는 들려오지 않아서다.

희수가 작은 방에 들어서자 아이들은 어느새 이층침대에서 제풀에 곯아떨어져 쌔근거리며 잠들어 있다. 아이들을 멍한 눈길로 바라보다가 그녀는 문득 죄책감에 사로잡힌다. 집에 있으면서도 제대로 아이들을 돌보지도 잘 챙기지도 않았고 전혀 그럴 마음조차도 없었다는 걸 희수는 뒤늦게 깨달았다. 남편이 출장을 떠난 후로 그녀의 마음은 아파트 베란다 한쪽 구석에 처박아 놓은 화초처럼 시들어 갔다. 그녀는 이래저래 마음의 갈피를 잡지 못한 채 고민에 빠져 있었다. 결여. 그랬다. 이 공간에는 뭔가 부족한 게 많이 있었다. 그래서 마음이 늘 허탈했고 외로웠으면서도 여태껏 그 원인조차 제대로 파악할 수 없었다. 하지만 이제야 어슴푸레 자신에게 찾아온 상실감의 원인을 알 수 있을 것 같았다. 그녀는 자신의 존재가 마치 저 빗속에 홀로 버려진 신짝처럼 비참한 기분마저 들기 시작한다. 비단 이민을 가자는 남편의 말 때문만은 아니다.

잡다한 생각들이 머릿속으로 밀려들자 그녀는 여느 때와는 달리 잠을 자고 있는 아이들이 안쓰럽게만 느껴진다. 언제 한번 아이들에게 따뜻한 마음으로 대해준 적이 있었던가. 어쩌다가 아이들이 화를 내고 투정을 부리면 오히려 아이들을 앉혀 놓고 마치 학교 선생님이 중요한 숙제를 안 해 온 학생을 다루듯이 차분하지 못한 성격의 세세한 부분까지 짚어가며 구박하고 잔소리를 해대지 않았던가 말이다. 그럴 때면 아이들은 아닌 밤중에 웬 홍두깨냐는 듯 엄마의 얼굴을 힐끗 쳐다보고는 휑하니 놀이터로 나가버리곤 했다. 돌이켜 생각해보면 그건 아이들의 잘못이 아니라 바로 자신의 잘못이 더 컸다. 불현듯 그런 생각들이 희수 자신을 괴롭게 만든다. 그녀는 지난 행동에 대해 스스로 부끄럽게 느끼며 주먹으로 가슴팍을 퍽퍽 두들겨댄다. 그러고는 매우 침울한 표정으로 아이들 방에서 빠져나온다.

언제나 그랬듯이 거실 바닥에는 장난감과 퍼즐 조각들이 여기저기 널려 있다. 매일처럼 반복되는 일상이지만 오늘따라 그런 일상이 더욱 짜증나게 만든다. 그녀는 얼굴을 잔뜩 찌푸린 채 마지못한 듯 몸을 쭈그리고 앉아 굼뜬 동작으로 장난감과 흩어진 퍼즐 조각들을 한곳으로 그러모은 후 그것들을 신경질적으로 둥근 플라스틱 통 속으로 집어넣는다. 물론 집안일도 짜증이 났지만 무엇보다 오늘 전화를 하겠다던 남편은 어찌된 영문인지 여태 감감무소식이다. 아이들은 아빠의 전화를 애타게 기다리다가 그만 잠이 들어버리자 그녀는 한층 더 짜증이 난 것이다.

가슴이 뻥 뚫린 것 같은 쓸쓸함과 공허함이 한꺼번에 몰려오자 집채만 한 커다란 슬픔이 가슴을 무겁게 짓누른다. 극도의 불안감에 휩싸인 그녀의 눈썹이 이마 끝까지 치켜 올라간다. 이 공간을 떠날 수만 있다면 당장 떠나고 싶은 게 희수의 솔직한 심정이다. 자신에게 또 다른 공간이 있다면 말이다. 하지만 그 어디에도 자신만의 공간은 없었다. 아니다. 자신은 아마도 이 공간에서 영영 떠날 수 없을지도 모른다. 저 아이들은 어쩌란 말인가. 그래도 만일 누군가가 자신의 이름을 불러준다면 그녀는 그 손을 잡고 따라가고 싶어진다. 그런데 그 손을 내미는 사람은 오로지 남편뿐이다. 함께 이

민을 가자고…… 아내의 의중 따위 안중에도 없다는 듯 그는 자신
만의 마음의 결정으로 그렇게 현실 도피를 꿈꾸고 있다. 눈과 눈 사
이가 후끈 매워진다. 그녀는 남편에 대한 심한 배신감을 느끼며 사
시나무 떨듯 몸을 부르르 떤다. 그래서 오늘따라 마음이 더 서글픈
지도 모른다. 그녀는 자기 상실감에 바닥모를 절망감을 짓씹는다.
언제면 이 지루하고 답답한 공간에서 훌훌 벗어날 수 있을까. 아니,
정녕 벗어날 수는 있는 것일까. 그녀의 손등으로 굵은 눈물 한 점이
뚝 떨어진다.

　빗소리가 점점 더 크게 귓속으로 파고든다. 그녀는 입술을 만지
작거리며 가만히 창밖을 응시한다. 겹겹이 휩싸인 어둠 속으로 줄
기차게 쏟아지는 빗줄기가 마치 마음에서 흘러내리는 눈물 같았
다. 어둠이 빠른 속도로 그 빗줄기를 깊이 빨아들이자 마음은 더욱
우울해진다. 이렇게 비가 쏟아지는 날이면 항상 습관처럼 앓고 왔
던 마음의 병이기도 하다. 그녀는 애써 참고 있던 외로움을 목구멍
으로 토해내듯 짧은 욕설을 내뱉는다.

　"빌어먹을!"

　이제껏 살아온 근원을 알 수 없는 삶에 심한 염증이라도 느낀 듯
그녀의 얼굴이 하얀 석고처럼 차디차게 굳어진다. 그녀의 턱 끝이
파르르 떨린다. 아무래도 지난날의 삶은 무지 때문인지도 모른다
고 그녀는 자신을 의심해본다. 하지만 이내 모든 걸 체념한 얼굴로

건조하고 쓸쓸한 웃음을 지으며 혼잣말로 중얼거린다.

"새삼스럽게 내가 왜 이러는 것일까. 그래, 희수야. 넌 마음이 아주 강하잖아. 그러니까 조금만 더 버텨보는 거야. 조금만 더 말이다. 너에게는 저기 아이들이 있잖니!"

희수는 자신이 아무리 몸부림을 쳐봐야 소용이 없다는 걸 이미잘 알고 있었다. 그런데도 이렇게 비가 거세게 쏟아지는 날이면 어김없이 케케묵은 감정들이 불쑥불쑥 뱀의 똬리를 트는 것처럼 고개를 내밀곤 했다. 그래서인지 희수는 그가 더 원망스러워진다.

처음 모든 건 그를 만나기 위해서였다. 그게 시작이었다. 그렇게 위험한 관계라는 걸 알면서도 그녀는 그에게 다가서는 게 전혀 두렵지가 않았다. 사랑이라는 건 자신만 인내하고 노력하면 언젠가는 필히 그 행복이 찾아올 줄 알았다. 그래서 그날 용기백배하여 한 발짝 더 그의 곁으로 다가섰다. 그 방법이 최선이라고 여겼고 그것이 유일하게 자신이 할 수 있는 일이라고 굳게 믿어왔기 때문이다. 하지만 그건 자신만의 커다란 착각이었다는 걸 세월이 한참 흐른후에야 비로소 깨달았다. 그녀는 지난날 행동을 후회하며 잔뜩 웅크리고 앉아 두 손으로 와락 머리칼을 쥐어뜯는다. 아아, 이제 어쩌란 말인가. 정녕 그를 따라 이민을 가야 하는 길밖에 없단 말인가.

그는 열흘 전 뉴질랜드로 출장을 떠났다. 사실 그가 출장을 떠나면 그녀는 사방이 벽으로 둘러싸여 있는 창살 없는 감옥에서 홀

홀 벗어나고 싶었다. 사람들로 부적거리는 활기찬 거리로 나가 새로운 문화를 접하고도 싶었고 또 다른 공간에서 여태 누리지 못한 삶도 만끽하고 싶었다. 정말이지 이번만큼은 그가 없는 동안 자유롭게 자기만의 시간을 즐기고 싶었다. 그런 마음의 변화가 붙어서일까. 예전과는 달리 지루하고 염증을 느꼈던 삶이 사뭇 다르게 느껴지면서 약간의 흥분과 생동감까지도 느낄 수 있었다. 머릿속에선 저절로 분위기 좋은 어느 카페의 공간이 떠올랐고 그곳에서 친구와 함께 식사를 하면서 위스키를 마시는 또 다른 여유로운 삶이 산뜻한 그림으로 그려졌다. 그랬다. 오랜만에 라이브 콘서트가 열리는 공연장도 가보고 싶었고 젊음의 활기로 넘치는 클럽에도 가보고 싶었다. 혹여 남편을 따라 이민이라도 떠나게 되는 날이면 이곳에 있는 모든 것들이 마냥 그리워질 것만 같았기 때문이다. 그래서일까. 그날 아침 남편이 출장을 떠나려고 현관문을 나섰을 때 그녀는 환한 미소를 입에 머금곤 그를 택시 타는 곳까지 배웅을 하게 되었다. 그런데 뜻밖에도 그의 입에서 엉뚱한 소리들이 터져 나왔다. 요즘 여편네들이 남편들 출장가고 없는 동안 요상한 짓거리를 하고 다닌다던데, 설마 당신, 내가 없는 동안 밖으로 나돌아 다니려는 거 아냐? 세상이 말세라니까. 아 글쎄 우리 회사 직원 와이프가 아파트 여편네들과 어울려 돌아다니다가 그만 사기꾼 놈한테 제대로 걸려들었다지 뭐야. 그 바람에 그 집안이 온통 쑥대밭이 되었대. 그의 예리한 눈길이 그녀를 샅샅이 훑어보았다. 순간 그녀는 너무도 어처구니가 없다는 표정으로 그를 쏘아보았다. 언제부터 아내를 챙겼던가. 만약 함께 이민을 가지 않으면 이혼을 하겠다던 그가 아니었던가. 그렇다면 매사 눈치 빠른 남편이 혹시 무슨 낌새라도 알아차린 것일까. 물론 그녀는 뜬금없이 꺼내는 그의 말도 귀에 몹시 거슬렸지만 무엇보다 자신을 의심의 눈초리로 바라보는 것이 못마땅했다. 예전 같으면 뒤도 안 돌아보고 휑하니 가버릴 야비한 위인이 무슨 이유로 갑자기 세세한 걱정까지 한단 말인가. 도무지 그 심중을 알 수 없었다. 때마침 택시가 정차하고 그가 재빨리 택시에 올라타자 그녀는 말했다. 이번 출장에서 돌아올 때 전번처럼 약속 어기지 말고 어머님께 드릴 소형알파카 카펫을 꼭 사오라고. 그러자 그는 별 쓸데없는 소리를 다 한다는 표정으로 그녀를 흘겨보고는 다시금 한마디 덧붙였다. 당신, 남편 없는 동안에 집에 얌전히 있으면서 아이들이나 잘 챙겨, 엉뚱한 짓 하지 말고! 그러고는 열린 차문을 꽝 닫아버렸다. 택시가 출발하자 우두망찰해진 그녀는 그 자리에 우두커니 서서 시야에서 점점 작은 점처럼 멀어져가는 택시를 물끄러미 바라봤다. 당신 오늘 무슨 좋은 일 있어? 오늘 따라 왜 당신 얼굴에 화색이 돌까? 현관문을 나설 때부터 비아냥거리던 그의 말이 이상하게도 무언가 불길한 예감을 주었다. 그녀의 기분이 영 개운치가 않았다.

그녀가 씁쓸한 표정으로 아파트로 들어서자 마치 그녀를 기다렸다는 듯이 식탁 위에 있던 휴대폰이 울어대기 시작했다. 진숙이었다. 순간 그녀는 아연한 표정을 지으며 전화를 받아야할지, 받지 말아야할지를 놓고 잠시 우물쭈물 망설였다. 남편이 출장을 떠나는 날에 반드시 전화하겠다더니 진숙은 용케도 그날을 기억하곤 전화를 한 것이었다.

그녀가 전화를 받자 진숙은 다짜고짜 빨리 준비하고 밖으로 나오라고 했다. 오랜만에 단 둘이서 근사한 점심이나 함께 먹자고 말하면서. 갑자기 목구멍이 답답하게 막혀왔다. 그녀는 한껏 숨을 죽이고는 엉뚱한 말을 불쑥 꺼냈다. 진숙아, 나 지금 몸살 기운도 있고 컨디션도 매우 좋지가 않아서 오늘은 그냥 집에서 쉬고 싶어. 그 말에 진숙은 단호한 어조로 말했다. 난 그 거짓부렁이에 속지 않아. 그러니까 지금 당장 나오기나 해! 일순간 어디선가 진숙이 감시카메라처럼 자신의 행동 일거수일투족을 훤히 지켜보고 있는 듯했다. 그녀의 마음이 이상할 정도로 예민해지면서 마음까지 더욱 초조하고 불안해졌다. 그녀가 극구 외출할 수 없다고 거절하자 진숙은 기분이 몹시 상했는지 혀를 끌끌, 차며 그녀를 꾸짖었다. 네가 그렇게 청승 떨며 집을 지키고 있다고 그걸 네 서방님이 알아주기나 해! 넌 왜 바보처럼 스스로 움츠러들며 살려고 그래! 그러다가 우울증이라도 걸리면 어쩌려고. 그놈의 우울증이 얼마나 심각한

병인지는 알고나 있는 거야? 내가 이런 말까지는 안하려고 했는데 가만히 널 지켜보고 있으면 희수 너한테 그런 증상이 보인다니까. 그러니 더 망설이지 말고 어서 빨랑 나와라! 마음이 우울할 땐 수다가 최고의 약이라니까. 재밌게 수다를 떨다보면 인생살이가 한껏 더 즐거워지는 거야. 그게 우리네 삶이고 인생 아니겠니? 인생이라는 게 뭐 별 거 있는 줄 알아? 너 혹시 인생에서 뭔가 고상한 걸 찾고 싶은가본데 천만에, 일찌감치 그런 쓸데없는 꿈은 깨는 게 좋아. 현실을 직시해야지. 그러니까 내 말의 요점인즉슨 나중에 후회하지 말고 지금 당장 나오라는 거야! 그래도 그녀가 나갈 수 없다고 하자 마침내 진숙은 협박에 가까운 말까지 내뱉었다. 너 정말 이렇게 싸가지 없게 굴면 다신 안 본다! 계집애가 한번 약속을 했으면 그걸 지켜야 할 게 아냐! 이게 다 널 위한 건데 말이야. 다시 잘 생각해보고 조금이라도 미련이 있거들랑 빨리 나오기나 해! 여긴 내 친구가 운영하는 청담동 사거리에 있는 K레스토랑이야. 그러고는 진숙은 먼저 전화를 끊었다.

그녀는 아주 기분이 묘해졌다. 진숙의 말은 사실상 모두 자신을 위한 말인 것만은 틀림없지만 그래도 왠지 진숙에게 달려가고 싶지가 않았다. 뭐가 그렇게 두려운 것일까. 진숙의 말대로 자신은 청승을 떨며 살고 있는지도 모른다. 그렇다면 더 늦기 전에 그녀와의 약속장소로 달려가야 하지 않을까. 하지만 그것만은 아니었다. 솔직히 말하자면 뭔가 알 수 없는 막연한 두려움이 발목을 단단히 붙잡고 있었다. 그랬다. 행여 진숙을 만나게 되면 자기도 모르게 가슴속에 억눌린 속내를 한꺼번에 토해버릴 것만 같았다. 그게 두려워서 진숙을 만나지 않았다. 말이란 한 번 내뱉으면 보태지고 부풀려져서 종내 발 없는 말이 천리를 가는 법이었다. 희수에게는 그게 무엇보다도 더 두려웠다.

희수가 여고시절 단짝 친구였던 진숙을 다시 만나게 된 건 일 년 전쯤 2호선 전철 안에서였다. 그녀는 신도림으로 향하고 있었고 진숙은 그 맞은편 좌석에 앉아 휴대폰을 만지작거리며 창가를 바라보고 있었다. 진숙을 먼저 알아본 건 희수였다. 그날 우연히 서로가 만난 그들은 서로 연락처를 주고받았고 그때 진숙의 권유로 희수는 여고동창 모임에도 참석하게 되었다. 그 모임에는 일곱 명의 여고동창생들이 친목모임을 갖고 있었다. 대부분 얼굴 정도나 알고 있을 뿐 학창시절 그다지 친한 편이 아니라서 그녀는 매번 그 자리에 참석할 때면 그 분위기가 어색하게만 느껴졌다. 모두들 서른 중반으로 접어든 아줌마가 되어버린 그들은 한자리에 모이기만 하면 그 레퍼토리가 비슷비슷했다. 남편의 재력과 사회적인 지위, 혹은 공부 잘하는 자식들 자랑들이 줄기차게 이어졌고 그에 따른 수준별 과외학습방법과 유명학원들의 정보 또한 그 자리에서 술술 흘러나왔다. 그러다가 시간이 좀 지나면 요즘 잘나가는 재테크방법에 대해 말하면서 돈줄이 되는 주식이나 아파트 투자에 관한 이야기로 대화의 꽃을 피웠다. 이차로 자리를 옮겨 술이라도 마시게 되면 그들은 자신들이 쓰고 있는 가면을 벗어버리곤 인생살이의 속내를 노골적으로 드러내기도 했다. 누군가는 값나가는 보석으로 온몸을 휘감고는 있지만 그 이면에는 남편의 잦은 폭력과 외도가 뒤따랐고, 누군가는 돈이 많은 남편이 아주 자상하고 가정적이지만 그 뒤에서 두 눈을 부라리며 며느리를 감시하는 호랑이 시어머니가 도사리고 있었다. 그리고 돈이 많다고 자식들의 공부가 부모의 뜻대로 되는 게 아니라는 신세타령도 이어졌다. 그런 수다가 끝나면 곧바로 요즘 한창 인기가 치솟고 있는 주말 드라마에 열을 올리기도 했고 드라마 속에 얽힌 불륜의 삼각관계가 마치 자신들의 사연인 양 누군가는 그 사연 속에서 웃고 울고 떠들어 대면서 마음껏 대리만족을 느낀다고도 했다. 그 틈에 낀 그녀는 그 무리 속에 쉽사리 뒤섞일 수 없었다. 그래서 매번 동창모임에 참석하게 되면 그녀는 마치 꾸어다 놓은 보릿자루처럼 한쪽 구석자리만 차지하고 있는 민망한 꼴이 되고 말았다. 그때마다 진숙은 그녀를 유심히 지켜보고만 있다가 어느 하루, 동창모임이 끝나고 전철역으로 향할 때 진숙은 자신의 여동생 얘기를 꺼내면서 혹시 주변에 성실하고 능력 있는 남자가 있으면 소개시켜달라고 부탁했다. 그러면서 희수의 얼굴을 뚫어지게 쳐다보면서 말했다. 희수야, 넌 학창시절 땐 성격이 꽤나 명랑하고 쾌활했는데 지금은 그때와는 영 다르네? 그동안 무슨 일이라도 있었던 거야? 허긴 우리가 서로 다른 대학을 다니면서 연락이 끊긴 적이 언제인데, 그만큼 세월도 많이 흘렀으니 사람의 성격도 변하는 건 당연하지 뭐! 그러곤 진숙은 언제 단 둘이 만나서 밥이라도 함께 먹자고 먼저 제의해왔다. 그렇지 않아도 누군가와 간절한 소통을 원하던 터라 희수는 그 제의를 흔쾌히 받아들이면서 자신의 남편이 출장을 떠나는 날을 알려주었다. 그런데 막상 전화기 속의 진숙이가 나오라고 말하자 그녀는 치사하게도 삼십육계 줄행랑을 치고 만 꼴이 되고 말았다. 다시 진숙을 만나면 희수는 차마 고개를 들고 그녀를 똑바로 쳐다볼 수 없을 것 같았다. 아니었다. 그날 진숙을 만나지 못한 걸 뒤늦게 후회하기 시작했다. 진숙을 만나서 솔직한 심중을 털어놓았더라면 지금 이렇게까지 마음이 괴롭지도 않을 것이라고 그녀는 생각한다. 희수는 자신의 소극적인 성격에 진저리를 치며 아랫입술을 질끈 깨문다.

　사실, 성진은 골백번도 더 그녀의 성격을 힐난했다. 융통성이라곤 전혀 없는 아주 고리타분하고 답답한 여자라고. 어떻게든 아이들과 함께 재밌게 살아볼 생각은 전혀 하지 않고 음흉하게 가태만 부린다고. 또 오래전에 운전면허를 따 놓고도 단 한 번도 차 핸들을 잡아보려는 시도조차하지도 않는다고. 도전정신이라곤 전혀 없는 아주 무기력한 여자라고 맹비난을 퍼부었다. 그러니까 그가 원하는 것은 자신이 출장가고 집을 비울 때면 희수가 아이들을 차에 태워 놀이동산이나 주변 공원을 훌훌 돌아다니기를 원했다. 하지만 그녀는 전혀 그럴 마음이 없었다. 오히려 그 원인을 그의 자상하지 못한 성격 탓으로 돌리자 두 눈이 휘둥그레진 그는 황당한 표정을 지으며 되레 그녀에게 크게 호통을 쳐댔다. 참 내, 아 글쎄 이젠 별소리 다하고 있네! 아니 그게 왜 내 탓이야? 당신 스스로 선택한 삶 아니었어? 그렇게 따지자면 당신보다 내가 더 피해자란 말이야, 알아! 그 후로 그의 귀가 시간이 점점 늦어졌다. 그녀는 더는 참지 못하곤 출근하는 그의 팔을 붙잡고는 그 이유를 꼬치꼬치 따져 물었다. 얼굴이 딱딱하게 굳어진 그는 그녀를 무섭게 노려보았다. 대체 아침부터 기분 나쁘게 왜 이래? 남편이 회사에서 어떻게 일을 하면서 피 같은 돈을 벌어오는지 당신 같은 여편네가 알기나 해? 그렇지 않아도 요즘 머리가 홱 돌아버릴 판국에 왜 당신까지 끼어들어서 내 성미를 건드리는 건데? 정말이지 이놈의 집구석만 들어오면 내가 피가 바짝바짝 마르고 숨통이 꽉 막혀 죽겠다니까! 하루라도 마음편한 날이 없어! 그러면서 그는 당장이래도 회사를 때려치우고 싶다는 말로 으름장을 놓았다. 그 말에 황당한 그녀는 한 발짝 뒤로 물러서곤 그를 빤히 쳐다보았다. 왜요? 이번에는 또 뭐가 문젠데요? 그러나 그는 가타부타 그 이유에 대해선 어떠한 언급도 하지 않은 채 서둘러 출근해버렸다. 그녀는 신음을 씹으로 돌아섰다.

그런데 이번 출장을 떠나기 얼마 전, 그는 매우 심각한 표정으로 속내를 확실하게 드러냈다. 그동안 많은 고민을 해보고 또 곰곰이 생각도 해봤는데 자신은 새로운 인생을 찾아 이민을 갈 것이라고. 물론 희수는 예전부터 그의 입을 통해 이민이라는 낯선 말을 몇 번 들은 적은 있었다. 하지만 그때마다 그냥 무심결에 해보는 그의 실없는 소리려니 생각하며 귓등으로 그걸 받아 넘겼다. 그런데 그게 아닌 것이었다. 휑한 바람이 허공을 돌아 시퍼런 칼날이 되어 그녀의 가슴을 후벼 파기 시작했다.

애잔하게 흘러나오던 선율이 끝나자 시디플레이어는 더는 돌아가지 않는다. 그녀는 소파 위에서 한동안 꼼짝하지 않은 채 공처럼 몸을 잔뜩 웅크리고 앉아 두 손으로 얼굴을 감싸 쥔다. 사실 '철새는 날아가고'의 선율은 그녀가 가장 즐겨듣는 음악 중에 하나이다. 그 선율을 듣고 있으면 마치 망각의 저편 가장자리에서 훨훨 날갯짓을 해대는 한 마리의 철새가 눈앞에서 춤을 추듯이 어른거렸다. 그때마다 그녀는 자신도 철새처럼 날갯짓을 하며 저 허공으로 아주 높이 날아가고 싶어졌다. 언젠가 그런 날이 꼭 찾아오리라는 간절한 바람과 함께. 하지만 그건 늘 머릿속에서만 맴돌 뿐 그토록 자유를 갈망하면서도 현실 속의 삶은 그저 무력하기만 했다. 특히 그의 입에서 이민이라는 말이 튀어나올 때면 그녀는 아주 심각한 고민에 빠져들었다. 이대로 남편을 따라 이민을 가야하는 것일까, 아니면 더 늦기 전에 새로운 삶을 찾아서 이혼이라도 해야 하는 것일까. 그렇다고 지금 시점에서는 그 어떤 것도 섣불리 마음의 결정을 할 수도 없었다. 이민을 가는 것도, 이혼을 하는 것도 모두 어려운 결정이기 때문이다. 그날 진숙을 만났더라면 이런 심사를 모두 털어놓으려고 했건만 그게 마음처럼 따라주지 않았다.

그녀는 핏기가 전혀 없는 창백한 얼굴로 천천히 집안 구석구석을 둘러본다. 낡은 빛깔의 가구들과 오랫동안 자신의 손때가 묻은 살림살이가 곳곳에 흔적처럼 묻어나고 있다. 그녀는 침통한 표정으로 양미간을 잔뜩 찌푸리며 중얼거린다.

"도대체 지금 나의 삶은 어디로 가고 있는 것일까? 그리고 그런 나는 도대체 누구란 말인가?"

그녀는 매우 불안정한 눈으로 양어깨를 축 늘어뜨린 채 퍼즐조각들이 들어 있는 작은 플라스틱 통을 들고 아이들 방으로 들어간다. 이내 그 통을 침대 구석자리에 아무렇게나 쑤셔 박곤 잠자는 아이들이 깰세라 조심스럽게 그 방을 빠져나오면서 무심코 시선을 들어 뻐꾸기시계를 바라본다. 거실 벽에 걸려 있는 시계의 시침은 밤 열한 시를 가리키고 있다. 그녀는 천천히 등을 돌리고는 거실 소파 등받이에 비스듬히 기대어 앉는다. 어쩌면 앞으로 혼자 생활해야 할지도 모른다는 막연한 불안감이 머릿속에 스치자 그녀는 깊은 슬픔에 배어 있는 눈길로 리모컨을 집어 들곤 TV를 켠다. 하지만 텔레비전 속의 여자 앵커의 말소리가 마치 허공에서 떠도는 망자의 음산한 말처럼 들려오자 얼른 채널 버튼을 빠르게 이리저리 눌러보다가 그냥 확 꺼 버린다. 그러고는 엉뚱한 생각을 해본다. 누군가 자신을 구해 줄 사람이 정녕 없는 것일까. 순간 그녀의 머릿속에 슈렉 영화의 한 장면이 떠오른다. 그 영화에서처럼 자기가 맨 꼭대기 탑에 갇힌 공주의 신세처럼 느껴진다. 공주는 자신을 구출해줄 용감한 기사를 기다리고 있었고 마침내 용감한 슈렉은 위험천만한 고비를 무릅쓰면서까지 극적으로 공주를 구출한다. 그건 물론 애니메이션 영화에서나 가능한 일이었다. 자신에겐 전혀 그런 일이 일어나지 않을 것이고 또 그런 일은 현실의 삶에서 불가능한 일이라고 그녀는 생각한다. 그녀는 안방으로 가다말고 몸을 돌려 거실 책장 앞에 우두커니 서서 책장 속에 끼워진 책들을 이리저리 살펴본다. 잠을 통 이룰 수 없을 땐 딱딱하고 지루한 활자들을 읽다보면 때론 절로 눈이 감기기도 했다. 책장에 꽂힌 책들 대부분이 아이들의 동화책이거나 남편의 전문서적뿐이었다. 몇 권의 수필집과 시집, 소설책은 눈에 잘 띄지 않는 하단의 구석진 자리에 꽂혀져 있었다. 그때 그녀의 시선에 낯익은 표지가 들어온다. 소설『보바리부인』이었다. 불륜의 사랑으로 인한 비극적인 삶의 종말을 맞은 한 여자의 모습이 빠르게 머릿속에 스쳐 지나간다. 달콤한 연애를 꿈꾸면서 화려한 도시를 동경하던 주인공 엠마. 그녀가 레옹을 만나게 되면서 빗나간 사랑을 하게 되고 그에게 버림을 받으면서 또다시 호색가인 시골신사 로돌프를 만나고 또 그에게도 버림을 받고 나중에 우연한 기회에 레옹을 만나지만 엠마는 자신의 허영으로 인해 큰 빚까지 지게 되면서 결국 음독자살로 비극의 삶을 마감한다는 스토리다. 문득 출장을 떠나면서 들려줬던 남편 말들이 그녀의 머릿속에서 뱅글뱅글 맴돈다. 회사동료 와이프가 사기꾼과 바람이 나서 그 집안이 폭삭 망했대! 그녀는 손에 들고 있던 책을 도로 그 자리에 꽂아두고 돌아선다.

어둠의 거리에는 여전히 거센 빗줄기를 퍼붓고 있다. 바람까지 동반해서인지 베란다 창문까지 음산하게 덜컹거린다. 빗물이 빠른 속도로 사선을 그으며 유리창을 타고 흘러내리자 그녀는 안방과 작은 방 창문까지도 샅샅이 살펴본 후 다시 베란다로 나가 볼 근육을 움직거리며 일일이 창문을 점검한다. 창문은 모두 단단하게 잠겨 있다. 그때 그녀는 별안간 베란다 발코니에 몸을 바짝 붙인다. 빽빽이 들어선 신축 아파트들이 마치 거대한 숲처럼 눈에 들어온 것이다. 그녀는 그 한가운데서 길을 잃고 헤매고 있는 또 하나의 자신의 모습을 발견한다. 빗물이 하염없이 사선을 긋고 흘러내리는 유리창 너머를 바라보던 그녀의 시선이 곧바로 비에 축축하게 젖은 아스콘 포장바닥으로 향한다. 천 길 낭떠러지처럼 보이는 바닥을 물끄러미 내려다보던 그녀는 문득 죽고 싶다는 간절한 생각이

든다. 창문을 열고 두 눈을 꼭 감은 채 몸을 허공으로 날려버린다면 순식간에 모든 고통에서 해방될 것만 같았다. 그녀는 고개를 돌려 뒤를 바라본다. 곤히 잠들어 있는 아이들의 숨결이 귀에 가늘게 들려오고 있다. 뜨거운 눈물이 볼 위로 주르륵 흘러내린다. 그녀는 손등으로 눈물을 훔쳐낸 후 저기 환하게 불을 밝히고 있는 아파트의 공간을 바라본다. 얼핏 보기엔 모두가 단란한 가정을 이루며 행복하게 살고 있는 것처럼 보인다. 자신의 삶 또한 타인의 시선으로는 아마도 그렇게 보일 것이다. 그녀는 애써 입가에 씁쓸한 미소를 지어본다. 잠시 동안 그녀의 멍하고 흐리멍덩한 눈길이 정지된 시간 속에 갇힌 듯 전혀 움직이지 않는다. 바로 그때 그녀의 시선이 어느 한곳으로 향한다. 24시편의점 근처 하수관을 묻으려고 보도블록을 파헤쳐 놓은 그 옆으로 키가 큰 한 남자가 검정우산을 받쳐 들고 서 있기 때문이다. 그 남자는 그녀의 아파트 쪽을 응시하고 있다. 그녀는 고개를 갸우뚱거리며 중얼거린다.

"저 남자는 쏟아지는 빗속에서 왜 저렇게 청승맞게 궁상을 떨고 있는 것일까. 혹시 부부싸움이라도 한 것일까. 아니면 꼭 만나야 할 그 누굴 애타게 기다리고 있는 것일까."

그런 남자의 모습이 어쩐지 초라하고 쓸쓸해 보이자 그녀는 그쪽으로 내던진 시선을 쉽사리 거두지를 못한다. 비에 흠뻑 젖은 아스팔트 위를 자동차가 라이트를 밝힌 채 어디론가 목적지를 향해

질주하고 있다. 빈 택시가 남자 앞에 잠시 정차해 보지만 남자는 그 냥 택시를 돌려보냈는지 그대로 우두커니 서 있을 뿐이다. 그녀의 호기심 어린 시선이 남자의 옷차림에 고정된다. 상가 불빛에 반사된 밤색 톤의 바바리가 뿌연 안개처럼 시야에 들어온다. 그녀는 좀 더 자세히 보려고 시선을 집중시킨다. 남자가 우산을 비스듬히 옆으로 비끼면서 그녀가 서있는 아파트 베란다 정면을 바라본다. 그녀는 이맛살을 모으며 두 눈에 안간힘을 써본다. 하지만 거리가 먼 탓인지 도무지 그 얼굴을 불간할 수 없다. 거리가 조금만 더 가까웠더라면 어쩜 남자를 알아볼 수도 있을 것이다. 그녀는 매우 아쉽다는 표정을 짓는다. 한참 동안 그 주위를 맴돌던 남자는 다시 우산을 높이 받쳐 들곤 그 자리를 빠져나간다. 그제야 남자의 뒤를 쫓던 그녀의 시선도 거두어들인다. 그녀는 다시금 자신에게 주문을 걸듯 혼잣말로 중얼거린다.

"대체 남자는 무슨 사연이 있을까. 허긴 세상에는 기막힌 사연들이 얼마나 많던가. 그게 거대한 인간 집단의 삶인걸. 자신의 내일도 전혀 모른 채 살아가는 고단한 인간들의 인생살이. 그래서 인간은 희망이라는 판도라 상자만을 가슴으로 끌어안고 내일을 기다리며 살고 있는지도 모른다. 분명 꿈과 희망이 있을 것만 같은 그런 내일을 말이다. 그렇게 내일을 기다리고 또 다른 내일을 기다리다가 종국에는 죽음을 맞이하게 되는 슬픈 인간의 종말. 그리고 보면 우리 인간의 삶은 아이들이 갖고 노는 퍼즐조각과 너무 흡사하지 않을까. 여기저기 흩어진 삶의 조각들을 주워 모으며 이미 짜여 진 그 틀에 억지로 끼워 맞추면서 그 틀에 박힌 형태를 만들어가는. 그렇다면 온전한 삶의 형태의 문양은 과연 어떤 퍼즐로 맞춰야 하는 것일까."

성진은 삼 개월 전에도 뉴질랜드로 출장을 다녀온 적이 있었다. 그날 인천국제공항에 도착하자마자 그는 전화를 걸어 다짜고짜 술상을 차리라고 했다. 그녀는 수화기에 바짝 입을 갖다 대곤 그럼 손님과 함께 오실 거냐고 묻자 그는 아니라고 했다. 간만에 단 둘이서 오붓하게 술을 마시고 싶다는 것이었다. 참으로 듣던 중 반가운 소리가 아닐 수 없었다. 그의 생기 있는 말에 그녀의 마음이 설레기까지 했다. 인내하며 살다보니 단비가 향긋한 사랑의 향수가 되어 온몸에 뿌려지고 있다고 그녀는 믿었다. 그래서 서둘러 아이들을 일찍 재우고는 냉장고에 있는 식재료를 꺼내 분주히 손을 움직였다. 재빠른 동작 탓인지 식탁에는 금세 풍성한 술상이 차려졌다. 맥주세 병과 닭찜과 삶은 문어와 몇 가지 채소반찬과 과일안주 한 접시, 그리고 배달된 생크림 케이크까지 식탁 한가운데에 올려놓자 그런대로 술상은 푸짐하고 근사해 보였다. 그녀는 욕실로 들어가 샤워를 마치고는 정성스럽게 화장까지 곱게 하곤 좀처럼 입지 않던 까만 벨벳드레스까지 꺼내 입었다. 그러곤 전신 거울 앞에 서서 꽃처럼 활짝 웃어보기도 했다. 자신의 모습이 거울 속에서 화사하게 비춰지고 있었다. 그녀의 얼굴이 잘 익은 석류처럼 붉어졌다. 언뜻 내면의 욕정이 꿈틀거리자 일순 온몸이 후끈 달아올랐다. 얼마나 시간이 흘렀을까. 초인종이 울리자 그녀가 얼른 달려가 현관문을 열어주며 그를 반갑게 맞이했다. 하지만 그는 무표정한 얼굴로 그녀를 힐끗 쳐다볼 뿐 별다른 반응이 없었다. 그녀의 마음이 금세 실망감으로 변하고 말았다. 안방으로 들어간 그는 양복을 벗어던지곤 곧장 샤워부스로 들어가 샤워를 하는 동안 그녀는 마치 실연을 당한 사람처럼 멍한 시선으로 벗어놓은 그의 양복을 집어 들어 장롱 속 옷걸이에 걸어두면서 속으로 중얼거렸다. 하기야 내가 그에게 무엇을 더 바라고 기대하겠는가. 그녀는 일말의 기대가 물거품처럼 허망하게 사라지자 그에게 처참하게 버림을 받았다는 기분을 떨쳐 버릴 수 없었다. 잠시 후, 샤워를 끝낸 그가 정성껏 차려놓은 술상 앞에 앉으면서 그녀를 말끄러미 바라다보았다. 그녀도 그 눈길을 피하지 않고 똑바로 쳐다보았다. 그의 얼굴에는 붉은 생기가 넘쳐나고 있었다. 그녀의 마음은 여간 불편한 게 아니었다. 그는 심한 갈증을 느꼈는지 연거푸 맥주 두 컵을 따라서 목구멍으로 꿀꺽꿀꺽 들이키곤 그녀에게도 술을 권했다. 그녀도 맥주 한 컵을 단숨에 비워버렸다. 잠시 뜸을 들이던 그가 말했다. 뉴질랜드로 이민을 가고 싶어. 그가 내뱉은 짧은 한 문장에 그녀의 마음은 바람에 심하게 흔들리는 갈대처럼 다잡지 못하고 이리저리 흔들리기 시작했다. 자신의 존재가 대체 그에게 어떤 의미가 있을까? 온몸에서 기운이 쫙 빠져나가면서 가벼운 현기증까지 일어났다. 그렇지 않아도 집안에 틀어박혀 살림하는 게 진절머리가 나도록 이골이 나는 판국에 이제 머나먼 타국으로 이민을 가야한다니…… 그의 말이 짜증이 나면서 매우 불쾌해졌다. 그렇다면 여태까지 그가 거드름을 피우며 깊은 생각에 빠진 몸짓으로 뭔가를 골똘히 생각했던 게 바로 이민을 결정하기 위해서란 말인가. 그녀는 몹시 참담한 기분이 들자 단호하게 말했다. 난 당신을 따라 갈 수 없어. 그 말에 약간 놀란 듯 그는 그녀를 달래듯이 아주 부드럽게 타일렀다. 물론 그러는 당신 마음을 나도 이해해. 하지만 당신을 두고 나와 아이들만 갈 순 없잖아. 우린 가족이야. 뭐든 함께 움직여야지. 사실 내가 출장을 떠나기 며칠 전에 김 과장이 사표를 냈어. 그 이유가 뭐냐고? 저조한 영업실적에 따른 구조조정이지. 사장이 아무런 예고도 없이 차장과 과장을 불러놓고 두 사람 중 한 사람은 회사를 그만 두라고 했다는 거야. 정말이지 맑은 하늘에 날벼락을 맞은 셈이지. 결국 김 과장이 사표를 낸 거야. 차장 와이프가 둘째 아이를 낳은 지 얼마 되지 않았고 또 아버지까지 병원에 입원한 처지라서 그 사정을 너무 잘 알고 있는 김 과장이 아마도 그런 결정을 내렸나봐. 당신도 그걸 알아야 해. 그런 일이 비단 남의 일이 아니라는 것을. 회사생활이라는 게 내일을 모르는 곳이거든. 더는 미래가 보이지 않은 곳에서 내 소중한 인생을 저당 잡히고 싶진 않아. 그러면서 그는 지금이 바로 그 절호의 찬스라며 약간 흥분된 어조로 목에 핏대까지 세우면서 출장을 다녀온 뒷이야기를 길게 늘어놓았다.

 카이스트를 졸업하고 일찍이 뉴질랜드로 이민을 떠나 그곳에서 삶의 터전을 잡은 한인이 운영하는 음식점에서 그가 현지직원들과 함께 점심식사를 하고 있을 때 뜻밖에 대학후배를 만났다고 했다. 후배는 그 식당에 자주 찾아오는 편이고 또 주인과 친분도 두텁다고. 후배가 처음 이민을 왔을 때 식당주인의 많은 도움도 받았다는 말도 덧붙였다. 그러니까 후배 가족들은 북섬에 살고 있고 후배는 로토루아의 아그로돔 농장에서도 일하고 있었다. 늘 이민에 관심이 많았던 성진은 그 후배와 함께 트랙터를 타고 후배가 일하는 농장 구석구석을 구경하게 되었다. 후배는 자상하게도 많은 동물들의 이름까지 그에게 상세히 일러주었다. 누렇고 털이 많은 소 하이랜드, 개보다 다리가 짧은 앵거스, 텍사스 롱혼 송아지를 비롯한 젖소 헤러포드, 사슴, 양, 알파카, 그리고 그들 중 가장 말썽꾸러기 돼지 쿠니쿠니……. 후배는 그런 동물들이 자신에게 아주 소중한 벗이라고 설명했다. 지난 서울에서의 삶은 그야말로 심각한 공해와 수많은 인간관계로 인해 엄청난 스트레스를 받았는데 지금은 이국땅에서 한가로운 인생이모작의 보금자리를 찾아 더할 나위 없이 소중한 인생을 즐기고 있다고 말하면서. 많은 동물들은 농장을 찾는 사람들의 마음의 휴식처이고, 드넓은 푸른 초원은 그 사람들에게 풍성하고도 건강한 밥상이자 동물들의 풍성한 밥상이기도 하다면서 후배는 그 당시 자신의 이민에 대한 결정은 아주 잘한 것이라며 은근한 자부심까지 드러냈다고 했다. 그 바람에 그렇지 않아도 평소 새로운 삶을 꿈꾸던 성진의 마음이 심하게 흔들리게 되었다. 마침내 성진은 서울로 돌아오기 전날 오클랜드에 있는 하버다리 위에서 군은 결심을 굳혔노라고 자신의 심정을 솔직하게 희수에게 고백했다. 예전에는 그저 막연하게 이민을 가려고만 했었는데 이번엔 그 결심을 확고히 하게 됐어. 난 이민을 가기로 결정했어. 그러니 당신도 내 뜻에 따라줬으면 좋겠어. 그때는 이민이라는 말을 그토록 심각하게 받아들이진 않았다. 사람의 생각이란 상황에 따라 언제든지 변할 수도 있기 때문이었다. 그래서 희수는 남편에게 제발 공연한 헛소리 그만 하고 지금 다니는 회사생활이나 열심히 하라고 짜증을 냈다. 하지만 시간이 흘러도 성진의 마음은 좀처럼 변함이 없었다. 어쩌다가 술을 마시고 늦게 집에 들어오는 날이면 어김없이 이민을 가자며 보챘고 그때마다 그녀가 싫다고 노골적으로 짜증을 내자 급기야 이번 출장을 떠나기 며칠 전 그의 입에서 막말까지 쏟아져 나왔다. 그럼 당신이 정 이민을 가지 않겠다면 어쩔 수 없이 우리 이혼을 해야겠네! 그건 협박이나 다름없는 말이었다. 그렇지 않아도 서로 불편한 관계를 계속 유지하고 있는 판국에 그의 입에서 먼저 이혼이라는 말이 나오자 그녀의 감정이 주체할 수 없을 정도로 심하게 휘청거렸다. 그 후 두 사람의 관계는 더욱 악화되면서 그녀의 우울증이 더 심해졌는지도 몰랐다. 그렇지 않아도 평소 그는 별 일 아닌데도 툭 하면 화를 내면서 그걸 문제 삼아 비열하게 말끝마다 트집을 잡고 늘어지기 일쑤였다. 돌이켜보면 부부로 함께 산지도 벌써 다섯 해의 세월이 지나고 있었다. 사실 지난 삶은 그녀 자신에게는 외로움 그 자체였다. 그래도 아이들이 있었기에 그 삶을 가까스로 유지할 수 있었다. 하지만 그가 뱉어낸 이혼이라는 말이 그녀의 목을 꽉 옥죄이고 있었다. 그것에 관해 그녀가 심각한 우울증에 빠져들자 그는 덜컥 겁이 났는지 뒤늦게 사과를 했다. 그건 정말이지 자신의 진심이 결코 아니라고. 하지만 이미 깊은 상처를 입은 그녀의 생각은 달랐다. 물론 그의 마음을 모르는 것은 아니었다. 그래서 그동안 함께 살면서 그와의 잦은 마찰 따윈 아랑곳하지 않았는지도 몰랐다. 누구나 살다보면 위기는 닥치는 법이고 또 그 위기를 잘만 극복하면 시련 끝에 낙이 찾아올 수도 있다고 그녀는 굳게 믿어왔으니까. 그러나 지금은 그 위기의 끝에 자신이 위태롭게 매달려 있었다. 그녀의 눈에 눈물이 가득 맺혔다.

그녀는 고개를 돌려 벽에 걸린 캘린더를 바라본다. 앞으로 사일

후면 그가 열흘의 출장을 끝내고 집으로 돌아오는 날이다. 그녀는 그 맞은편 벽에 걸린 가족사진으로 시선을 고정시킨다. 남편과 두 아들이 무척이나 행복한 표정으로 웃고 있다. 그때 요란한 전화벨에 울리자 그녀는 화들짝 놀라며 반사적으로 벽에 걸린 시계를 바라본다. 시계의 초침은 열한 시 십오 분을 가리키고 있다. 그녀는 어쩌면 그의 전화일지도 모른다는 생각에 재빨리 수화기를 집어든다.

"여보세요, 당신이야?"

"……."

수화기에서 아무런 소리가 들려오지 않자 그녀는 마뜩치 않은 눈길로 잡고 있는 수화기를 한번 내려다보고는 시무룩한 표정을 짓는다.

"여보세요? 준이 아빠 아니에요?"

"……."

이번에도 아무 응답이 없자 그녀는 몸서리를 치며 퉁명스러운 목소리로 말한다.

"전화를 걸었으면 무슨 말씀이라도 하셔야죠? 그리고 다신 이런 장난 전화 하지 말아요!"

그리고는 신경질적으로 수화기를 딱 내려놓는다. 이럴 줄 알았으면 일찌감치 발신자번호가 뜨는 전화기로 교체할 것을 하고 그녀는 후회를 한다. 사실 요즘 불쾌하고 짜증난 전화가 많이 걸려왔다. 부동산 투자를 강요하는 기획부동산이라든가 당신의 아이를 납치했다는 공갈협박의 전화 등등. 그렇다고 단도직입적으로 당신들 사기꾼이지? 하고 호통을 칠 수도 없었다. 자칫 잘못했다간 엉뚱한 보복이라도 당할까봐 겁이 나기도 했다. 간혹 그런 전화를 받을 때마다 그저 바쁘다는 핑계를 대면서 통화 도중에 살짝 끊어버리곤 했다. 그런데 지금은 그 어떠한 말도 하지 않으니까 갑자기 불같은 화가 치솟았다. 그녀는 인상을 잔뜩 찌푸린 채 침대 이불 속으로 기어들어가 드러눕고는 천정을 바라보며 눈꺼풀을 닫았다가 열기를 반복한다. 마침내 가물가물 졸음이 찾아오자 크게 하품을 하며 이불을 얼굴까지 바짝 끌어당겨 잠을 청해본다. 그때 다시금 전화벨이 울리자 그녀의 가슴이 벌떡거리면서 다시 두 눈이 밤하늘에 별처럼 말똥말똥해진다. 그녀는 벌떡 일어나며 허공을 향해 화를 벌컥 낸다.

"대체 어떤 놈이야, 에잇 빌어먹을!"

그러고는 전화선을 확 뽑아버리려고 하다가 고개를 갸웃거리며 잠깐 그의 고집스럽게 생긴 짙은 눈썹을 떠올린다. 혹시나 하는 마음에 재빨리 휴대폰을 찾아본다. 휴대폰은 배터리가 방전된 상태로 화장대 위에 얌전히 있었다. 그녀는 자신이 한심하다는 듯한 표정을 지으며 머리통을 한 대 쥐어박는다. 어쩌면 남편이 자신의 휴대폰으로 전화를 걸었을는지도 모른다고 생각하면서. 그녀는 신호음을 몇 번 더 놓친 후에야 수화기를 집는다.

"준이 아빠예요?"

"……."

"대체 누구시죠? 전화를 했으면 말씀을 해야 하는 거 아닌가요?"

혹시나 그의 전화일지도 모른다는 생각에 다시 수화기를 들었는데 이번에도 장난 전화라는 느낌이 들자 그녀는 삽시간에 불길한 예감에 사로잡힌다. 수화기에선 자동차가 빗길에 내달리는 소음만이 들려올 뿐이다. 그렇다면 상대는 혹시 스토커란 말인가? 왜, 무엇 때문에? 온몸에 가시바늘처럼 싸늘한 소름이 돋자 그녀의 머릿속에선 마치 무시무시한 공포영화의 한 장면이 떠올랐다가 사라지기를 반복한다. 누군가 앙심을 품고 연속적으로 전화를 해대는 건 아닐까? 혹시 사이코패스? 그녀는 가까스로 마음을 진정시키곤 이내 두 주먹을 불끈 쥔다. 그러고는 숨을 두 번 크게 내쉬고는 상대를 마치 어린아이 달래듯 타이른다.

"저어, 죄송하지만 다신 이런 장난전화하지 마세요!"

그녀가 막 수화기를 내려놓으려는 순간 상대방의 다급한 목소리가 수화기에서 흘러나온다.

"저 잠깐만요. 저어, 접니다."

"⋯⋯?"

"정, 민, 기!"

순간 그녀의 머릿속이 하얘지면서 방금 전 상념들이 깡그리 뇌리에서 사라진다. 수화기를 타고 들려오는 목소리에는 적당한 취기까지 묻어났다. 정민기라니, 대체 그가 누굴까? 그 순간 누군가 자신의 머릿속에 차가운 얼음물을 확 끼얹은 느낌이 들면서 상대방 남자의 얼굴이 또렷하게 떠오른다. 바로 그 남자였다. 남편의 회사동료인 총무과 정민기과장. 회사가족행사에 몇 번 맞닥뜨린 적이 있는 아주 친절하고 예의바른, 키가 훤칠한 미남형의 그 남자. 지난여름 회사야유회 때는 그 남자한테 크게 신세까지 진 적이 있었다. 준이와 석이가 화양계곡에서 정신없이 물놀이를 하다가 그만 준이가 깊은 물속에 빠져 허우적거리는 걸 그 남자가 재빨리 뛰어들어 구해주지 않았던가. 그녀는 환하게 웃는다.

"정말 반갑네요. 그동안 잘 지내셨어요?"

"아, 예. 저야 항상 잘 지냅니다."

"근데 무슨 급한 용무라도 있으신 건가요?"

"아, 아 그건 아니고 그냥 근처에 왔다가⋯⋯."

그가 제대로 말끝을 잇지 못하자 그녀는 수화기를 잡은 손에 저절로 힘이 가해진다. 그냥이라니⋯⋯. 기분이 아주 묘해진다. 그녀는 약간 불쾌한 기분이 들자 아무 감정도 섞이지 않은 억양의 투로 말한다.

"저한테 뭔가 꼭 하고 싶은 말씀이 있으신 것 같은데요. 괜찮으니까 어서 말씀해보세요. 혹시 우리 그이 일 때문인가요?"

"아뇨, 그런 게 아닙니다."

"그럼 혹시 제가 급하게 정 과장님을 도와드려야 할 일이라도 생긴 건가요?"

"아 아뇨. 그, 그냥 전화를 걸었습니다."

"그냥요! 이 늦은 시각에요?"

"저어, 사실 술을 좀 마셨습니다. 어쩐지 그냥 이대로 집에 들어가려니 왠지 마음이 썰렁해서 말입니다. 하필이면 오늘따라 왜 이렇게 마음이 외롭고 허전한지 후유~. 이래서 사내들이 장가를 가나 봅니다."

뜬금없는 그의 말에 그녀는 당황해하며 한 손으로 머리칼만 만지작거린다. 자신이 늘 마음속으로 중얼거리던 한탄을 그도 서슴없이 내뱉고 있었다. 외롭고 허전하다는 말. 그녀는 어떻게 처신해야 좋을지 난감할 뿐이다. 그렇다면 이 남자는 아직도 결혼할 짝을 구하지 못했단 말인가. 그러고 보니 전번에 자신이 그한테 참한 아가씨를 소개시켜주겠다고 했던 말이 불쑥 머릿속에서 떠오른다. 그녀는 그제야 남자의 의도를 알아차렸다는 듯 고개를 끄덕이며 말한다.

"아, 맞아요! 제가 정 과장님께 소개팅을 주선해주겠다고 했었죠?

아, 글쎄 그 말을 해놓고도 그만 깜빡 잊고 있었지 뭐예요, 호호호……."

"그것 때문에 전화를 한 건 결코 아닙니다. 그냥, 그냥 걸었다니까요!"

'그냥'이라는 말에 그녀는 고개를 갸웃거린다. 소개팅 일도 아니라면 대체 이게 무슨 짓이란 말인가. 별다른 용건도 없으면서 그냥 심심풀이로 남의 집에, 그것도 남편도 없는 한밤중에 전화를 걸어 무엇을 하겠단 말인가. 그것도 두 번씩이나. 그녀의 눈앞에 희뜩 불길이 지나가는 것을 느낀다. 필히 어떤 용건이 있을 터인데도 그는 그걸 숨기고 계속 말꼬리만 뱅뱅 돌리고 있는 게 틀림없다. 그녀는 매우 난처한 표정을 짓는다.

"그러니까 민기 씨도 빨리 장가가세요. 너무 여자를 고르지 말고요. 그냥 인연이다 싶은 여자를 만나면 복잡하게 이것저것 따지지 말고 그냥 후딱 결혼부터 하세요. 결혼은 해도 후회 안 해도 후회라지만 그래도 하고 나서 후회하는 게 낫지 않을까요?"

"전 그냥 혼자 사는 게 편해요. 그리고 어떤 여자가 저 같은 놈한테 장가오겠어요?"

"호호호……, 별소리 다 하시네요. 들리는 소문에 의하면 회사에서 인기 짱이라던데요 뭐. 말이 나왔으니 하는 말인데 그럼 이참에 제가 소개팅을 주선해볼까요?"

"하하하. 그렇다면 정말 절 장가 보내주시려는 겁니까?"

"그럼요. 쇠뿔도 단김에 빼냈다고 제가 내일부터 당장 참한 아가씨를 알아볼게요."

"정 그러시다면 좋습니다. 이왕이면 희수 씨 같은 분으로 소개시켜주십시오. 그럼 내일이라도 당장 장가를 가겠습니다."

그의 입에서 뜻밖에 자기의 이름이 튀어나오자 그녀는 새삼 놀란 표정을 짓는다. 항상 준이 엄마로만 불리던 자신에게도 당당한 이름이 있었다는 걸 지금 그가 깨우쳐주고 있었다. 그랬다. 자기에게도 자신만의 고유명사인 이름이 있다. 아줌마나 누구의 엄마가 아닌 차희수라는 아주 예쁜 이름말이다. 하지만 그녀는 자신의 이름을 불러주는 그가 왠지 낯설게만 느껴진다. 그나마 그는 지금 자신과 닮은 여자를 원하고 있지 않은가. 갑자기 기분이 몹시 언짢아진 그녀는 퉁명스럽게 말한다.

"왜 하필이면 저 닮은 여자세요?"

"희수 씬 마음씨도 착하고 얼굴도 예쁘잖습니까."

"뭐, 뭐라고요?"

그녀는 도무지 그의 말을 믿을 수가 없었다. 그는 대체 어떤 근거로 함부로 그런 말을 꺼내는 것일까. 혹시 카사노바나 플레이보이 기질을 발휘해서 달콤한 말로 유혹이라도 하려는 비열한 수작을 부리고 있는 것은 아닐까. 그녀의 생각이 실타래처럼 뒤엉킨다.

아니다. 자신만의 착각일 수도 있다. 그가 어디 그럴 사람이던가. 그녀는 계면쩍어서 공연히 머리를 긁적이며 다시 말한다.

"민기 씨가 아무래도 오늘 술이 좀 과하셨나 봐요. 사실 제 남편은 절 굉장히 못생겼다고 놀려대는데, 굳이 없는 말 지어내려고 애쓰지 말고 이제 그만 전화 끊고 집으로 들어가세요."

"그건 그 친구가 진정으로 여자를 볼 줄 몰라서 그렇습니다. 정말 희수 씬 무척이나 아름다워요. 진심이라니까요. 그래서 제가 희수 씨를 닮은 분으로 소개해달라고 부탁드리는 거 아닙니까. 사실 이렇게 전화하는 것에 대해 많이 망설였습니다. 하지만 꼭 한 번은 통화를 하고 싶었거든요. 정말이지 오늘밤 제가 용기를 갖고 전화를 한 게 아주 잘 한 것 같군요."

그러고는 잘 자라는 말을 남기고 그가 먼저 전화를 끊자 그녀는 손에 들려있는 끊긴 전화기를 멀거니 내려다본다. 기이하게도 방금 전 말들이 메아리가 되어 사방에서 들려오는 듯하다. 착하다, 예쁘다, 아름답다. 그건 아버지가 어릴 적 자신에게 종종 했던 말들이 아니던가. 새삼스럽게 그 말을 낯선 남자한테 듣게 되자 갑자기 돌아가신 아버지까지 그리워진다. 그녀는 수화기를 가만히 내려놓으며 침대 모서리에 엉덩이를 걸터앉고는 지그시 두 눈을 감는다. 아마 그는 취중이라서 그런지도 모른다. 아니다. 취중에 진담이 나온다고 하지 않았던가. 그렇다면 대체 그의 숨겨진 의도는 무엇이란 말인가. 그녀는 고개를 설레설레 흔들며 침대에 걸터앉은 몸을 일으키곤 굳게 닫힌 마분지 같은 커튼을 한쪽으로 밀어 젖힌다. 어둠만이 도사리고 있는 텅 빈 거리에는 아직도 바람을 동반한 빗줄기가 퍼부어대고 있었다. 잠시 어둠 속을 응시하던 그녀는 알 수 없는 두려움에 휩싸이고 만다. 방금 전 전화기 속의 말들이 그녀의 삭막한 가슴에 충격의 돌을 던진 것이다. 그의 말들이 심장 곳곳으로 빠르게 거미줄처럼 뻗어나가자 그녀는 다시금 세차게 고개를 흔든다. 하지만 어찌된 영문인지 그의 말은 뇌리에서 좀처럼 떠나질 않는다. 그녀는 여태껏 단 한 번도 가보지 않았던 거대한 동굴 속 어딘가 구불구불한 미로 속으로 발걸음이 한 발 한 발 내딛는 기분마저 든다. 그녀는 더럭 겁이 나고 무서워진다. 저 어둠 속의 빗줄기가 와락 자신에게 덤벼들 것 같은 막연한 불길한 예감에 사로잡힌 것이다. 그래서일까. 가슴속에 지난 세월이 만든 상처가 밀물처럼 가득 들어찬다. 외로움과 슬픔으로 지친 허약한 마음은 자꾸만 자꾸만 바닥으로 깊이 가라앉는다. 아, 어쩌란 말인가. 그녀는 쓴 웃음을 입가에 지으며 부엌으로 간다. 그러곤 싱크대 선반 속에 있는 유리잔을 꺼내 냉장고 속에 있는 얼음조각 몇 개를 채우곤 벽면에 붙어있는 장식장 유리문을 연다. 유리선반에는 남편이 출장에서 돌아올 때마다 갖고 온 각종 양주들이 빼곡하게 진열되어 있다. 그녀는 손끝으로 그것들을 하나씩 건드려보곤 그 중 반쯤 비어 있는 발렌타인 21년산을 꺼내들어 잔에 술을 따른다. 만성 위염과 역

류성 식도염 증세가 있음에도 불구하고 그녀는 그 술을 단숨에 목구멍으로 쏟아 붓는다. 이처럼 마음이 심란하고 통 잠을 이루지 못할 땐 술이 수면제보다 더 효과적일 때가 있었다. 술이 목구멍을 타고 내장으로 스며들자 서서히 그 열기가 온몸으로 퍼져나간다. 그녀의 몸이 가볍게 휘청거린다. 안방으로 간 그녀는 병의 증세가 악화된 중증환자처럼 반듯하게 침대에 드러눕고는 눈을 살며시 감는다. 소리 없는 눈물이 볼을 타고 마냥 흘러내린다. 그녀는 어금니를 질끈 깨문다. 자신은 여태 저 흐르는 강물 위에 떠 있는 조각배처럼 정처 없는 삶을 방황하면서 살아 왔는지도 모른다. 길이 없는 길 위에서 자신이 찾고자 했던 건 무엇이었을까. 그리고 자신은 여태 무엇을 그토록 찾아 헤매고 있었을까. 그녀는 흐르는 눈물을 그대로 내버려둔 채 비스듬히 옆으로 누워 한동안 횅한 빈 벽만을 망연히 바라본다. 당신, 내 꿈이 뭐였는지 알아? 난 정말 잘나가는 프로야구선수가 될 수 있었단 말이야. 근데 당신을 만나는 순간부터 내 꿈은 송두리째 물거품이 되고 말았어. 그때 그 사고만 일어나지 않았다면 난 지금쯤 어느 구단에선가 커다란 꿈과 희망을 안고 그라운드에서 힘차게 뛰고 있었을 거야. 그러니까 지금 내 신세가 이 지경 이 꼴이 된 건 모두 당신 때문이란 말이야! 그의 레퍼토리를 들을 때면 그녀는 언제나 그와 함께 머물고 있는 가족이란 공간에서 아주 멀리 달아나고 싶어졌다. 저 허공을 훨훨 날아가는 철새처럼 말이다.

2장 흔들리는 투명한 어둠

시계 알람소리에 민기는 눈을 뜨고는 방안부터 휘이 둘러본다. 열한 평 남짓한 원룸이 자기의 한 몸 의지하며 생활하기엔 딱 안성맞춤이라는 생각이 든 것이다. 회사와 거리가 먼 게 좀 불편하기는 해도 그럭저럭 혼자 살기엔 그나마 괜찮은 원룸이다. 더구나 마음씨 좋은 집주인 아저씨는 해가 바뀌어 새해를 넘겼는데도 여태 방세 올려달라는 소리가 없으니 그 또한 얼마나 다행한 일인지도 모른다. 그동안 벌어놓은 종잣돈을 일 년만 더 주식으로 잘만 굴린다면 아마도 내년 이맘때쯤이면 소형아파트 하나를 장만하게 될지도 모를 일이다. 그때까지 불편함을 감수하더라도 이 공간에 진득하게 엉덩이를 붙이고 살아야 한다고 민기는 스스로에게 타이른다. 물론 결혼을 하기 위해서 아파트를 사려는 것은 결코 아니다.

역세권에 있는 작은 평수의 아파트를 사놓으면 그게 돈이 되는 법이라는 걸 그는 이미 알고 있었다. 예전에 은행융자를 받아서 소형 오피스텔을 매입해 그걸 임대 놓았더니 그 수입이 짭짤했고 재작년에 그걸 팔았더니 생각지도 않게 꽤나 큰 액수의 목돈을 손에 거머쥐게 되었다. 그런 사정을 잘 알고 있는 회사동료들은 매우 부러운 표정으로 그를 보고 일명 재테크의 달인이라고 부르기도 했다. 사실 그가 이처럼 재테크에 집중하는 것은 앞으로 회사생활을 오래 할 생각이 추호도 없기 때문이다. 언젠가 기회를 엿보다가 그 기회가 찾아오면 개인 사업을 해보고 싶은 게 그의 꿈이자 희망이다. 몇 달 전 그는 자신의 원대한 꿈을 어머니께 말씀드렸더니 어머니는 그 말을 귓등으로 흘러 넘기며 무조건 결혼부터 하라고 성화였다. 장가를 가야만 모든 생활이 안정이 되고 그 속에서 가슴에 품은 큰 뜻도 이룰 수 있다며 시도 때도 없이 결혼하라고 독촉했다. 지난 주말에는 참다못한 어머니가 급기야 결혼할 처자를 데리고 집에 내려오든가, 아니면 눈 딱 감고 어머니가 주선해 주는 처자와 결혼하든가 양자택일하라고 득달하기까지 했다. 신경이 무척이나 예민해진 그는 어머니의 뜻을 완강히 거절하며 그 문제로 자신을 자꾸만 괴롭힌다면 앞으로 어머니를 만나지 않겠다고 으름장까지 놓았다. 그럼에도 불구하고 어머니는 며칠 전에 뜬금없이 회사에서 일하고 있는 그에게 전화를 걸어 마땅한 처자가 있으니 이번 주말엔 당장 집에 내려오라는 밑도 끝도 없는 말을 불쑥 내던지곤 전화를 끊었다. 통화내용을 엿들은 직원들은 껄껄껄, 웃으며 그에게 어서 빨리 장가가라고 거들었다. 그는 그렇게 곳곳에서 장가가라는 성화에 시달렸다. 물론 어머니를 생각한다면 하루빨리 그 품안에 귀여운 손자라도 안겨드리고 싶지만 결혼이라는 게 어디 번갯불에 콩 볶아 먹듯 그렇게 빨리 해치울 수 있는 일이던가. 그는 길게 한숨을 내쉬며 무심코 창가를 바라본다. 눈앞에는 희뿌연 색의 안개같은 장막이 처진 기분이 들었다. 그는 고개를 세차게 흔든다. 매번 결혼만 떠올리면 이상하게도 머릿속이 혼돈스러웠고 그때마다 뱃속에서 한바탕 배앓이를 치르듯 꾸르륵거리는 소리가 들리면서 위가 더부룩하니 심한 갈증까지 느껴진다. 아니다. 어제 술을 너무 과음을 한 탓인지도 모른다. 그는 얼굴을 찡그리며 손바닥으로 위와 아랫배 쪽을 반복적으로 쓸어내리며 침대에서 일어나 맞은편에 냉장고에서 마시다가 남은 생수병을 꺼내들곤 그것을 단숨에 들이킨다. 그러고는 헛기침을 두어 번 내뱉곤 굼뜬 동작으로 책상 의자에 걸터앉아 두 손바닥으로 부스스한 머리와 얼굴을 한번 쓱 문지르곤 한 개비만 남은 담뱃갑에서 담배를 꺼내 입에 물곤 일회용라이터로 불을 붙인다. 담배를 한 모금 빨고 나서야 그 얼굴에 안도의 빛이 감돈다. 그는 빈 담뱃갑을 확 구겨 화장실 입구에 있는 휴지통속으로 내던진다. 어머니의 모습이 뇌리에서 또렷하게 떠오르면 떠오를수록, 그 잔소리가 심해지면 심해질수록 그는 더욱더 하영을 붙잡고 싶어진다. 그가 담배연기를 길게 내뿜자 그 희뿌연 연기가 마치 끝없이 펼쳐진 흐린 날의 안개를 연상시킨다. 안개 너머로 하영의 얼굴이 아침햇살처럼 눈앞에 어른거리고 있는 것처럼 느껴지자 그는 담배를 깊게 빨아들이곤 담배연기를 길게 내뿜어 하영의 얼굴을 흩뜨린다. 담배는 정신적 고통을 치유해주는 유일한 필수품이자 자신에게는 없어서는 안 될 아주 소중한 기호품이다. 아무리 타인들이 금연을 외쳐대지만 자기만은 결코 그럴 수가 없다.

언젠가 회사에서 일주일 간 금연 캠페인을 벌인 적이 있었다. 그 행사에 참여자 중에는 직위가 높은 상사 분들도 더러 있어서 민기도 참석하게 되었다. 그걸 계기로 그들과 두터운 인맥을 형성하고자 했던 게 그의 솔직한 심정이었다. 그러면 아무래도 인사고과는 물론 나중에 사업을 운영하게 되었을 때도 좋을 성싶었다. 그야말로 꿩 먹고 알 먹는, 일거양득이 아닌가 싶어 민기는 참석했다. 그러나 금연을 하는 일은 그가 생각했던 것처럼 쉬운 일이 아니었다. 그렇다고 쉽사리 포기할 수도 없는 게 그의 처지였다. 때마침 입사 동기인 해외영업부에 근무하는 성진을 오랜만에 그곳에서 만날 수 있었다. 두 사람은 그 일로 서로의 관계가 조금씩 가까워질 수 있는 계기도 되었다. 정말이지 담배를 끊는다는 건 그 어떤 고통과도 비교할 수 없을 만큼 커다란 마음의 고통이 뒤따랐다. 하루 이틀은 그럭저럭 잘 견뎌낼 수 있었지만 시간이 좀 더 흐르자 마침내는 심한 금단현상으로 인해 몸에 이상반응이 일어나기 시작했다. 다리와 손끝이 부들부들 떨렸고 가만히 있어도 자꾸만 가슴이 쿵쾅거리면서 알 수 없는 심리적 불안과 초조감까지 엄습해오자 그들은 더 이상 금연을 감행할 수 없었다. 그 바람에 업무 능률은 확연히 저조했고 나날이 마음이 우울해져 종내 세상사는 맛까지 다 잃어버릴 지경에 이르고 말았다. 그런 금단형상을 겪게 되자 결국 두 사람은 금연에 실패하고 말았다. 그래서 그날 함께 회사 근처 뒷골목에 있는 포장마차에 들어가 소주잔을 기울며 서로의 마음을 위로해주었다. 가을바람이 살랑살랑 불어오는 어둠 속에서 성진이 말했다. 사람의 운명은 이미 정해진 하늘의 뜻이라고. 그 운명에 아무리 발버둥을 처봐도 죽을 사람은 죽고 살 사람은 다 사는 게 인간의 운명이라고. 그러자 민기도 한 마디 덧붙였다. 뭐 담배 많이 태운다고 빨리 병들어 죽는다면, 담배 안 태우시던 울 아버지는 왜 그렇게 빨리 돌아가신 거야! 하필이면 그날 어머니가 부녀회 모임에 참석하는 바람에 손도 쓸 수 없었던 게 너무 가슴이 아팠어. 나라도 그 곁에 있었더라면 어떻게든 해봤을 터인데. 그날따라 아버지는 너무 몸이 고단했는지 일찍 자리에 드러누웠는데 그게 세상과 영영 작별하는 마지막 시간이 되고 말았어. 이상한 예감이 들었는지 어머니는 부녀회 회의 도중에 잠깐 밖으로 나와 여러 차례 집에 전화를 걸었는데도 아버지가 영 전화를 받지 않자 덜컥 가슴이 내려앉았다는 거야. 그리고는 새파랗게 입술이 질린 채 곧장 집으로 달려갔는데 그땐 이미 아버지의 숨이 끊어진 후였대. 심장마비라더군. 그당시 난 서울에서 대학생활을 막 시작하려던 때였지. 그 후부터 우리 어머니는 행여 내가 전화를 받지 않으면 그때 끔찍한 변고가 트라우마처럼 떠올랐는지 안절부절못하시곤 하셨지. 그 때문에 지금도 난 시도 때도 없이 걸려오는 어머니 전화를 피할 수가 없게 되었고 말이야. 어휴, 그놈의 장가가라는 소리만 안하면 얼마나 좋을까. 민기의 긴 하소연에 성진은 맞장구를 치듯 말했다. 우리 부모님은 그래도 아직은 건강하지. 특히 아버지는 골초임에도 불구하고 지금까지도 정정한 몸으로 시골에서 농사를 짓고 계시고. 난 그런 아버지를 닮아 담배를 피워도 장수할 거야. 사람의 목숨 줄도 그집안의 내력이라고 하지 않나! 이어 두 사람의 대화가 자연스럽게 결혼 이야기로 포커스가 맞춰지자 성진은 갑자기 먹구름이 잔뜩낀 어두운 얼굴로 단숨에 소주잔을 비우며 침울한 목소리로 말했다. 자네는 이왕 늦은 결혼 너무 성급하게 서둘지 말고 신중히 생각하고 또 생각해서 자네가 정말 괜찮다 싶은 여자라는 생각이 들 때그때 결혼을 해도 늦지가 않네. 그러면서 성진은 자기 아내에 관한말까지 언급했다. 우린 처음부터 인연이 아니었어. 그래서 난 지금도 사랑이 어떤 것인지도 모르고. 불행한 삶이지 뭐. 아내에게 전혀 사랑을 느낄 수가 없으니 말이야. 그 말에 깜짝 놀란 민기가 의아한 표정을 지으며 그 이유를 캐묻자 성진은 아차 싶었는지 그만 입을 굳게 닫아버렸다. 그런 성진의 태도를 이해할 수 없었다. 겉으로 볼 땐 마냥 행복한 가정을 꾸리며 삶을 영위하는 것처럼 느껴졌는데 그게 아니라는 게 민기에게는 뜻밖의 충격이라면 충격일 수도 있었다.

그 누가 타인의 삶을 알겠는가. 자신도 자신의 삶을 알 수가 없는데 말이다. 민기는 서서히, 그리고 아주 조심스럽게 입밖으로 희뿌연 담배연기를 내뿜어내면서 가운데 구멍이 뻥 뚫린 동그란 도넛을 만들어낸다. 그렇게 만들어낸 구름 도우넛이 허공에서 둥둥 떠다니다가 순식간에 흔적도 없이 사라지자 민기는 이내 허탈한 표정으로 쓸쓸하게 웃으며 허공으로 내던진 시선을 거둔다. 어쩌면 자신의 사랑 또한 저 담배연기 같을지도 모른다. 분명 모양과 색깔은 보이지만 그 안에 형체만은 전혀 만져볼 수도 가질 수도 없는 안개 같은 사랑. 불꽃의 씨앗이 필터 가까이로 거의 타들어갈 쯤 별안간 머리가 지끈 아파온다. 그는 두 눈썹을 잔뜩 찌푸리며 왼손 끝마디로 관자놀이를 꾹꾹 눌러 지압을 해본 후 재빠르게 꽁초를 재떨이에 짓이겨 끈다. 그때 머릿속에서 한 여자의 모습이 잔잔한 호수 수면에 물안개처럼 피어오르듯이 떠오른다. 바로 성진이 전혀 사랑을 느낄 수 없다던 아내 차희수였다. 순간 방안 공기는 후덥지근한 열기로 가득 차오면서 그 열기가 금세 그의 온몸으로 전해진다. 그는 골목 길에서 방뇨하다가 들킨 사람처럼 당황한 표정을 짓는다.

어젯밤 회식이 끝나고 이차로 단란주점으로 자리를 옮긴 게 화근이었다. 그렇잖아도 식사를 하면서 소맥을 많이 마셨는데 또 다시 룸에서 맥주를 마셔대자 그는 그만 취하고 말았다. 아니 홍 대리 때문인지도 몰랐다. 직원들이 신나게 노래를 부르면서 쌓인 스트레스를 풀고 있을 때 룸에서 빠져나온 그가 먼저 화장실로 들어갔고, 그 뒤를 홍 대리가 쫓아왔다. 거나하게 취한 홍 대리는 오줌발을 힘차게 갈기면서 머지않아 성진의 가족이 이민을 가게 될지도 모른다고 귀띔해주면서 지금 성진이 해외출장 중이라는 말까지 덧붙였다. 민기는 자기의 귀를 의심했다. 하지만 성진과 홍 대리는 대학선후배라서 평소 회사에서나 밖에서 어울리는 횟수가 잦았으니 그건 틀림없는 정보라고 민기는 믿어 의심치 않았다. 그런 민기의 머릿속에 회사야유회 때 잠깐 본 적이 있는 성진의 아내 얼굴이 떠올랐다. 처음 봤을 때부터 왠지 낯설지가 않았다. 마치 어디선가, 본 듯한 인연처럼. 그런 그녀가 남편에게 사랑을 받지 못하고 있다는 게 여간 안쓰러운 게 아니었다. 그리고 막상 그들이 이민을 떠나게 될지도 모른다는 말을 듣게 되자 민기의 마음이 뭔가에 쫓기는 사람처럼 괜히 불안해졌다. 전번 야유회 때 남편을 온갖 정성을 기울어 시중드는 그녀의 행동은 마치 왕을 시중드는 시녀의 모습을 연상케 했다. 밥을 뜬 남편의 숟가락에 맛난 생선이나 고기를 올려놓아 주기도 했고 식사가 끝나자마자 깔끔하게 준비한 과일을 내놓으면서 더불어 따뜻한 차까지 내놓는 걸 지켜보고 있자니 민기는 마치 시대가 거꾸로 거슬러 올라간 기분마저 들었다. 조선시대에서나 볼 수 있는 다소곳한 성품의 여인. 다른 직원들의 아내들은, 남편들은 모두 뒷전이고 무조건 아이들부터 챙기기가 급급한데 그녀는 그런 아내들하고는 영 딴판이었다. 그런데도 성진은 아내에게 불만이 많은 것처럼 보여 민기는 가슴이 아팠다. 그런 와중에 홍대리가 그들의 이민을 들먹이자 결국 그는 어젯밤 술김을 빌어 그녀의 집으로 전화를 하고 말았다. 하지만 정작 그녀와의 통화에선 궁금증을 들어보기는커녕 그냥 횡설수설하다가 전화를 끊고 말았다. 어젯밤 일이 머릿속에 생생하게 떠오르자 민기는 화끈 얼굴이 달아올랐다. 혹시 그녀에게 크게 실수를 한 것은 없을까. 그는 곰곰이 기억을 더듬어본다. 소개팅을 주선하겠다는 그녀의 말만 머릿속에서 뱅글뱅글 맴돌았다. 그의 눈앞에 그녀의 모습이 아련하게 피어오른다. 큰 키에 늘씬하고 커다란 눈을 갖고 있는 그녀였다. 사슴 같은 커다란 눈이 마냥 애처롭게만 보였다. 어쩌면 사랑을 전혀 느낄 수 없다는 성진의 말 때문에 더욱 그렇게 보였는지도 몰랐다. 두 아이의 엄마라는 사실이 도무지 믿겨지지가 않을 만큼 젊고 고운 외모를 갖고 있는 그녀가 도대체 무슨 이유로 남편 사랑을 듬뿍 받지 못하는지 민기는 새삼스럽게 그 사실이 무척이나 궁금해졌다. 기어코 그 강한 호기심이 발동한 민기는 작년여름 화양계곡 가족행사 때 일부러 성진의 아이들에게 유독 관심을 보이면서 그녀의 주위를 서성거렸다. 바로 그때 물놀이를 하던 준이가 물에 빠져 허우적거리는 걸 보자 민기는 재빨리 물에 뛰어들어 준이를 구해줬다. 그 일로 인해 그녀는 고마움을 표하였고 민기에게 아직 결혼할 여자가 없다는 사실을 알고는 상냥하게 미소를 지으며 언제 자신이 직접 나서서 소개팅을 주선해주겠다는 말도 덧붙였다. 난데없는 그녀의 말에 민기는 우두망찰한 표정을 짓고 있었을 뿐 이렇다, 저렇다 자기 생각을 말하지는 않았다. 그런데 어젯밤 통화에서 그녀가 그걸 기억하곤 먼저 그때의 약속을 상기시키며 소개팅을 주선해주겠다고 했다.

민기는 머리가 지끈지끈 아파오고 온몸에 쌓인 피로감이 밀물처럼 밀려오자 방문을 열고 바깥으로 나간다. 마당 곳곳에는 크고 작은 여러 종류의 나무들이 많이 심겨져 있었고 꽃과 식물에 대한 집주인아저씨의 부지런한 손길과 그 사랑도 이 정원에서 함께 느낄 수 있었다. 나무와 꽃을 가꾸는 일을 통해 나름대로 아저씨는 자신만의 철학을 깨달았노라고 언젠가 말한 적이 있었다. 자신이 키우는 식물을 통해 인간의 삶과 죽음을 엿볼 수 있었다면서. 때가 되면 꽃이 피고 때가 되면 꽃이 지는 자연의 섭리를 가만히 들여다보고 있으면 그게 우리 인간의 삶과 매우 흡사하다고 설명했다. 그러니 세상에는 영원한 아름다움도, 영원한 사랑도 없다는 게 주인집 아저씨의 지론이었다. 민기는 잠시 아저씨의 말을 떠올리며 마당 주위를 샅샅이 둘러본다. 나무들은 저마다 봄을 앞 다투어 알리기라도 하듯 가지마다 막 꽃망울을 터뜨리고 있다. 머지않아 개나리와 영춘화, 벚꽃들이 활짝 피어나면 이 정원은 그야말로 꽃들의 향연이자 축제의 정원이 될 것이다. 그 꽃들이 지고 나면 곧바로 또 다른 꽃들이 활짝 피어날 것이고 저기 대문 입구에 있는 오래 묵은 등나무에는 그 꽃들이 포도송이처럼 주렁주렁 매달려 주위를 환하게 밝힐 것이다. 어디 그뿐인가. 드문드문 심겨져 있는 감나무, 유자나무, 오디나무와 애기사과와 같은 과실나무들은 온통 이 낡은 집을 빙 둘러싸고 있다. 사시사철 눈요기할 게 참 많은 아름답고도 소박한 정원을 이처럼 서울하늘 아래서 마주보고 그 향긋함과 신선함을 함께 느낄 수 있는 생활은 자신에게는 커다란 행운이나 다름없다고 민기는 생각한다. 그는 신선한 아침 공기를 깊이 들이쉬기 시작한다. 한결 머리가 개운해지는 걸 느낄 수 있었다. 민기가 나무와 화초들을 살펴본 후 한쪽 구석으로 가 간단한 맨손체조를 하기 시작할 때 등 뒤에서 자신을 부르는 소리가 들려오자 민기는 양옆으로 크게 팔을 돌리다가말고 고개를 돌린다. 반쯤 열린 거실문 앞에서 아저씨와 아주머니가 어서 빨리 들어오라고 그에게 손짓한다.

"민기 총각, 어서 와서 우리랑 함께 아침식사해요!"

"아, 저는 괜찮습니다. 출근해서 회사 식당에서 식사해도 되는 걸요."

"어유 그거 몰라서 그러는 거 아녀. 오늘이 우리 집 양반 생신이여. 이런 날 아니면 우리가 언제 함께 식사를 해보겠나. 얼른얼른 들어오소."

아주머니의 말에 그는 멀쑥해진다. 아저씨 생신이라는데 피할 수도 없고, 또 빈손으로 들어가기도 어쩐지 송구스럽기 짝이 없다. 그렇다고 그들의 호의를 거절 할 수도 없는 처지라서 그는 마지못한 듯 주인집으로 간다.

안방에는 여러 가지 맛난 음식들이 교자상 위에 푸짐하게 차려져 있었다. 오랫동안 동네마트를 운영하던 두 분은 그 주변에 대형마트가 들어서자 가게운영이 점점 어려워졌고 급기야 더는 버티지 못하고는 몇 달 전 가게를 접고 말았다. 과거 그들 부부는 오로지 근검절약 정신으로 살아왔고, 그래서 돈도 많이 벌었다고 그에게 말한 적이 있었다. 그러면서 돈은 젊어서 벌어야 한다고 누누이 강조했던 그들이었다. 몸이 아무리 고달프고 힘들어도 열심히 일해서 저축을 많이 하라고, 가계부도 쓰면서 계획된 삶을 살다보면 그 대가로 노후의 삶은 안정이 될 것이라며 입버릇처럼 말하던 두 분을 뵐 때마다 민기는 그들이 마치 자신의 부모님처럼 여겨질 때도 있었다. 아저씨는 반백의 머리칼을 오른손으로 쓸어 넘기며 그에게 깔아놓은 방석 위에 앉을 것을 권하자 그는 어정쩡한 표정을 지으며 간신히 자리를 잡고 앉는다. 그러자 아저씨는 인자한 얼굴로 그를 지그시 바라보며 다소곳하게 말한다.

"요즘 회사업무가 많이 바쁜감? 통 얼굴 보기가 힘들어서 말이오. 허긴 우리 아들놈도 요즘 많이 바쁘다던데. 자네가 이곳에 이사 오기 바로 전에 우리 아들놈은 해외지사로 발령이 나서 떠났다네. 지금 인도에서 살고 있거든. 이렇게 자네를 보고 있자니 갑자기 아들놈이 생각나네 그려, 흠흠."

"왜 안 그러시겠어요, 오늘이 아저씨 생신이신데 더욱 그렇겠죠."

민기의 말에 아저씨는 쓸쓸한 웃음을 지으며 음식은 따뜻할 때 먹어야 보약이라면서 빨리 숟가락을 들라고 재촉한다. 하지만 그는 속이 쓰리고 위장이 뒤틀리는 통증이 찾아오자 쉽사리 눈앞에 놓인 음식들이 입에 당기지가 않는다. 그래도 뭔가를 좀 먹어야할 것 같아 몇 숟가락의 밥과 미역국을 떠먹어봤지만 더는 먹을 수가 없다. 그가 미안한 기색을 내비치며 도로 수저를 내려놓자 그걸 본 두 분은 매우 걱정스런 표정으로 그의 얼굴을 빤히 쳐다본다.

"아니 그렇게도 입맛이 없는감?"

아저씨의 말에 그는 난감한 표정으로 짓는다.

"사실 어젯밤에 술을 너무 과음해서인지 지금 속이 영 좋지가 않아서요. 죄송합니다!"

그 말에 아저씨가 안쓰럽다는 표정을 지으며 쯧쯧, 혀를 찬다.

"한창 나이에 그렇게 먹지 못하면 그게 나중에 다 골병이 돼. 거늘어서 후회하지 말고 고놈의 술 좀 많이 마시지 말게나. 이게 다 남자 혼자 살아서 그려. 그러니 자네도 더는 미루지 말고 어서 빨리 장가가소. 아가씨도 그만하면 괜찮더구먼. 흠흠."

갑작스런 아저씨의 말에 크게 당황한 민기의 얼굴이 금세 홍당무처럼 새빨개진다.

"아, 아닙니다. 걔는 제 동생입니다, 사촌동생요!"

그가 뜨악한 표정으로 말하자 두 사람은 어처구니없다는 표정으로 그의 얼굴을 뚫어지게 쳐다본다. 그는 이마에서 무언가를 뽑아내고 싶기라도 한 것처럼 양 눈썹 사이에 두 집게 손가락을 갖다 댄다. 입장이 여간 난처한 게 아니다. 쥐구멍이라도 있으면 당장 숨고 싶은 심정이다. 그는 되도록이면 빨리 이 자리에서 벗어나고 싶어진다. 그래서 얼른 고개를 들어 벽에 걸린 시계를 바라보며 말한다.

"저어, 전 이만 실례하겠습니다. 출근을 서둘러야 할 것 같아서요. 오늘 생신에 초대해주셔서 정말 감사합니다. 대신 저녁에 제가 일찍 퇴근해서 정중히 아저씨께 술을 따라 올리겠습니다."

"아아, 일부러 그럴 필요는 없네그려. 그런 걱정일랑 하지 말고 어서어서 나가보게나. 회사 출근시간 늦지 않게 빨리 서둘러야지!"

민기는 주인집 안방에서 나와 곧장 자신의 방으로 향한다. 그러고는 재빠르게 욕실에서 샤워를 끝내고는 몸을 돌려 방의 가장자리를 향해 두세 발짝 떼곤 그 옆에 붙박이 옷장 하단의 서랍에서 팬티를 꺼내 갈아 입곤 잠시 옷장 앞에 우두커니 서 있다. 푸르스름한 자신의 낯빛이 옷장 안쪽 문에 부착된 거울에서 비춰졌기 때문이다. 사실 요즘 회사업무량도 엄청나게 많아지는 바람에 그가 처리해야 할 서류도 예전보다 훨씬 많아졌다. 때로는 지방출장을 가야할 때도 있고, 교육이나 세미나 같은 각종행사에 참가하는 일도 잦았기 때문에 여간 몸이 피로한 게 아니었다. 어쩌다가 천안에서 하영이가 올라와도 제대로 그 얼굴을 볼 시간조차 없을 지경이었다. 하영은 가끔씩 서울에 올라올 때면 어김없이 그의 원룸을 방문해서 방과 욕실 청소는 물론 밀린 빨래며 잡동사니 짐정리까지 말끔하게 청소를 해놓곤 했다. 그때마다 하영을 본 아저씨와 아주머니는 그녀가 그와 결혼할 아가씨로 착각하고 있는 모양이었다. 그의 가슴속 깊이 억눌러왔던 슬픔이 왈칵 쏟아질 것만 같았다. 그가 정말 가까이에서 보고 싶고 그리운 그녀가 아니던가. 그런데도 그는 지금껏 솔직한 감정을 꽁꽁 숨기며 살아왔다. 그래서인지 언젠가 하영이 악에 받쳐 쏘아대던 말들이 그의 귓가에 윙윙거린다. 오빠, 오빠도 날 사랑하잖아. 근데 왜 난 오빠의 여자가 될 수 없는 거야, 대체 왜? 그날 민기가 자신의 방에서 좀처럼 나가지 않으려고 하는 하영에게 더 늦기 전에 어서 서둘러 집으로 돌아가는 말에 그녀는 느닷없이 그의 품속으로 와락 달려들며 허리를 꼭 껴안았다. 하지만 그는 그녀를 가까스로 떼어냈다. 그러자 하영은 자존심이 몹시 상했는지 하얗게 질린 얼굴로 속눈썹을 파르르 떨며 끝내 서럽게 울음을 터뜨리고 말았다. 그는 하영에게 해줄 수 있는 게 아무것도 없다는 걸 깨닫게 되자 비탄에 빠졌다. 대체 지금 자신에게 어떤 일이 벌어지고 있는 걸까. 왜 그토록 그녀를 원하면서도 그녀의 사랑을 거부하는 것일까. 그는 자신이 세상에서 가장 비열한 인간처럼 느껴졌다. 가증스러운 철면피이고 그러면서도 사랑을 초월했다는 듯이, 그녀를 가장 성스럽게 사랑하고 있다는 듯이. 그런 자신이 마치 최고의 영웅호걸이라도 되듯이 그녀의 마음을 멋대로 희롱하고 있지 않은가. 그녀의 순수한 사랑을 잔인하게 짓밟고 유린하면서 말이다. 그는 그 자리에 붙박인 듯 꼼짝도 않은 채 열에 들뜬 눈길로 악을 써대며 마구 지껄이는 그녀를 뚫어져라 쳐다보았다. 품에 꼭 안아보고 싶은 여자였다. 그는 부르르 몸을 떨며 한 발짝 뒤로 물러났다. 그 사랑은 자신이 가져서는 절대 안 되는 사랑이었다. 이루어질 수 없는 위태로운 사랑의 사슬에 묶인 그녀의 두 눈이 마침내 증오의 시선으로 번뜩이고 있었다. 그는 깊은 한숨을 내쉬었다. 아주 특별하고 아주 사랑스럽고 그래서 세상에서 가장 소중한 존재인 그녀의 사랑을 간절히 원하면서도 막상 그 사랑이 다가오면 믿기는 엉뚱한 행동으로 매번 그녀의 가슴에 씻을 수 없는 상처만을 안겨주었다. 그럼에도 불구하고 하영은 다시금 그의 룸을 찾아왔다. 그때마다 아무 일 없었다는 듯이 방을 말끔하게 청소해 주곤 했다. 민기는 때때로 그렇게 반복되는 자신의 삶이 부당한 일인 양 스스로에게 짜증이 났고 울화가 솟구치는 것을 느꼈다. 하지만 오랜 습성에 길들여진 것처럼 다시 그는 하영을 그리워하게 되었다. 그럴 때마다 민기는 좀처럼 자신의 행동을 이해할 수 없다는 듯 고개를 흔들었다. 그의 고갯짓에는 항상 그녀의 사랑에 대한 막연한 불안감과 두려움이 도사리고 있었다. 그가 아무리 그녀와의 사랑을 긍정적으로 생각해보려 애썼으나 그러면 그럴수록, 시간이 흐르면 흐를수록 희망은 좀처럼 보이지 않았고 마음의 고통만 더 가중될 뿐이었다. 그래서 민기는 그녀가 곁에 있음에도 불구하고 그 사랑을 온전히 가질 수 없었다. 어디 하나 부족함이 없는 그녀를 오로지 혈육 간의 관계로만 여겨야만 한다는 현실이 너무도 가혹한 형벌이나 다름없다고 민기는 생각했다.

민기는 일부러 환한 미소를 머금고는 재빨리 옷장에서 하얀 와이셔츠와 감색 양복바지를 꺼내 입는다. 그러다가 힐끗 손목에 찬 시계를 내려다본다. 그는 파란색 계통의 넥타이를 골라 맨 후 감색 양복 겉옷을 걸치곤 손때가 반질반질하게 묻은 밤색 가죽서류가방을 챙기고는 부리나케 집 밖으로 뛰어나온다. 하지만 통근버스는 쏜살같이 저 만치 달아나고 있었다. 그 버스의 꽁무니를 멀거니 바라보던 그는 입 언저리를 일그러뜨리며 멋쩍은 듯 손으로 뒷머리를 긁적인다. 요즘 어찌된 게 통근버스를 놓치는 횟수가 잦은 것이다. 그는 더는 어쩔 수 없다는 표정을 지으며 가방에서 차키를 찾아들곤 집 근처에 주차된 자신의 승용차에 재빨리 올라탄다. 회사와 집의 거리가 너무 먼 탓에 차 휘발유 값을 절약할 겸해서 평소 통근버스를 이용하는 편인데 오늘도 버스를 놓쳐버린 것이다. 민기는 룸미러를 힐끗 쳐다보며 쓰디쓴 미소를 짓는다. 이내 차의 시동을 켜곤 애써 기분을 전환해보려고 평소에 즐겨듣는 음악을 골라 오디오 시디기에 집어놓고는 볼륨을 조금씩 키운다. 차는 도심 쪽으로 힘차게 내달리고 있었다. 차안에선 'You Raise Me Up'의 부드러운 선율이 감미롭게 울려 퍼지고 있고 민기는 그 노래를 큰소리로 따라 부르며 핸들을 살짝 옆으로 틀고 있다.

3장 그늘을 드리운 한낮

내복만 입은 준이와 석이는 거실 한가운데 퍼질러 앉아 이따금 부스스한 머리를 손으로 긁어내리며 로봇 장난감을 조립하고 있었다. 아무도 보지 않는 텔레비전에선 앞머리가 약간 벗겨진 나이 지긋한 의학박사가 각종 암에 대한 치료와 예방법에 대해 자세히 설명한다. 아이들은 장난감 조립에 도취된 듯 정신을 집중하다가 로봇조립이 다 끝나자 석이가 먼저 일어나 탁자 위에 있는 두루마리 화장지를 갖고 와선 술술 풀어 바닥에 선을 긋듯 길게 늘어뜨리며 경계선을 긋는다. 아이들은 서로 자신의 로봇을 바라보며 키득키득 웃다가 서로의 로봇이 더 강하다며 다투기 시작한다. 그러다가 준의 로봇이 석의 로봇을 경계선 밖으로 밀어내자 석이가 갑자기 떼를 쓰면서 자기 로봇이 더 강하다며 준이에게 덤벼든다. 짜증이 난 준이는 두 눈을 부라리며 석이를 와락 뒤로 밀쳐내곤 쪼르르 냉장고로 달려가 야쿠르트 하나 꺼내 마신다. 그걸 지켜본 석이가 재빠르게 형의 팔을 붙잡고는 씩씩거린다.

"정말 치사하고 비겁해! 더 싸워봐야지. 이번엔 내 로봇이 공격할 차례란 말이야. 형은 나한테 질까봐 미리 겁먹은 거지? 그렇지? 그러니까 내 로봇이 더 강한 거 맞잖아!"

석이의 말에 준이는 전혀 개의치 않다는 표정을 지으며 안방을 향해 소리를 지른다.

"엄마! 엄마! 빨리 밥 줘요!"

엄마의 인기척이 없자 준이는 조급증이 난다. 잠시 냉장고 앞에서 머뭇거리던 준이는 오른손으로 오른쪽 뺨을 쓱쓱 문지르곤 안방으로 들어간다. 여전히 분을 가라앉히지 못한 석이도 입을 삐쭉거리며 곧장 형의 뒤를 좇는다. 그때까지도 희수는 마치 산발 귀신처럼 긴 머리카락을 풀어헤치곤 정신없이 잠에 곯아떨어져 있다. 그걸 본 석이는 짜증이라도 난 듯 눈살을 잔뜩 찌푸리며 희수를 마구 흔들어 깨운다.

"엄마 빨리 일어나아! 빨리 일어나서 저 못된 형 좀 혼내줘! 형이 날 밀쳤단 말이야!"

"내가 언제 널 밀쳤냐?"

"아까 형이 날 밀쳤잖아!"

"그야 네가 자꾸만 딴지를 걸어와서 그랬지. 아무리 해봐야 너는 나한테 쨉도 안돼!"

"그럼 지금이라도 다시 해봐!"

"싫다, 싫어!"

"거봐, 형이 질까봐 지금 뒤를 내빼는 거잖아!"

"이게 정말, 너 자꾸 형한테 까불래?"

준이가 한 손을 높이 쳐들고는 동생을 한 대 쥐어박는 시늉을 취하자 석이는 언제 들고 왔는지 장난감 칼을 플라스틱 칼집에서 휙 빼들고는 그럼 한번 해볼 테면 해보라는 표정으로 형을 잔뜩 노려본다. 그러자 준이는 어이가 없다는 표정을 지으며 싱겁게 픽 웃곤 다시금 희수를 흔들어 깨운다.

"엄마, 어서 일어나세요! 오늘 아침에는 돈가스를 해준다고 약속했잖아요. 좀 있으면 유치원 차도 온단 말이에요."

그제야 희수는 번쩍 눈을 뜨곤 침대 옆 협탁 위에 있는 직사각형의 전자시계를 바라본다. 벌써 8시 30분이 조금 지나 있었다. 어젯밤 분명 7시 30분에 알람을 해놨는데 어찌된 영문인지 그게 울리지 않은 모양이다. 아니 어쩌면 울렸는데도 자신이 깊은 잠에 빠져든 탓에 그 소리를 놓처버렸는지도 모른다. 희수는 후다닥 침대에서 일어나 안방 창문부터 활짝 열어젖힌다. 차가운 바람이 얼굴에 스치자 몽롱한 정신이 조금은 개운해지는 느낌이 든다. 어젯밤도 늦도록 잠을 이루지 못하다가 가까스로 새벽녘에서야 잠이 들었다. 그녀는 애매하게 혼자 웃는다. 얼마 전까지만 해도 가슴에는 남모를 허전함과 외로움이 자리를 잡고 있어 비탄에 빠져 있었다. 하지만 지금 그녀는 꿈을 꾸고 있는 듯 공상에 사로잡혀 있다. 비록 며칠 동안이지만 민기를 생각하는 행위가, 나날이 기억 속에서 점차로 그 빛을 발하기 시작하였는데도 조금도 죄의식 같은 걸 느끼지 않는다는 게 자신이 생각해봐도 참으로 이상하게 여겨질 지경이다. 물론 그 탓에 오늘처럼 늦잠을 자는 일이 종종 일어났다. 그 때문에 두통과 함께 정신까지 멍해지기 일쑤였지만, 그래도 다시 밤이 찾아오면 그녀는 민기에 대한 공상으로 인해 잠시나마 삶이 즐거워졌다. 어딘가에 남편이 아닌 남자가 있다는 걸 상상만 해도 여간 가슴이 떨리는 게 아니었다. 그녀는 여태껏 한 번도 겪어본 적이 없는 이상야릇한 흥분을 느끼면서 자꾸만 숨이 가빠왔고 뺨에는 생생히 붉은 핏기까지 돌았다. 마치 온몸이 오색찬란한 구름을 탄 듯, 아니 세상을 손에 다 거머쥔 듯한 커다란 착각에 빠져들기도 했다. 그녀가 밤마다 그런 공상에 빠져 들다보면 나날이 불면증 증세는 더욱 심해졌다. 그런데도 희수는 공상을 좀처럼 멈추질 않았다. 기이하게도 사방이 어두워지면 지난번 민기의 말들이 마치 날개라도 달린 듯 슬그머니 안방으로 찾아와 그녀의 눈앞에서 노랑나비처럼 팔랑거렸다. 그것은 신선한 에너지가 되어 사랑의 밀어라도 되는 것 마냥 그녀의 심장 깊숙이 파고들었다. 금방이라도 질식할 것만 같았던 지난날 삶이 그로 인해 새로운 활기찬 에너지를 갖게 되었다. 뜻밖에 드러난 민기의 존재가 유일하게도 삶의 비타민이 되어 준 셈이었다. 그러했기에 당연히 희수는 자신을 지배했던 우울함은 온데간데없이 사라졌고 무거운 짐같이 여겨졌던 삶의 무게도 가슴속에서 쑥 빠져나간 느낌마저 들었다. 하지만 다시금 해가 뜨면 그녀는 또 다른 의문에 휩싸이고 말았다. 지난번 민기는 왜 한밤중에 전화를 했을까? 그녀는 고개를 갸웃거렸다. 나날이 민기에 대한 궁금증은 점점 증폭되어 자신을 매일 밤을 안개 속 같은 미로 속을 헤매게 하였다. 밤마다 찾아오는 민기에 대한 공상을 하는 것은 언제나 자기만의 행복이기 때문이다. 그녀는 때로는 전혀 부담감이 없이 일방적인 감정이 더 좋은지도 모른다고 생각했다. 언제나 마음대로 그 사랑을 맘껏 취할 수 있기에 그 얼마나 즐거운 일이던가. 그러면서도 마음 한편으론 또 다른 걱정이 앞섰다. 자신은 왜 그렇게 쉽사리 민기에게 몰입하는 것일까? 그 사람이 어떤 존재이기에 함부로 빠져드는 것일까? 그를 제대로 알기나 하는 것일까? 희수는 문득 그런 생각이 스치자 자신이 매우 한심스럽게 느껴져서인지 땅이 꺼질 듯이 길게 한숨을 내쉬고는 긴 머리카락을 뒤로 쓸어 모은 후 팔목에 낀 고무 밴드로 질끈 머리를 뒤로 묶는다. 아이들은 다시금 빨리 밥을 달라고 칭얼거리자 그녀는 황급히 두 아이를 데리고 욕실에 가 대충 씻기곤 재빠르게 원복으로 갈아입힌다. 이윽고 냉동실에 넣어두었던 식빵을 꺼내곤 그 빵을 적당한 온도에 달궈진 프라이팬에 약간의 버터와 함께 구워낸 후 그 속에 쨈과 베이컨을 집어넣는다. 그걸 우유와 함께 식탁에 올려놓자 아까부터 엄마의 모습을 지켜보던 석이가 몹시 못마땅하다는 듯 두 눈을 흘기면서 짜증을 낸다.

"또 토스트야! 이젠 정말 질린단 말이야! 오늘 아침엔 꼭 돈가스를 해준다고 약속했으면서. 치, 엄만 순 거짓말쟁이야, 흥!"

석이의 투정에 약간 당황한 준이는 불안한 표정으로 눈알을 이리저리 굴리며 희수의 안색부터 살핀다. 그러고는 이내 침착한 표정을 지으며 제법 어른스러운 말투로 동생을 타이른다.

"얌마, 엄만 요즘 아빠가 안 계셔서 몸이 좀 아파서 그런 거야! 아빠가 돌아오시면 엄만 곧 괜찮아지니까 자꾸 떼쓰지 마!"

"치, 형도 아주 나빠! 아까 날 밀쳤잖아!"

"그건 네가 함부로 나한테 덤벼드니까 그랬지! 알았어, 그 일은 내가 사과할게. 그러니까 오늘은 우리 그냥 엄마가 해주신 토스트나 먹자, 응! 봐봐, 우리가 좋아하는 베이컨도 들어 있잖아!"

"형은 토스트가 그렇게도 좋아?"

"그럼!"

"흥, 그럼 형은 맨 날 토스트만 먹어라, 치!"

준이와 석이의 주고받는 말을 가만히 듣고 있자니 희수의 가슴이 뜨끔해지면서 한없이 미안해진다. 무엇보다 준이는 엄마의 마음을 어떻게든 헤아려주려고 애쓰고 있는 모습이 참으로 대견스럽고 고맙기까지 했다. 하지만 지금 식탁의자에 잔뜩 웅크리고 앉아 뭔가 불만이 가득한 눈으로 엄마를 바라보고 있는 아이들을 보자 마음 한구석이 날카로운 가시에 찔린 듯 아주 고통스럽게 아려온다. 그건 마치 사나운 독수리에게 붙잡힌 작은 새가 두려움에 바들바들 떨고 있는 듯했기 때문이다. 그녀의 가슴에 죄어드는 것 같은 통증이 찾아온다. 아무쪼록 가정이 화목해야 그 따뜻한 삶 안에서 아이들의 꿈과 희망을 키울 수 있는데 자신은 아직 그런 보금자리를 아이들에게 마련해주지 못하고 있는 것이다. 여섯 살과 다섯 살의 유년기 시절은 무엇보다 중요한 성장기다. 되도록이면 넓은 세계와 곳곳에 널려있는 갖가지 사물들을 보고 느끼고 깨우치게 해주면서 그 몸과 마음이 건강하게 자랄 수 있도록 엄마가 도와줘야 하는데 자신은 그 어느 것 하나 제대로 해준 게 없었다. 과연 훗날 아이들이 성장하면 엄마라는 존재에 대해 뭐라 말할 것인가? 다시금 앞에 놓인 삶이 자꾸만 무섭고 두려워진다.

희수는 부리나케 아이들의 가방을 챙기곤 여느 때와는 달리 두 아이를 와락 품에 끌어안고는 그 볼에 자기의 볼을 비벼대며 사랑한다는 말을 연거푸 내뱉는다. 그러곤 서둘러 아이들을 데리고 아파트를 빠져나온다. 어느새 경비실 앞에는 유치원 차량과 어린이집 차량이 각각 도착해 있고 다른 아파트 아이들은 이미 차량에 다 올라타 있었다. 친절한 두 분의 여자 선생님은 준이와 석이를 보자 환하게 미소를 지으며 빨리 차량에 올라타라고 손짓을 한다. 준이는 차량으로 달려가다가 말고 고개를 돌려 엄마에게 두 손을 크게 흔들어 인사를 하고 난 후에야 차량에 올라탔고, 그 뒤를 따르던 석이는 뒤도 돌아보지 않은 채 어깨에 멘 가방을 풀고는 손으로 빙그르르 돌리며 어린이집 차량에 올라탄다. 아이들을 태운 차량이 곧바로 출발하자 희수는 언제나 그랬듯이 저만치 멀어지는 차량의 뒤꽁무니를 향해 작별인사를 하듯 두 손을 크게 흔들면서 우두커니 서 있다.

희수는 전기주전자에 물을 펄펄 끓이고는 일회용 원두커피 봉지 하나를 머그잔에 풀어놓곤 뜨거운 물을 붓는다. 그러고는 아이들이 먹다가 남긴 토스트를 자신이 앉아 있는 식탁으로 끌어당기곤 마치 며칠 굶주린 사람처럼 그걸 우쩍우쩍 씹어 먹으면서 조금씩 커피를 마신다. 자신이 먹어봐도 별 맛이 없는 토스트였다. 그냥 간신히 허기만 채울 뿐. 그래도 희수는 마지막 남은 한입의 토스트까지 입안에 꾸역꾸역 밀어 넣고는 반쯤 남은 커피를 단숨에 비워버렸다.

오늘도 어김없이 분주한 하루의 일과가 시작된다. 희수는 마지

못한 듯 싱크대 서랍에서 꽃무늬 앞치마를 꺼내 허리에 두르곤 청소를 하기 시작한다. 밀린 설거지를 하고, 세탁기 안에 들어 있는 빨래를 돌리고, 방과 거실에 청소기를 돌리면서 아이들 장난감은 따로 거실 한 귀퉁이로 치워놓았다. 어차피 아이들이 돌아오면 다시 갖고 놀아야할 장난감이기에 굳이 장난감 상자에 넣어둘 필요가 없다. 희수의 손길이 분주하게 움직이고는 있다. 하지만 머릿속엔 또 다른 생각으로 가득 차 있다. 언제면 전업주부의 일상에서 일탈을 할 수 있을까. 자신이 아무리 청소를 해놓아도 아이들이 돌아오면 금세 어지럽혀질 공간이 가끔씩 지긋지긋하게 싫어진다. 물론 그녀도 한때는 전업주부의 삶에서 일탈해보려고 발버둥을 쳐본 적도 있었다. 그래서 어느 날 여직원을 구한다는 구인 광고를 보고 남편 몰래 서류를 내고 면접까지도 치렀다. 며칠 후 출근하라는 회사의 연락을 받고서야 뒤늦게 남편에게 말했는데 그는 완강하게 반대하고 나섰다. 집에서 아이들이나 잘 돌보라는 것이었다. 지금은 엄마의 손길이 그 무엇보다 필요로 하는 아이들이라면서. 희수는 일자리를 포기할 수 없다고 했다. 이제 자신도 새로운 마음의 각오로 정말 사회생활을 하고 싶다고, 빠듯한 생활비에 돈을 벌어서 좀 보태고 싶다는 말로 남편을 설득했지만 그는 막무가내였다. 그렇게 번번이 희수는 남편과 소통이 원활하게 이루어지지 않았다. 그로인해 삶은 점점 피폐해졌고 나날이 숨통이 바짝 옥죄여 들었다. 그 때문인지 희수는 말수가 줄어들었고 남편을 대하는 태도 또한 예전과는 달리 냉랭해졌다. 피차 서로가 피곤한 존재라고 생각했다. 그 바람에 희수는 마음의 병만 더 깊어졌다. 그래서 억수 같은 비가 퍼부어대는 날이면 반복적으로 우울증을 앓게 되었는지도 모른다. 희수는 자신에게 무엇보다 필요한 건 새로운 삶의 변화였지만 그 변화라는 게 남편이 고집하는 이민을 떠나는 일은 분명 아니었다. 희수의 삶이 꺼져가는 촛불마냥 바닥에서 힘없이 흔들리고 있었다.

돌이켜 생각해보면 애초 시작부터가 잘못된 것인지도 몰랐다. 한 번 잘못 끼워진 첫 단추는 다시 바꿔 끼울 수도 없었다. 그렇다고 이제 와서 남편을 만난 걸 후회한다는 말은 결코 아니었다. 다만 다른 방법도 있었을 텐데도 왜 군이 그런 방법으로 남편에게 필사적으로 매달렸는지 그게 희수에게는 아쉽고 후회스러울 뿐이었다. 허긴 그 시절에 희수는 우물 안 개구리였다. 인생을, 삶을 자기만의 방식대로 너무 단순하게 생각한 것도 사실이었으니까. 인생은 희수만 노력하면 언제든지 그와의 관계가 좋아질 수 있다고 군게 믿었다. 그래서 희수는 최선을 다해 그에게 배려하면서 그의 상처받은 마음을 따뜻하게 감싸주었다. 언젠가 그도 변하리라고 생각하면서 말이다. 하지만 견고하게 닫힌 그의 마음의 문은 결코 열리지 않았다. 세월이 흐르면 흐를수록 그는 마음의 문을 더 차갑고 단단하게 닫아버렸다. 어느 한순간도 희수가 침투할 수조차 없도록 말이다. 그런 남편을 지켜본다는 것은 희수에게는 절망적인 삶이었다. 그 때문에 희수는 스스로 자신을 하찮은 존재라고 여기며 여태 주어진 삶을 가까스로 살아왔다. 그러다보니 어느새 그녀는 그 삶에 길들여져 있었고 스스로도 그 공간에서 좀처럼 빠져나오려는 의지조차 없이 무기력한 삶을 계속 이어왔다. 그런데 갑자기 민기라는 새로운 존재가 마치 용감한 흑기사처럼 나타나 서서히 죽어가는 희수의 심장에 따뜻한 생기를 불어넣어 주고 있었다. 희수는 마음에서 그 끈을 단단히 붙잡고 싶어졌다.

희수가 청소를 모두 마치자 어느새 해가 중천에 걸려 있었다. 희수는 피곤함과 허기를 느끼자 냉장고 문을 열고는 먹을 것을 찾아본다. 하지만 마땅히 먹을 게 없자 그녀는 어쩔 수 없다는 표정을 지으며 싱크대 중간서랍 안에 들어 있는 라면 한 개를 꺼낸다. 그러고는 냄비에 물을 팔팔 끓이곤 라면을 집어넣고 그 위에 계란 한 개를 떨어뜨려 허겁지겁 라면을 게눈 감추듯이 먹어치운다. 시장이 반찬이라고 했던가. 오랜만에 끓어먹는 라면의 맛이 그처럼 맛있을 수가 없다. 희수는 냄비 속의 국물까지 말끔히 비워내고서야 뱃속에 가득 포만감이 느껴진다. 뒤늦게 라면 한 개의 소중함을 깨달으며 희수는 서둘러 지갑을 챙겨들곤 활기찬 발걸음으로 단지 안에 있는 마트로 향한다.

아파트로 돌아온 희수는 비닐봉지 속에 들어있는 식재료를 하나씩 꺼내 냉장고 속에 채워 넣기 시작한다. 소고기, 햄, 과일, 채소, 우유, 그리고 왕돈가스 만들 재료들. 몇 봉지의 과자는 그대로 식탁 위에 올려놓곤 거실 소파에 힘없이 주저앉는다. 이내 눈이 감실 감실 감겨오면서 자꾸만 눈꺼풀이 밑으로 무겁게 처지기 시작한다. 쌓인 피로 탓인지 온몸이 나른하고 절로 주체 못하는 졸음까지 한 꺼번에 쏟아지는 바람에 그녀는 만사 귀찮다는 듯 거실 소파에 길게 드러누워 두 눈을 꼭 감아버린다.

시간이 얼마나 흘렀을까. 현관문 밖에서 와자지껄하는 떠드는 소리와 함께 초인종 소리가 들려오자 희수는 반사적으로 눈을 뜬다. 그러고는 현관으로 달려가 문을 열어주자 아이들은 가방을 작은 방에 내팽개쳐두곤 원복을 아무렇게나 벗어던지곤 퍼즐조각들이 들어 있는 통을 들고 거실로 나온다. 그 시각 꽝꽝 현관문을 두들겨대며 아래층 송이가 참새가 지저귀듯이 석이를 부르고 있었다.

"석이 오빠, 석이 오빠, 문 열어, 나야, 송이, 한 송이야!"

카가 작은 송이는 초인종을 누르지 못하자 매번 희수의 아파트에 올 때면 그렇게 주먹으로 문을 쾅쾅 두드리며 석이를 불러대곤 했다. 며칠 동안 보이지 않던 송이가 찾아오자 석이는 반색을 하며 재빨리 현관으로 달려가 문을 따준다. 송이는 어른 슬리퍼를 질질 끌며 현관으로 들어와선 신고 있는 슬리퍼를 뒤로 휙 벗어던지곤 쪼르르 석이를 따라 거실로 들어온다. 희수가 활짝 웃으며 송이를 반기자 송이는 공손하게 두 손을 가지런히 모으며 희수에게 인사를 한다. 그녀는 송이의 머리를 쓰다듬어주며 참 예쁘다고 말해주자 송이는 살짝 얼굴을 붉히고는 히죽히죽 웃으며 바짝 석이 곁으로 다가가서 앉는다. 노란색 기모바지에 하얀색 벨벳 티셔츠를 입은 송이가 희수의 눈에는 마냥 사랑스럽고 귀엽게만 보인다. 긴 머리가 깜찍한 짧은 머리의 스타일로 바뀌어서인 전보다 양 볼이 포동포동 살이 쪄 보인다. 석이는 송이가 자신의 여자 친구라고 당당하게 엄마한테 말한다. 이담에 어른이 되면 송이와 꼭 결혼하고 싶다는 말을 덧붙이면서. 희수는 피식 웃는다. 어린 것들이 추억을 나름대로 소중히 만들어가고 있는 것이다. 하지만 송이가 나타나면 준이는 짜증을 내곤 하였다. 사실 송이만 오면 모든 게 난장판이 되어버리기 일쑤였다. 장난감도 동화책도 무조건 송이는 자기 맘대로 갖고 놀고 싶어 했고 또 욕심도 많았다. 그래서 준이는 송이를 볼 때마다 노골적으로 싫어했다. 그런데 오늘은 어쩐 일인지 세 아이가 금세 친해져서 함께 놀고 있었다. 석이는 송이가 좋아하는 레고와 각종 그림책을 꺼내들고 그걸 하나씩 자상하고도 친절하게 보여주며 뭐라 설명하고 있고, 준이는 멋진 자동차모양의 레고를 만들어 그걸 송이에게 갖고 놀라며 선심까지 쓰고 있다. 희수는 아이들이 사이좋게 놀고 있는 모습을 지켜보다가 소파에서 일어나 부엌으로 간다. 이윽고 조금 전 마트에서 사온 과자들을 커다란 플라스틱 접시에 골고루 담아 아이들에게 먹으라고 갖다주자 이번에도 송이가 고맙다고 예의바르게 인사를 한다. 네 살임에도 불구하고 송이는 인사도 잘하고 제법 눈치도 빨라 전처럼 막무가내로 오빠들한테 떼를 쓰지도 않았다. 희수는 문득 송이 같은 딸이 하나 있었으면 좋겠다는 막연한 생각을 해본다. 그러나 고개를 가로젓는다. 만약 그 당시 마음을 고쳐먹고 낙태수술을 하지 않았더라면 그 귀한 생명은 지금쯤 세상에 태어났을 것이다. 저기 있는 송이보다는 한 살 아래였으리라. 희수는 지난 상처가 축축한 빗물이 되어 가슴에 깊이 스며들자 아랫입술을 질끈 깨문다. 희수는 더 이상 아이를 원치 않았다. 그래서 복강경불임수술까지 하고 말았는데 오늘처럼 귀엽고 사랑스러운 송이를 볼 때면 자신도 뜬금없이 아이가 갖고 싶어진다.

경미한 두통과 함께 온몸이 물에 푹 젖은 솜뭉치처럼 나른하고 무겁게만 느껴지자 희수는 끙, 신음소리를 내며 소파에서 일어나 부엌 쪽으로 간다. 이내 머그잔에 원두커피 한 잔을 만들어 안방으로 가 창밖을 바라본다. 속절없이 해맑은 하늘이 눈앞에 어지럽게 다가온다. 그녀는 눈을 가늘게 뜨며 깊은 한숨을 내쉰다. 과연 민기에게 누굴 소개 시켜줄 것인가. 그날 밤 전화통화에서 민기한테 그걸 약속을 했으니 이번엔 그 약속을 반드시 지키고 싶어진다. 그때 희수의 뇌리에서 진숙의 말이 퍼뜩 떠오른다. 그랬다. 진숙은 자기 여동생에게 좋은 남자가 있으면 소개시켜 달라고 말하지 않았던가. 희수는 마치 구세주라도 만난 듯 금세 얼굴이 환해진다. 전번 진숙의 약속을 지키지 못한 것도 사과할 겸해서 이참에 진숙에게 전화를 해볼 작정이다. 결혼이란 서로 인연이 있어야하는 법. 일단 사람을 만나봐야 그 인연 또한 찾을 수 있기에 누군가는 그런 자리에 멍석을 깔아줘야 그 당사자들이 연분을 찾을 게 아닌가. 희수는 마음의 결정을 내리자 양어깨를 무겁게 짓눌러대던 짐이 한결 홀가분해지는 느낌이 든다. 하지만 어찌된 영문인지 또 하나의 알 수 없는 미련과 아쉬움이 곧장 뒤를 따른다. 소개팅을 시켜주고 나면 마음에서 민기를 놓아주어야만 하지 않을까. 그날 밤 민기의 관심어린 친절한 말투가 어쩌면 립 서비스인지도 모른다고 생각하면서도 왠지 그의 말들이 싫지가 않았다. 이유야 어쨌든 누군가에게 관심을 받는 다는 건 그만큼 그 사람의 마음을 즐겁게 만드는 것이니까. 특히 그 상대가 괜찮은 사람이라면 말이다. 성진은 아내에게 그 어떠한 관심을 보인 적이 있었던가. 자신이 아이를 가졌을 때도, 불임수술을 하겠다고 했을 때도 성진은 그 어떠한 반응도 보이지 않았다.

그녀의 손이 사시나무 떨리듯 바르르 떨린다. 오랜 시간 칼날 같은 성진의 무거운 침묵이 이제 이골이 난다. 그래서인지 희수는 때가 되면 자신은 아무런 흔적도 남기지 않은 채 바람처럼 성진의 곁에서 훌쩍 떠나고 싶다는 막연한 생각을 해본다. 뒤늦게 그녀의 내면에서 깊은 잠을 자고 있던 정체성이 마침내 고개를 든 것이다. 민기라는 존재를 통해서 말이다. 그러니 자기가 엉뚱한 공상을 한들 성진과 무슨 상관이 있단 말인가. 그녀는 쓸쓸하게 웃으며 커피를 마시다말고 무심결에 바닥에 조금 남은 머그잔을 옆으로 살짝 기울어 본다. 사실 원두커피는 성진이 좋아하는 커피였다. 하지만 언제부터인가 성진은 그토록 좋아하는 커피를 더는 마시지 않게 되었다. 희수는 머그잔 속에 가만히 들여다본다. 그 눈은 뭔가를 깊이 꿰뚫어 보는 듯 강렬하고도 매우 슬퍼 보인다. 그녀의 커다란 눈은 창백한 얼굴에서 더 검게 빛나고 있다.

그날 희수는 대학 정문 앞에서 시위하는 군중들 틈에 끼어 있었다. 아니 끼어 있다기보다 그 앞을 막 통과하려고 할 때라고 해야 더 정확한 표현인지도 몰랐다. 그날은 토요일 오후였고, 희수는 학교도서관으로 가던 중이었다. 지난번에 하얗게 피어 있던 아카시아나무의 꽃들이 가로수 길가에 하얀 쌀처럼 흩뿌려져 있었다. 그녀는 그 꽃잎을 밟으며 시위인파들 사이를 지나치려는 순간 어디선가 경찰과 사복경찰들이 난데없이 나타나 맹수들을 포획하려는 사냥꾼들처럼 삽시간에 시위 군중을 에워쌌다. 시위대는 마구간에 갇힌 소들처럼 갈 길을 잃고 우왕좌왕했고 그녀의 눈은 금세 공포에 질려 있었다. 꼼짝없이 시위 군중 속에 갇힌 것이다. 한바탕 소동이 벌어지고 있을 때 몇몇 사람들이 무작정 학교건물 쪽으로 내달렸다. 그녀의 근육은 공포로 움찔거리고 실룩거리면서 엉겁결에 그들의 뒤를 쫓아 달리고 또 달렸다. 너무도 갑작스럽게 당한 일이라서 희수의 머릿속이 하얗게 텅 비어 그 어떤 생각할 겨를조차도 없었다. 헐겁게 하나로 묶었던 긴 머리카락은 얼굴 위로 어지럽게 헝클어져 흘러내렸고 머릿속엔 오로지 달려야한다는 생각뿐이었다. 여기저기서 비명소리가 터져 나왔다. 희수는 재수 없게 경찰에게 잡히는 날엔 그 어떠한 변명도 통하지 않는다는 걸 이미 알고 있었다. 자신이 아무리 시위대가 아니라고 손이 발이 되도록 빌어봐야 지금처럼 급박한 상황에서 그걸 믿어줄 리 만무했기 때문이다. 아니었다. 변명하면 할수록 그들은 더욱 없는 죄를 추궁할 것이고, 또 자칫 잘못하다간 아무도 모르게 죄도 없는 사람을 한순간에 병신으로 만들어버릴 수도 있는 비열하고도 무서운 존재였다. 과거 그들에게 잡혀가 심한 고문을 당한 학생들이 어디 한 둘인가. 심한 고문으로 인해 죽은 자도 있지 않은가 말이다. 막판에는 입에 게거품을 물고는 시위주동자를 색출해내려는 데 혈안이 될 게 뻔했기 때문에 진위 여부를 떠나 일단은 그 위기를 모면하기 위해선 삼십육계 줄행랑이 최선이이라고 그녀는 생각했다.

　얼마나 달렸을까. 희수는 새파랗게 질린 얼굴로 숨을 헉헉 몰아쉬며 무작정 눈앞에 보이는 건물 안으로 뛰어가 복도 뒷문 손길이 닿는 문을 노크도 없이 벌컥 열고는 그 안으로 갔다. 그때 나무 의자에 앉아 커피를 마시던 남자가 깜짝 놀라며 그녀를 빤히 쳐다보았다. 희수는 그 어떤 체면도 생각할 수가 없었다. 오로지 숨어야 한다는 생각뿐. 그녀는 막무가내로 남자의 운동복바지를 붙잡고는 까만 속눈썹을 빠르게 깜박이며 아주 간절한 눈빛으로 제발 잠시나마 자신을 숨겨달라고 애원했다. 남자는 크게 당황하며 잠시 어찌할 바를 몰라 했다. 바로 그때 험상궂게 생긴 조폭 같은 사복 하나가 그곳으로 뛰어들더니 비정한 표정으로 와락 희수의 머리채를 잡아끌었다. 화들짝 놀란 그녀는 마치 정신병자 수용소에 갇힌 병자처럼 괴성을 지르며 온몸을 버둥거리면서 죽을힘을 다해 끌려가지 않으려고 몸부림을 쳐댔다. 그 광경을 얼빠진 얼굴로 지켜보던 남자는 손에 들고 있던 머그잔을 바닥으로 뚝 떨어뜨리고 말았다. 순간 그윽한 원두 커피향이 코끝으로 풍겨왔다. 희수는 얼른 고개를 돌렸다. 하지만 그는 모자를 눈 위로 눌러쓰고는 동상처럼 꼼짝도 하지 않았다. 희수는 사복에게 질질 끌려가면서도 자꾸만 고개를 돌려 그를 바라보았다. 그제야 그는 그 뒤를 따라왔다. 복도에서 희수가 사복의 손에 의해 거칠게 바닥으로 내동댕이쳐지는 모습을 목격하게 된 그는 더는 분노를 참지 못했는지 뒤에서 사복의 뒷목덜미를 낚아채곤 재빨리 사복의 왼팔을 뒤로 비틀어버렸다. 악, 하고 사복의 날카로운 비명이 들려오면서 사복은 자신의 부러진 팔을 붙잡고는 참혹하게 일그러진 얼굴로 앞으로 콕 꼬꾸라지고 말았다. 희수가 재빠르게 몸을 추스르며 일어났을 때 연필처럼 가는 장밋빛 햇살이 복도의 창문으로 스며들었다. 사복의 손아귀에서 풀려날 수 있던 것만으로도 다행이라 여긴 희수는 그 덫에서 허겁지겁 빠져나왔다. 그녀는 한동안 바깥출입을 할 수 없었다. 그날 이후 정신적인 트라우마를 겪고 있었던 것이다. 그렇게 일주일의 고통스러운 시간을 보내고 나서야 희수는 겨우 마음을 추스르곤 다시 학교에 갔다. 그런데 뜻밖의 소식이 희수의 귀에 들려왔다. 교내 야구선수 한명이 경찰에 끌려가 무참히 폭행을 당했다고. 그 이유가 사복의 팔을 분질러버린 대가라고. 경찰들이 그 선수를 아예 공을 던질 수 없게 그의 오른팔을 분질러놓았다고. 갑자기 정신이 멍해진 그녀의 얼굴은 구겨놓은 판지 같았다. 머릿속엔 다시금 그때의 악몽이 일체 되살아났다. 그러니까 그날 자신이 정신없이 뛰어 들어간 곳이 바로 야구부 합숙소라는 사실을 뒤늦게 알게 되었다. 희수는 심한 죄책감에 사로잡혔다. 자신으로 인해 한 남자의 미래가 망쳐버렸다. 아, 이제 어떻게 해야 한단 말인가. 그녀는 숨이 막힌 목소리로 속으로 울부짖었다. 그에게 너무 미안했고 죄송스러웠다. 자신이 치러야할 고통을 그가 대신 받은 셈이었다. 희수는 한동안 넋을 놓은 채 우두커니 서서 하염없이 눈물을 흘렸다. 누군가를 위해 이렇게 한스럽게 울어본 적은 난생 처음 있는 일이기도 하였다. 마침내 희수는 수소문한 끝에 그가 입원한 병실을 알아낼 수 있었다. 그리고 무턱대고 그의 병실을 찾아갔다. 그러나 희수를 알아본 그는 불쾌한 표정을 지으며 쌀쌀맞게 고개를 돌려버렸다. 희수는 가슴이 아렸다. 그의 꽉 다문 입술은 그녀에 대한 불만을 여과 없이 드러내고 있었다. 희수는 불안한 기색으로 손에 들고 있던 과일바구니를 병실 냉장고 옆에 내려놓고는 반쯤 열린 창문을 물끄러미 바라보았다. 무심한 하늘 끝엔 공허한 바람만이 몰려다니고 있었다. 병실 안의 분위기는 무거운 침묵이 감돌면서 더욱 살벌해졌고 냉랭한 분위기마저 감돌았다. 희수는 그 어떤 고통이 찾아와도 그건 당연히 자기가 감당해야할 일이라고 생각했다. 그는 병실 주위를 맴돌고 있는 희수의 행동이 몹시 눈에 거슬렸는지 마침내 마구 소리를 질렀다. 씨펄, 여긴 왜 왔어! 더는 볼 일 없으니까 빨리 꺼져버리란 말이야! 그러고는 재빨리 벌겋게 상기된 얼굴로 깁스를 한 오른팔에 감은 붕대를 왼손으로 뜯어내려고 안간힘을 썼다. 두 눈이 휘둥그레진 희수는 어찌할 바를 몰라 허둥대며 정말, 미안해요, 정말 미안해요, 라는 말만 반복적으로 뱉어내곤 시멘트 벽면에 등을 기대었다. 순식간에 그녀의 온몸이 얼음처럼 뻣뻣하게 굳어버리고 말았다. 둔중한 것으로 심하게 머리를 얻어맞은 듯 정신이 아득해졌다. 때마침 병실로 들어온 간호사가 그 광경을 보고 깜짝 놀라며 환자의 행동을 저지하면서 희수에게 제발 환자의 신경을 건드리지 말라고 신신당부를 했다. 이윽고 사태가 다소 진정이 되자 간호사는 희수에게 환자와는 어떤 관계냐고 조심스럽게 물었다. 희수는 얼떨결에 그의 여자 친구라고 말해버렸다. 간호사는 알았다는 듯 고개를 끄덕이며 그의 혈압만 체크하고는 그대로 병실을 나가버렸다. 그는 잠시 동안 꼼짝 않고 누워 밍하고 흐리멍덩한 눈으로 천장만을 응시하고 있었다. 그때 그녀가 그의 곁으로 바짝 다가서려고 시도하자 그는 다시금 이를 갈듯 마구 험한 욕설을 뱉어냈다. 개자식들, 나쁜 놈들, 죽일 놈들! 분노로 이글거리는 그의 외까풀 눈에선 굵은 눈물이 수돗물처럼 콸콸 쏟아졌다. 희수도 그를 따라 마냥 서럽게 울고 또 울었다. 그녀는 그에게 그 어떤 방법으로든 보상하고 싶어졌다. 야구선수가 더는 야구를 하지 못하게 된다는 건 곧 내일의 꿈과 희망이 없는 삶이나 다름없기 때문이었다. 희수는 아주 예리한 칼끝으로 심장을 도려내는 듯한 통증이 찾아오자 금방이라도 숨이 막혀 죽을 것만 같았다. 그 후부터 희수는 날마다 그의 병실을 방문했다. 그때마다 그는 웬 방해꾼이냐며 노골적으로 화를 내면서 그녀에게 악담을 퍼부어대기 일쑤였다. 이렇게 매일 찾아온다면 인정사정없이 그날 경찰한테 받은 모멸감을 고스란히 그녀가 느낄 수 있게 되갚아 주겠노라고 협박까지 해댔다. 그러니까 제발 더는 자신을 찾아오지 말라고 부탁했다. 그녀를 보면 마음이 더 고통스럽다고. 희수는 바늘이나 못의 뾰족하게 곧추선 날카로운 것들이 일시에 심장을 마구 찔러대고 있는 듯한 통증을 느꼈다. 하지만 그녀는 그의 말을 무시한 채 자기만의 일방적인 방식으로 보다 친근하게 그에게 다가가 보려고 노력했다. 그럴 때마다 그는 희수를 거칠게 밀어내며 가래침이라도 뱉어내고 싶다고 바락바락 악을 써댔다. 그러거나 말거나 희수는 자신의 뜻대로 계속 밀고 나갔다. 그리고 며칠 후 그는 감정을 가까스로 누그러뜨리며 혼잣말처럼 중얼거리다가 마침내 그 감정이 폭발하고 말았다. 제기랄! 이제 와서 후회한들 다 무슨 소용이 있겠어. 씨펄, 그날 왜 하필이면 내가 재수 없게 걸려들었을까? 이게 내 저주받은 운명이란 말인가? 난 지금도 믿을 수가 없어. 야구는 내 인생의 전부였단 말이야. 내가 왜 이렇게 병실에 누워있어야 하는 건데? 왜? 아니 병실에 누워 있는 내가 마치 다른 사람처럼 느껴져. 정말이지 매일처럼 악몽을 꾸고 있는 것 같단 말이야. 꿈에서 깨어나면 내가 원래대로 말짱해져 다시 그라운드에서 공을 던질 수 있을 것만 같은데, 빌어먹을 의사는 앞으로 내가 영영 야구를 못한다고만 말하잖아. 그냥 평범한 사회인으로 살아가야 한다고. 젠장, 이게 어디 말이나 돼! 그러고는 하염없이 울분을 토해냈다. 희수는 그가 너무 안쓰럽고 불쌍해서 도무지 그의 곁에서 떠날 수 없었다. 그의 괴로움과 고통을 매일처럼 자신의 가슴으로 보듬으며 그 상처를 씻겨주고 싶었다. 하지만 날이 갈수록 희수의 가슴은 치유할 수 없는 상처로 얼룩져만 갔다. 그 무렵 희수가 보온병에서 원두커피를 컵에 따라 그에게도 주고 자신도 마시려고 했을 때 별안간 그가 매우 민감한 반응을 일으키며 벌컥 화를 냈다. 제발 그 커피를 마시지 마! 그러면서 그날 자기가 잠깐 커피를 마시려고 합숙소에 들어갔다가 그런 재수 없는 일을 당했다며 다시 길길이 날뛰었다. 희수는 마음의 결단을 내려야만 했다. 그냥 이대로 떠날까, 아니면 계속 머물까. 잠시 깊은 고민에 빠져 있던 희수는 병실 창가를 바라보면서 속으로 다짐을 하듯 중얼거렸다. 그래요, 이제부터는 당신 곁에는 항상 제가 있을 게요. 어떠한 일이 있어도 전 당신 곁에서 떠나는 일은 결코 없을 거예요. 그렇게 마음의 결정을 내린 희수는 곧장 병실을 나와 먹구름이 잔뜩 낀 하늘을 올려다 보며 신 앞에서 맹세를 하듯 그를 책임지겠노라고 스스로에게 맹세하고 또 맹세를 했다.

희수가 거실에 나와 보니 송이는 집에 가고 없다. 바닥에는 아이들이 갖고 놀던 장난감과 그림책으로 난장판이 되어 있고, 플라스틱 접시에는 조금 전 아이들이 먹다가 남긴 과자부스러기만이 조금 남아 있을 뿐이다. 희수는 그걸 치우려다가말고 벽에 손을 짚는다. 가벼운 현기증이 일어났다. 희수는 벽에 등을 기대곤 간신히 정신을 가다듬는다. 며칠 동안 잠을 제대로 이루지 못한 탓인지 이제는 심한 두통과 함께 등줄기 근육까지 뻣뻣해지면서 온몸의 힘이 쫙 빠져나간다. 희수는 고통을 참으려고 아랫입술을 질끈 깨물어보지만 더는 고통을 참을 수 없자 안방 화장대 서랍에서 진통제 두 알을 꺼내 물과 함께 입안으로 털어 넣는다. 될 수 있으면 약에 의존하고 싶지 않았지만 그게 생각처럼 되지가 않았다. 약의 효력 때문일까. 다시 컨디션이 괜찮아지자 그녀는 서둘러 저녁식사를 준비하기 시작한다. 프라이팬에 기름을 넉넉히 두르곤 팬이 달구어지자 생돈가스를 그 위에 올려놓는다. 그러고는 고기가 속까지 골고루 익을 수 있도록 가스불의 강약을 잘 조절을 한다. 돈가스가 노릿노릿하니 먹음직스럽게 잘 튀겨지자 희수는 그것을 두 개의 접시에 각각 담아낸다. 그러곤 그 위에 소스를 듬뿍 발라 흰 쌀밥과 으깬 감자를 곁들어 식탁에 올려놓자 작은 방에서 놀던 아이들은 마냥 좋아라하며 엄마가 오랜만에 자신들과의 약속을 지켰다며 쪼르륵, 식탁으로 달려온다. 그때 준이가 포크로 돈가스 한점을 찍어 입안으로 집어넣으며 말했다. 아빠는 언제 돌아오느냐고. 희수가 내일 돌아올 거라고 말해주자 두 아이는 환한 햇살처럼 밝게 웃으며 돈가스를 맛있게 먹었다. 그녀의 눈앞에 성진의 존재가 안개처럼 자우룩이 피어난다. 자신은 아이들처럼 그를 기다리고 있지 않았다. 그날 전화하겠다던 성진은 끝내 전화가 없었고 다음날 전화통화에서 성진은 거래처 손님들과 식사를 한 후 술을 많이 마신 탓에 그만 집으로 전화한다는 걸 깜빡했노라고 변명 아닌 변명을 했다. 다른 날 같으면 그녀가 짜증을 냈을 것이다. 하지만 그녀는 그의 그 어떤 변명에도 심드렁하게 받아넘겼다. 그건 성진 대신 걸려온 민기의 전화덕분이었다. 분명한 건 성진의 전화보다 오히려 민기의 전화가 더 자신의 마음을 위로했다는 것. 하지만 이제 남편이 돌아오면 다시 이민을 가자는 얘기기 나올 것이다. 그녀는 벌써부터 두통이 심해진다. 낯선 나라에서 새롭게 시작하는 삶을, 그것도 신뢰와 사랑의 감정이라곤 전혀 없는 남편을 따라 그곳에서 산다는 건 상상만 해도 여간 고통스러운 일이 아닐 수 없다. 마분지 같은 커튼에서 서서히 어둠의 빛이 스며든다. 희수는 뒤늦게 왜 자신이 성진과 결혼을 했는지에 대해 후회하기 시작한다.

4장 연록이 걸어온 먼 길

  사방이 어둑어둑해지고 빗방울이 주룩주룩 떨어져 내리자 회사에서 마지막 업무를 처리하던 민기는 기분이 더 심란해진다. 자신의 사랑이 막바지에 이른 듯한 불안감이 그의 머릿속에서 소용돌이치고 있기 때문이다. 그래서 여느 때와는 달리 회사일이 손에 잡히지 않았다. 어째서 자신과 하영은 지금의 현실을 생각하지 못하고 여태 가질 수 없는 사랑에 서로가 집착했던가. 이제 더는 간과할 수 없는 문제가 되어 버렸다. 그러니 자기가 먼저 그토록 복잡하게 엉켜있는 그 인연의 끈을 서서히 풀어야만 할 때가 되었다고 민기는 생각한다. 이제 그 사랑은 자신도 감당할 수 없어진 것이다. 아무리 말려도 하영은 막무가내로 가질 수 없는 사랑에 집착했고 그 질긴 인연에 스스로 묶이기를 간절히 원하고 있었다. 어젯밤 통화에서 하영은 그 어느 누구하고도 절대 결혼하지 않겠다고, 언제까지나 오빠만을 위해 살겠다며 엉뚱하게도 아이를 갖고 싶다는 말까지 서슴없이 내뱉었다. 두 눈이 휘둥그레진 민기는 잠시 할 말을 잃었다. 민기는 서로가 맺어질 수 없는 이루어질 수 없는 사랑의 운명을 눈앞에 놓고 몹시 괴로워하며 축축하고 우울한 기분에 젖어들었다. 그런 그의 심정도 모른 채 하영은 감정을 자제하지 못하고는 계속 들뜬 기분으로 떠들어댔다. 결혼은 나중에 해도 돼. 우선은 아기를 낳고 싶단 말이야. 오빠와 날 닮은 우리의 예쁜 아가를. 순간 민기는 깊은 절망감에 빠져들었다. 다시금 하영의 입에서 아이를 갖고 싶다는 말이 불쑥 튀어나오자 그제야 그는 다음 기회에 하영을 만나면 솔직한 심정을 털어놓아야겠다고 스스로 마음의 각오를 다졌다. 하영의 일방적인 말을 계속 듣고 있던 그는 더 이상 하영의 얘기를 듣지 않으려고 고개를 가로젓었다. 그러고는 왜 자꾸 쓸데없는 말을 꺼내느냐며 하영을 크게 꾸짖곤 먼저 전화를 끊어버렸다.

민기는 통근버스에 올라타곤 차창에 머리를 기댄 채 눈앞에 스치고 지나가는 도심의 거리를 바라본다. 도심의 불빛은 그의 눈앞에서 불꽃놀이 축제처럼 화려하게 출렁거린다. 매일처럼 스쳐 지나가는 복잡한 거리이지만 이상하게도 오늘밤 서울의 거리가 그에게 매우 낯설게만 느껴진다. 자신의 침울한 마음과는 달리 도시의

휘황찬란한 불빛들이 너무 눈이 부셨다. 이처럼 화려한 거리가 새삼스럽게 민기에게는 익숙한 도시가 아닌 아주 낯선 나라의 도시인 것처럼 느껴진다. 대체 무엇 때문일까. 어둠의 하늘을 뚫을 것만 같은 저 거대한 빌딩숲과 빽빽이 들어선 수많은 아파트들. 그곳에서 뿜어져 나오는 불빛들이 눈앞에 와르르 쏟아지자 민기는 괜스레 화가 치밀어 오른다. 이루어질 수 없는 하영과의 사랑에도 화가 나고, 여태 가정을 이루지 못한 채 싱글로 살아가고 있는 것도 화가 나고, 또 저 수많은 아파트 중에 아직 자신의 소유인 아파트 하나 없다는 것도 화가 난다. 이래저래 마음이 우울하고 심란해진 민기는 깊은 한숨을 내쉬며 차창 밖으로 내던진 시선을 거두고는 등받이에 몸을 깊숙이 파묻는다.

통근버스가 그의 집 근처 정류장에 도착하자 때맞추어서 떨어지던 빗방울도 멈췄다. 버스에서 내린 민기는 쓸쓸하게 웃으며 후미진 골목의 희미한 가로등 불빛을 따라 아주 느린 걸음으로 뚜벅뚜벅 집으로 향해 걸어간다. 항상 그랬듯이 자신이 일찍 집에 들어가 봐야 기다려주는 사람이 없다. 그래서 민기는 퇴근하고 집으로 발길을 향할 때면 항상 마음이 썰렁하고 외로웠는지도 모른다. 그의 발걸음이 빛바랜 파란색 철대문 앞에 당도하자 민기는 쓸쓸한 마음을 달래보려고 일부러 헛기침을 몇 번 해본 후 대문을 밀친다. 순간 짙은 천리향의 꽃향기가 강하게 그의 코끝을 찌른다. 그래서인지 기분이 한결 나아지면서 마음까지도 산뜻해진다. 민기는 호흡을 길게 들이마시고 내쉬면서 마당 주위를 둘러본다. 언제나 자신을 먼저 반겨주는 것은 마당에 활짝 핀 상큼한 꽃향기였다. 이런 소박하고 고요한 정원의 정겨운 분위기 때문에 어쩌면 자신은 이 집에 오래 머물고 있는지도 모른다고 민기는 생각한다. 회사에 입사하고 지금까지 줄곧 살아온 집이었다. 잠시 꽃향기에 취해 코를 끙끙대며 꽃내음을 맡아보던 그는 고개를 들어 눈을 가늘게 뜨고는 주인집 거실에서 새어나오는 희미한 형광등 불빛을 바라본다. 며칠 전 회사에서 일찍 퇴근한 그는 술과 과일 한 박스를 사들고 주인집에 갖다드렸다. 생신날 적잖은 실례를 범했다는 미안함과 이번 방세를 올리지 않은 것에 대해 감사한 마음을 전하면서. 그러자 아저씨는 기분이 좋은 듯 호탕하게 웃으시며 그가 살고 있는 동안에는 방세를 올리는 일은 없을 것이라고 힘주어 말했다. 그런데 다시금 슬그머니 하영과의 결혼을 독촉하자 그는 크게 손사래를 치며 결코 그녀와는 그런 관계가 아니라고 부인했다. 아저씨가 통 자신의 말을 믿으려하지 않자 민기는 무척이나 속이 상했다. 그런 민기를 바라보던 아저씨는 오히려 고개를 가로저으며 적이 실망했다는 표정으로 그의 얼굴만 빤히 쳐다보았다. 민기는 전번처럼 얼굴이 화끈 달아올랐다. 그렇다고 속사정을 시원하게 털어놓을 수도 없는 난처한 입장에 처해지자 그날도 그 자리를 모면하려고 재빨리 주인집을 빠져나왔다.

결혼이 대체 무엇이기에 곳곳에서 성화일까. 민기는 주인집에 내던진 시선을 거두곤 이내 원룸 쪽으로 걸어간다. 그 무렵 어둠 속에서 길고양이 한 마리가 마치 민기를 기다렸다는 듯이 현관 앞에서 몸을 잔뜩 웅크리고 앉아 있다가 그가 나타나자 후닥닥 날쌔게 몸을 날려 눈 깜작할 사이에 그의 시야에서 사라진다. 깜짝 놀란 그는 갑자기 불길한 예감이 들면서 기분까지 아주 묘해진다. 혹시 고양이가 자신의 방까지 기웃거린 것은 아닐까. 쓸데없는 의심까지 하며 그는 고개를 갸웃거린다. 며칠 동안 방청소를 못한 탓에 집안은 담배연기에 찌든 냄새와 곰팡내가 함께 뒤섞여 퀴퀴한 냄새를 풍기고 있었다. 마치 길고양이가 살기에 딱 안성맞춤인 공간처럼. 그는 출근할 때의 자신의 방을 떠올리며 현관문을 열고는 방으로 들어가 벽의 스위치를 올린다. 순간 그의 입이 쩍 벌어지면서 눈이 점점 커진다. 방은 아주 깔끔하게 정리정돈이 되어 있다. 침대위에 헝클어져있던 이불은 곱게 침대시트를 덮고 있고 방바닥에 나뒹굴고 있던 완구 곰은 창문이 있는 쪽 침대 모서리에 얌전히 놓인 채 그를 반겨주고 있다. 문이 활짝 열린 화장실에선 상큼한 오이비누 향기가 물씬 풍겨 나오고 있고 책상 위에 있던 지저분한 재떨이는 반짝반짝 닦여져 마치 유리구슬처럼 투명한 빛을 발하고 있다. 더구나 아침에 샤워하면서 한쪽 구석에 아무렇게나 벗어놓은 속옷, 양말, 수건 들은 밀린 빨래와 함께 깔끔히 세탁이 되어 베란다 천장에 매달린 빨래 건조대에 가지런히 널려 있다. 집안 곳곳을 살펴보던 그는 아주 기분이 좋아졌는지 흥얼흥얼 콧노래까지 부른다. 하영이 왔다간 것이다. 가끔씩 하영은 우렁각시처럼 나타나서 이처럼 대청소를 해놓곤 훌쩍 가버렸다. 그녀가 그렇게 그냥 돌아가는 날은 그녀의 개인적인 사정으로 매우 바쁜 날이기도 했다. 하지만 왔다갔으면 필시 전화나 문자메시지를 남길 그녀였다. 민기는 양복 윗옷을 벗어 옷장 안의 옷걸이에 걸어두곤 이내 가방 속에서 휴대폰을 꺼낸다. 하영의 따뜻한 체온이 금방이라도 전류처럼 손을 타고 전해질 것만 같은 느낌이다. 그런데 어찌된 영문인지 오늘은 하영의 연락 흔적이 휴대폰 그 어디에도 없다. 민기는 의아한 표정을 지으며 하영에게 전화를 하려고 할 때 때마침 현관문 밖에서 하영의 목소리가 들려온다.

"오빠, 나야!"

그 소리에 민기는 얼른 문을 열어주곤 어서 빨리 들어오라고 하영의 손을 잡아끈다. 하영의 입가에 엷은 미소가 감돌고 있다. 하영이 방안으로 들어오자 순간 민기의 시선이 그녀의 옷차림에 모아진다. 평소 간편한 청바지와 티셔츠 옷차림을 즐겨 입던 하영이 웬일인지 오늘은 그 패션이 확 달라져 있다. 바지는 아이보리색 스키니진을 입고 있고 티셔츠는 목이 깊게 파여 그녀의 봉긋한 유방이 아슬아슬하게 보일락 말락 상체에 착 달라붙어 있는 게 눈에 거슬린다. 하영은 민기의 따가운 시선을 못내 피하며 한 손에 들고 있던 까만 외투를 책상 의자에 걸쳐놓곤 두 손으로 긴 생머리를 옆으로 쓸어 모으면서 침대 모서리에 엉덩이를 반쯤 걸치고 앉는다. 그러고는 도도한 표정으로 민기를 빤히 올려다본다. 민기는 약간 상기된 얼굴로 하영 앞으로 바짝 다가선다.

"오늘은 어떤 모임이 있었던 거야?"

"왜? 오빠는 원래 나한테 관심이 없잖아. 근데 그걸 왜 새삼스럽게 물어보는 거야?"

"오늘따라 패션도 그렇고, 화장까지 짙게 하고, 좀처럼 바르지 않던 빨간색 루주까지 바르고, 그리고 보니…… 너 혹시 남자친구 생긴 거야?"

"웬 남자? 내게 남잔 오빠뿐 아니었어."

"얀마, 왜 내가 네 남자냐? 전에도 말했듯이 너한테 남자친구가 생긴다고 해도 난 전혀 상관없으니까 거 제발 괜찮은 놈 만나서 얼른 시집이나 가버려라!"

"흥, 또 그 마음에도 없는 소리하시네! 내가 오빠의 그 음흉한 속을 모를까봐서?"

"어어, 얘가 지금 무슨 소리를 하는 거야? 내가 음흉하다니? 난 지금 진심으로 너한테 충고해주는 거야. 어떻게 해야 넌 이 오빠의 진심을 믿을래?"

"근데 왜 오빠까지 나한테 결혼하라고 난리야? 내가 그렇게 싫고 귀찮아? 그래서 아무한테라도 빨리 시집이나 가버리라고 그렇게 등 떠미는 거야? 엉?"

"아니 얘가 왜 갑자기 언성을 높여? 난 그냥 뭐 그랬으면 좋겠다는 거지. 다 널 위해서 말이야."

"날 위해서라면 더더욱 그런 말은 하지 말아야지, 안 그래?"

"……."

"나 사실 오늘 오빠가 너무너무 보고 싶어서 일부러 찾아왔어!"

"그럼 미리 연락이라도 했어야지? 그랬으면 근사한 레스토랑에서 저녁을 사줬을 텐데."

"미리 연락하긴? 우리가 어디 남이야? 언제부터 그런 격식 따졌다고. 참 이제부터 내가 오빠 방에서 머물게 될지도 몰라. 방을 구하기 전까지는 말이야. 그러니 오빠도 그런 줄 알고 있어!"

"그게 대체 뭔 소리냐?"

"뭔 소리긴? 오빠하게 함께 있고 싶어서 그렇지 뭐. 쉽게 말하자면 동거랄까!"

"야야, 그, 그것만은 절대 안 돼!"

"왜? 내가 여기 있으면 안 될 이유라도 있는 거야?"

"그, 그게 아니라 주인집에서 쓸데없는 오해를 하고 있어서 지금 내 입장이 여간 난처하고 불편한 게 아냐. 아 글쎄 네가 내 여친인 줄 알고 빨리 결혼하라고 성화잖아!"

"하하하, 그렇구나!"

"물론 나야 네가 이렇게 방을 깨끗이 청소해주니까 엄청 기분도 좋고 마음도 편하고 좋지만 말이야. 하지만 앞으론 제발 특별한 일을 제외하곤 이렇게 연락 없이 불쑥불쑥 찾아오지 마라! 더는 주인집에서 내 결혼 문제에 관여하는 것도 정말 짜증나고 귀찮아서 말이다. 그렇지 않아도 회사업무 때문에 스트레스가 많은데 그런 일로 내가 스트레스를 더 받아야겠냐?"

그 말이 귀에 몹시 거슬렸는지 하영은 눈썹을 곤두세우고는 민기를 노려보듯 쏘아본다. 민기가 그 눈길을 피하지 않자 하영은 마침내 결의 찬 표정으로 속내를 털어놓는다.

"난 정말 오빠와 결혼하고 싶어. 오빠를 닮은 아이도 낳고 남들처럼 떳떳하게 가장을 꾸리면서 아주 잘 살고 싶어. 그게 정 안되면 동거라고 하고 싶단 말이야. 그리고 주인집에선 벌써부터 우리가 결혼할 사이라고 알고 있어. 전번에 내가 아줌마한테 결혼할 사이라고 말해버렸거든!"

"아니 얘가 사고를 쳐도 아주 단단히 쳤네. 그래서 두 분이 나를 보고 그런 표정을 지었구나. 난 그것도 모르고 계속 오리발만 내민 꼴이 되고 만 셈이고, 어이쿠. 이 일을 어째! 그분들이 날 어떻게 보겠냐고, 후우. 정말이지 너 때문에 내가 머리가 확 돌아버리겠다. 얀마, 내가 또 이 자리에서 분명히 말하겠는데 넌 내 여자가 아니라

내 여동생이란 말이야, 혈육 같은 내 친동생 말이야!"

"동생? 누가 오빠 친동생인데? 우리가 언제 피 한 방울이라도 섞인 적이 있어? 냉정히 따지자면 우린 서로가 남남이잖아. 그런 우리가 결혼 못할 이유도 없잖아, 안 그래?"

"아니 얘가 어제 전화통화에서부터 괴상한 소리를 지껄이더니 오늘도 그러네? 혹시 너 집에서 무슨 일 있었던 거야? 아니면 갑자기 정신이라도 이상해진 거냐? 평소에 너답지 않은 행동을 해서 내가 정말 걱정이 돼서 하는 말이야."

"평소에 내가 어쨌는데? 그리고 나 지금 정신상태 아주 말짱하거든!"

"얌마, 내가 수백 번도 더 네 귀에 못이 박히도록 알아듣게 말했는데도 여태 그걸 못 알아들었어? 왜 이 오빠 속상하게 자꾸만 억지를 부리는 거야?"

"나 정말 오빠를 사랑한단 말이야. 그것도 아주 끔찍하게, 알아?"

예전과 달리 하영은 민기에게 공연히 심술궂게 부리다가 이내 훌쩍훌쩍 울기 시작한다. 그 눈물은 곧 흐느낌으로 바뀐다. 하영의 눈물이 가슴에 비수처럼 찔러오자 마치 그의 모세혈관에서 뻘건 피가 모조리 빠져나가는 듯한 고통을 느낀다. 민기의 몸이 크게 휘청거린다. 어쩌란 말인가. 이게 사랑이란 말인가. 사랑이란 서로의 마음을 믿고 의지하며 서로의 감정을 더 풍요롭게 만들어 주는 게 아니던가. 서로의 진실을 솔직히 털어놓고 따뜻하게 보살피면서 서로 다정한 말투로 서로를 위로해 주고 서로에게 용기를 주는 활기찬 에너지 말이다. 그 따뜻함 속에서 느낄 수 있는 무한한 행복감이 바로 사랑이지 않은가 말이다. 그런데 어째서 하영은 이다지도 현실을 분간하지 못하고 그토록 눈먼 사랑에 푹 빠져 있단 말인가. 그 때문에 자신이 힘들어해야 하는 마음의 고통을 왜 몰라준단 말인가. 민기는 정말이지 실컷 울고 싶어진다. 예전의 하영은 착하고 온순하고 자신의 말이라면 뭐든 믿어주었다. 그런데 왜 이제 와서 갑작스럽게 강한 집착을 하는 것일까. 민기는 석고처럼 단단하게 굳은 표정으로 하영을 차갑게 쏘아본다. 그의 눈과 마주친 하영은 겁에 질린 어린애처럼 온몸을 부르르 떨고 있다. 민기는 마음의 결정을 보다 빨리 앞당겨야겠다고 다짐한다. 지금 하영의 마음을 자신이 모를 리가 없다. 하지만 이제껏 혈육의 정과 사랑으로 아름답게 승화시켜온 관계가 아니던가. 그런 관계가 하루아침에 쌓아올린 모래성처럼 허망하게 허물어진다면 앞으로 서로에게 더 큰 불행만 초래할 뿐이다. 민기는 굳은 표정을 풀며 하영의 커다란 눈을 바라본다. 그 눈길이 전에 없이 깊다. 그녀의 양 볼에는 소리 없는 눈물만 줄줄 흘러내리고 있다. 하영은 도톰한 입술을 지그시 깨물고 두 손을 맞잡은 채 스스로 분노를 삭이고 있다. 그는 고통의 신음을 씹으며 잠시 고개를 숙인다. 어머니는 어머니 나름대로 자신을 얼마나 괴롭혔던가. 그는 어머니만 떠올리면 마음이 너무 고통스러웠고 괴로워서 잠을 제대로 이룰 수 없었다. 그런 시련의 아픔에도 불구하고 서로 그 위기를 잘 극복해왔는데…… . 민기의 마음은 폭풍이 휘몰아치듯 위태롭게 흔들리고 있다. 아, 어쩌자고. 순식간에 벌집 쑤셔대듯 머릿속이 복잡해지자 민기는 고개를 들어 담뱃갑에서 담배 한 개비를 꺼내 입에 물고는 불을 붙이곤 한동안 말없이 줄담배만을 태우다가 어느 순간 담배를 재떨이에 짓이겨 끄고는 왼 팔을 뻗어 하영의 어깨를 부드럽게 잡고는 진지한 어조로 자신의 심정을 고백하듯이 입을 연다.

"이 바보야. 지금 오빠가 네 마음을 모르는 게 아냐. 오빠도 너처럼 가슴이 많이 아프고 힘들어. 우리가 결혼할 수 없다는 건 서로 이미 잘 알고 있는 사실이잖아. 네가 처음 우리 집에 왔을 때, 그러니까 네 나이 다섯 살이었어. 그때 어머니는 널 보자마자 입에 게거품을 물며 당장 죽일 듯이 달려들었지. 너는 겁에 질려 기겁을 했고, 그 바람에 어쩔 수 없이 아버지는 널 도로 네 엄마한테 돌려보내야만 했던 거야. 어머니가 당신의 눈에 흙이 들어가기 전까지 절대 널 받아줄 수 없다고 성난 짐승처럼 길길 날뛰었거든. 아버지는 그날 이후로 어머니한테 인간대접 제대로 받아본 적이 없었어. 그래서 아버지가 네 엄마를 더 보고 싶어 했던 건지도 몰라. 아버지가 간혹 내 손을 잡고 너희 집에 찾아갔었지. 그때마다 나는 그 시간이 너무 행복했어. 사실 널 처음 보는 순간부터 좋아했거든. 해맑은 웃음으로 날 맞이해준 너의 따뜻한 마음과 그 커다란 눈동자 말이야. 그냥 널 바라보는 것만도 난 무척이나 좋았으니까. 그렇게 널 만나서 함께 동화책을 볼 때면 나는 마치 꿈을 꾸고 있듯 행복감에 빠져들곤 하였지. 하지만 어느 날부터 우린 만날 수 없게 되었어. 네가 아버지의 핏줄이 아니라는 걸 뒤늦게 알았던 거야. 할머니와 어머니의 강요에 못 이겨 아버지는 끝내 유전자검사를 했던 게지. 그러다가 내가 중학교 2학년 무렵쯤 다시 네가 우리 집에 오게 되었고. 그때 난 정말 뛸 듯이 기뻤어. 그동안 사실 네가 많이 보고 싶고 그리웠거든. 어머니는 널 학교에 보내주고 약간의 용돈을 주는 대신 궂은 집안일을 모두 너에게 시켰지. 나는 네가 너무 안쓰러워 어머니 몰래 먹을 것도 사주고 학용품도 사주고 필요한 소지품도 사주면서 널 마치 내 친동생처럼 돌보았던 거야. 그래서인지 넌 매사 날 친오빠처럼 잘 따라주었고 고분고분하게 내 말도 잘 들어주었어. 그리고 내가 가는 곳이라면 너도 항상 그림자처럼 졸졸 쫓아다니곤 하였지. 마을사람들은 우리를 친오누이라고 했어. 서로 얼굴이 많이 닮았다면서 말이야. 하지만 세월이 많이 흐른 뒤 나는 새로운 사실 하나를 깨달았지. 우리는 불행히도 서로의 마음을 드러내놓고 사랑할 수 없는 처지라는 것을. 내가 널 지킬 수 있는 유일한 방법은 오로지 네가 여자가 아닌 친동생이어야만 그 사랑을 오래 간직할 수 있고 또 지킬 수 있다는 것을. 고민 끝에 나는 널 잃고 싶지가 않아서 결국 최선의 방법을 택했던 거야. 하영은 내 친동생이다, 그렇게 마음을 먹게 되었어. 물론 그런 결정은 결코 쉽지가 않았어. 근데 어쩌겠니. 지금도 내 마음에는 변함이 없어. 너를 내 친동생이라고 굳게 믿고 있으니까."

"우리 이모가 이번 주말에 선을 보래잖아. 그쪽은 나보다 다섯 살이나 많은 남자래. 내가 그 사람과 결혼만 하면 돈 걱정 없이 잘 살 수 있다는 거야. 그 집 어른들은 이미 나를 알고 있고 나만 좋다고 하면 당장이라도 결혼을 서두를 것이라고 했어. 처음 그 말을 들었을 때 내 심장이 덜컥 내려앉으면서 눈앞이 암흑처럼 아주 캄캄했어. 벼랑 끝에 서 있는 기분이랄까. 그때 내가 얼마나 슬픈 절망감에 빠져 있었는지 오빠가 알기나 해? 정말이지 콱 죽어버리고 싶은 심정이었어. 그래서 무작정 어젯밤에 오빠한테 전화를 걸었던 거야. 그리고 오늘은 기어코 이모와 그 일로 한바탕 싸우고 집을 나와 버렸어. 집을 나오고 보니까 막상 갈 곳이 없잖아. 내가 갈 수 있는 곳은 이곳밖에는……."

"그랬었구나. 난 그것도 모르고……. 하지만 하영아, 이건 오빠가 진심으로 해주고 싶은 말인데, 요즘 맞선을 보고 결혼하는 커플들도 우리 주위에 더러 있어. 반드시 상대를 사랑해야만 결혼하는 건 절대 아니라고 나는 생각해. 어쨌거나 사람을 많이 만나보는 거는 괜찮은 거야. 그래야 어떤 사람이 결혼상대자인지도 제대로 파악할 수 있으니까."

"그러니까 지금 오빠 나더러 그 사람과 선을 보라는 거야? 방금 전에 내가 그렇게 싫다고 말했는데도? 정말 오빠까지 왜 이래? 사람이 뭐 물건인 줄 알아? 그것도 서로가 서로에게 사랑의 필이 꽂혀야지. 그렇지 않은 사람과 무작정 결혼해서 살면 뭐가 그리 행복하겠어?"

"우리 회사직원들 중에는 선보고 결혼했는데도 애 낳고 별 일 없이 잘만 살던데 뭐. 상황에 따라서는 그런 현실도 받아들이면서 살아가야 하는 거야. 그러니 기회가 있을 때마다 사람들을 만나보는 것도 난 괜찮다고 생각해."

"그런 오빠는 왜 여태까지 장가를 안 가는데? 오빠 엄마가 빨리 장가가라고 그렇게 들들 볶아대는데도 오빠 돌부처마냥 꼼짝도 하지 않잖아. 그 이유가 대체 뭔데?"

"……?"

"사랑이 뭔 줄 알아? 서로 그윽한 눈길로 두 손 맞잡고 같은 방향을 바라보면서 살아가는 거야. 그게 행복 아니겠어! 난 말이야 좋은 집안도, 돈을 많이 가진 재력가도 원치 않아. 난 그냥 이대로 오빠 곁에서 오빠만을 해바라기처럼 바라보면서 아주 오랫동안 함께 지내고 싶을 뿐이야. 그러니까 오빠도 절대 어느 누구하고도 맞선 같은 거 보지 말고 결혼도 하지 마, 알았지!"

그러고는 하영은 와락 민기의 품으로 달려든다. 민기는 잠시 고통으로 일그러진 표정을 지으며 잠깐 그 자리에 그대로 서 있다가 이내 자신의 품에 안긴 하영을 조심스럽게 떼어내곤 양복바지 뒷주머니에서 손수건을 꺼내 그녀의 젖은 뺨을 부드러운 손길로 닦아준다.

"지금 네 마음 모르는 건 아니지만 그래도 네가 자꾸 이러면 오빠도 너무 힘들어져. 지금쯤 네가 무작정 집을 나와 버려서 이모님이 많이 걱정하시고 계실 거야. 네가 어서 빨리 돌아오기만을 기다리면서 말이다. 그러니 이제 그만 울고 집으로 돌아가려무나."

민기는 하영의 등을 또닥거려준다. 그렇게라도 하영을 달래서 집으로 돌려보내지 않는다면 앞으로 어떤 사태가 벌어질지 민기 자신도 장담할 수 없기 때문이다. 사실 방금 전 하영의 풍만한 젖가슴이 가슴팍에 와 닿는 순간 민기는 자신의 의지와는 상관없이 아랫도리가 빳빳하게 불뚝 일어서고 말았다. 그의 솔직한 마음 같아선 당장 하영의 풍만한 젖가슴을 움켜쥐고 거칠게 그녀의 옷을 발가벗겨버리고 싶은 강한 충동마저 일어났지만 차마 그럴 수 없었다. 민기는 그렇게 강한 성적충동이 화산이 분출하듯 뜨겁게 솟구칠 때마다 그걸 참아내기가 무척이나 힘들었다. 살점을 도려내는 듯한 심한 고문을 당하는 기분이랄까. 그렇다고 성적충동 때문에 함부로 하영을 건드릴 수도 없었다. 민기는 방금 전 자신의 뜨거운 욕망을 머릿속에서 지우며 스스로 민망함과 부끄러움을 느낀다. 하영은 계속 민기에게 간절히 매달리며 애원한다.

"오빠, 나 오늘 하룻밤만 여기서 자고 갈게. 꼭 하룻밤만 말이야. 아무 짓도 하지 않고 그냥 얌전히 오빠 손만 꼭 잡고 있을 거야, 응? 오늘 하룻밤만 꼭, 제발!"

바람에 흔들리는 촛불처럼 민기의 불안정한 시선이 심하게 흔들린다. 그래서인지 눈길이 절로 침대로 향한다. 이불이 반듯하게 개켜진 그곳에 하영을 뉘일 상상을 하니 다시금 그의 가슴이 화끈 발끝에서 머리끝까지 달아오른다. 얼마나 품에 안고 싶었던 여자인가. 하지만 민기는 세차게 고개를 가로젓는다. 자칫하다가 사고라도 치는 날이면 당장 어머니가 어떻게 될지도 모를 판국이지 않은가. 그렇지 않아도 어머니는 하영을 만난다는 사실을 뒤늦게 알고는 노기등등한 표정으로 눈에 쌍심지를 켜며 만류를 했다. 그래도 민기가 그 말을 듣지 않자 마침내 어느 하루, 어머니는 자신을 찾아온 아들 앞에서 한 주전자의 막걸리를 벌컥벌컥 목구멍으로 들이키고는 붉게 상기된 얼굴로 술주정을 해대며 바락바락 악을 써댔다. 야, 이놈아 제발 그년을 만나지 말란 말이여. 너 혹시 장가 안가는 이유가 혹시 그년 때문은 아녀? 야 썩을 눔아, 정신 좀 바짝 차려! 그년 집구석이 어디 그냥 평범한 집구석이더냐? 사기꾼에다가 꼬리가 아홉 개나 달린 불여시 집안이란 말이여. 그년 어미가 이미 다른 놈의 씨앗을 뱃속에 담고 있으면서도 그걸 네 아버지 핏줄이라고 박박 우겨대는 바람에 그년 꾐에 넘어간 네 아버지가 끝내 전

답까지 팔아 그년한테 한밑천 떼어 준 거 아녀. 그 탓에 이 어미 오장육부가 다 썩어 문드러져버렸어, 이 썩을 놈아! 여태까지 농사짓고 살면서 고생은 나 혼자 똥줄 빠지게 했는데 네 아버지는 글쎄 그년한테 홀려 그나마도 조금 있던 돈까지 몽땅 갖다가 받쳤지 뭐여! 그러니까 그년들은 내 목숨과도 같은 피를 쪽쪽 빨아먹은 거머리 같은 년들이란 말이여, 이놈아! 그때 생각만 하면 이 어미는 지금도 치가 떨리고 분해서 이가 박박 갈리는데, 지금 네놈이 그 어미의 딸년을 만나고 싸돌아다녀? 어이쿠, 내 팔자야. 내가 그때 그년을 다시 받아주는 게 아닌데 그만 네 할머니 꾐에 넘어가는 바람에 이런 사단까지 벌어졌구먼. 내가 죽일 년이고 미친년이지. 왜 하필 그년을 다시 받아들여서 널 여태 장가도 못 가게 만들었을꼬. 어이쿠, 어이쿠, 기구한 이년의 팔자! 그러면서 어머니는 울분을 참지 못하고는 끝내 손바닥으로 방바닥을 탁탁 쳐대며 눈물까지 쏟아내더니 끝내 그 입에서 비장한 말 한마디를 그의 심장에 주홍글씨처럼 새겨놓고 말았다. 아 이놈아, 만약 네가 날 실망시키는 날엔 난 말이여, 그 자리에서 당장 목을 매 자살할 겨! 내 말 꼭 명심해, 이놈아! 크게 당황한 그는 얼른 어머니 팔을 붙들고는 자신과 하영은 절대 연인 사이가 아니라 그냥 동생과 오빠 사이라고, 또 앞으로는 그런 일은 절대 일어나지 않을 터이니 제발 자신의 말을 믿어달라며 가까스로 어머니의 마음을 위로해 주었다. 오로지 아들 하나만 믿고 의지하며 모진 풍상을 겪고 살아오신 어머니가 아니던가.

어머니의 지난 모습이 뇌리에서 생생하게 떠오르자 민기의 실낱같은 한 가닥 희망의 끈이 이내 절망감으로 변해 심연의 밑바닥으로 사정없이 내팽개쳐지고 있다. 하영과의 사랑에는 그 어떠한 희망도 없는 평행선의 사랑일 뿐. 그렇다고 자질구레하게 그 당시 어머니가 쏟아냈던 말들을 하영에게 더더욱 꺼낼 수도 없는 게 그의 입장이다. 사실 어머니만 떠올리면 모든 게 무섭고 두려워진 것이다. 민기는 심하게 몸을 한 번 부르르 떨고는 잠시 장승처럼 뻣뻣하게 굳은 채 그 자리에 그대로 서 있다. 하영은 그런 그에게 끊임없이 간절히 매달리며 제발 하룻밤만 꼭 자고 가겠다고 애원하는 눈빛으로 간청을 하자 뒤늦게 민기는 마음을 독하게 먹고는 더는 어쩔 수 없다는 듯 냉소적인 표정을 지으며 하영에게 단호하게 말한다.

"어서 빨리 집으로 돌아가!"

"싫어, 정말 싫다니까."

"너 자꾸 어린애처럼 이렇게 떼쓰면 다신 여기 오지 못하게 할 거야!"

그러자 금세 노기에 찬 얼굴로 변한 하영은 금방이라도 민기한테 사납게 덤빌 태세로 돌변한다.

"오빠 매번 이런 식이었어. 날 사랑하면서도 늘 내 등을 억지로 떠밀었지. 그런 오빠가 지금 얼마나 가증스러운지 알아? 왜 좀 더 자신의 감정에 솔직하지 못하는 거야? 막말로 나와 하룻밤 같이 잤다고 해서 오빠나 내가 뭐가 달라지는데? 지금이 뭐 순결을 꼭 지켜야만 하는 조선시대도 아니고. 물론 나도 알고 있어. 오빠가 이러는 게 다 오빠 엄마 때문이라는 거. 우리가 정 결혼할 수 없는 처지라면 그럼 그냥 동거만 하고 살면 되는 거 아냐?"

"아무리 네가 떼를 써도 난 절대로 널 내 방에서 재울 수가 없으니까 어서 당장 돌아가!"

그러면서 민기는 황급히 휴대폰을 찾아 회사 거래처인 콜택시 회사에 전화를 걸어 될 수 있으면 빨리 차를 보내달라고 부탁한다. 그 소리를 들은 하영은 마침내 방바닥에 쪼그리고 앉아 다시 엉엉 소리 내어 울기 시작한다. 이윽고 콜택시가 금방이면 근처에 도착한다는 연락을 받자 민기는 급히 하영의 외투를 챙겨들곤 마냥 쪼그리고 앉아 울고 있는 그녀의 팔을 억지로 질질 잡아끈다. 하영의 얼굴에서 심한 경련이 일어난다. 하영은 몸을 뒤로 빼며 좀처럼 일어나지 않으려는 안간힘을 쓴다. 그래도 민기는 인정사정없이 하영의 팔을 억지로 잡아끌고는 밖으로 데리고 나와 불같은 화를 버럭 낸다.

"이럴 거면 앞으론 절대 날 찾아오지 마! 또다시 네가 날 이렇게 힘들게 만든다면 차라리 내가 너 몰래 다른 곳으로 이사를 가 버릴 테니까!"

"그래, 차라리 나 몰래 아주 먼 곳으로 이사를 가버려! 아니 영영 오빠가 지상에서 사라져버렸으면 좋겠어! 그러면 다시는 내가 오빠를 찾지 않을 것이고 또 만날 수 있다는 희망도 꿈도 꿀 수도 없으니까. 차라리 그렇게 해버리란 말이야. 알아? 오빠가 나한테 이럴 때마다 난 마치 죽음보다 더 깊은 어둠의 수렁 속으로 깊이깊이 빨려 들어가는 비참한 기분이라는 거. 정말이지 당장 꽉 죽어버리고 싶단 말이야."

하영은 그동안 억눌린 아픔과 서러운 감정을 한꺼번에 모두 토해내며 꺼이꺼이 짐승처럼 울부짖는다. 민기의 가슴에서 무언가 뜨거운 덩어리가 치밀고 올라온다. 아, 어쩌란 말인가. 민기는 깊은 허탈감에 빠진 채 잠시 괴로워한다. 매번 이렇게 한바탕 하영과 힘겨운 싸움을 하고 나면 그는 습관처럼 그 밤을 그녀 대신 완구 곰을 껴안고는 마스터베이션에 몰입하곤 했다. 가질 수 없는 사랑에 대한 강한 집착을 나름대로 분출하고 있는 것이다. 아마도 오늘밤도 그럴 것이다. 민기는 땅이 꺼질 듯한 한숨을 길게 내쉰다. 때마침 골목으로 접어든 희미한 가로등 밑에 콜택시 한대가 정차하자 민기는 재빨리 하영의 손을 다시 잡아끌고는 택시 쪽으로 가 뒷좌석에 그녀를 짐짝 떠밀어 집어넣듯이 그 등을 와락 떠밀어버린다. 택시기사가 뜨악한 얼굴로 미간을 잔뜩 찌푸리며 두 사람을 번갈아가며 쳐다보자 재빨리 그걸 알아차린 그는 한 손으로 콧잔등을 쓱쓱 문지르곤 이내 민망한 표정을 짓는다.

"아아, 제 동생입니다. 천안까지 잘 부탁드리겠습니다."

그러고는 민기는 얼른 양복바지 뒷주머니에서 지갑을 꺼내 미리 요금을 지불하곤 별도의 팁까지 넉넉하게 챙겨주자 그제야 기사의 얼굴이 보름달처럼 환해진다.

"아, 예예. 감사합니다, 선생님!"

"아저씨, 장거리라고 함부로 과속운전하시면 절대 안 됩니다."

"아아, 걱정하지 마세요. 동생 분을 집까지 아주 잘 뫼시고 갈 테니 선생님은 아무 염려하지 않으셔도 돼요."

그렇게 말하는 기사한테 민기는 다소 걱정스러운 표정을 지으며 거듭 하영을 잘 부탁드린다는 말을 건네곤 잠깐 망설이다가 열린 택시 문을 꽝 닫아버린다. 택시는 쏜살같이 어둠의 거리를 뚫고는 재빠르게 골목길을 빠져나간다. 택시가 시야에서 완전히 벗어나자 민기는 잠시 가로등 아래 전봇대에 등을 기댄 채 고개를 푹 숙인다. 방금 전 하영의 한마디 한마디가 폐부 깊숙이 아프게 찔러댄 것이다. 하영의 눈만 쳐다봐도 그녀가 무엇을 간절히 원하는지 뻔히 알면서도 민기는 매번 그녀를 매몰차게 거절했다. 하영의 말대로 어쩌면 자신은 비열하게도 가증스럽고 이중인격자인 사람인지도 모른다고 민기는 생각한다. 이제 자신의 나이 어느덧 서른다섯. 인생 중반으로 접어드는 나이가 아니던가. 눈에 물기가 가득 고이자 민기는 고개를 들어 캄캄한 어둠의 하늘을 올려다본다. 어쩌면 하영은 이모가 주선한 선을 보게 될지도 모른다. 조금 전 자신한테 당한 수모 때문에 더는 자신을 찾지 않을 지도 모른다. 그런 생각이 스치자 몸에서 모든 에너지가 흐물흐물 빠져나간다. 민기의 몸이 크게 휘청거린다. 한참동안 어둠의 하늘만을 응시하던 민기는 다시금 마음을 다잡고는 발길을 집으로 향한다. 하지만 여전히 가슴이 아리고 기분까지 더 착잡해지자 그 발길을 돌려 저만치 골목 어귀에 있는 포장마차로 향해 터벅터벅 걸어간다. 술이라도 마셔야만 될 성싶다. 그래야만 오늘밤 잠을 이룰 수 있지 않겠는가. 아무리 마음이 괴롭지만 자신이 먼저 하영을 놓아줘야만 그녀가 다른 남자와 결혼해서 행복하게 살게 아닌가 말이다. 그런데 왜 이다지도 마음이 괴로운 것일까. 민기는 금방이라도 심장이 꽝 터져버릴 것 같은 고통이 찾아오자 두 손으로 심장을 짓누른다. 그러고는 크게 한숨을 내쉬며 저기 따뜻한 불빛을 쫓아 포장마차로 들어서자 민기를 알아본 오십 대 초반으로 보이는 뚱뚱한 아주머니가 호박꽃 같은 푸짐한 웃음을 지으며 그를 반갑게 맞이한다.

"어머 이게 누구야, 참 오랜만이네. 요즘 통 안 보여서 혹시 이사를 갔나했지."

"아, 예. 그동안 회사일이 좀 바빠서요. 근데 가게가 왜 이렇게 썰렁합니까?"

"오늘은 내가 다른 볼 일이 좀 있어서 늦게 장사를 시작했다오. 그나저나 민기 총각은 잘 지내고 있었던 거요?"

"아, 예. 저야 언제나 잘 지내죠 뭐."

"근데 얼굴색이 영 핏기가 없네. 어디 몸이 아픈 거 아녀?"

아주머니의 말에 민기는 아무런 대꾸도 없이 구석진 자리로 가 앉는다. 민기의 안색을 이리저리 살피던 아주머니는 서둘러 닭똥집을 철판 위에 올려놓고 볶기 시작한다. 이윽고 민기가 소주 한 병과 오뎅 몇 개를 주문하자 아주머니는 끌끌, 혀를 차며 걱정스러운 투로 말을 건넨다.

"저녁밥은 먹은 게야? 안 먹었으면 김밥이나 국수라도 좀 말아줄까 해서. 예전처럼 빈속에 술 마시다가 속이 아프다고 할까봐서 그래."

"아아, 걱정하지 마세요. 조금 전에 간단히 식사했으니까요."

잠시 후 닭똥집을 다 볶아낸 아주머니는 소주 한 병과 그릇에 담긴 오뎅과 닭똥집 한 접시를 민기의 탁자위에 올려놓으며 마치 성품이 자상한 누이처럼 말한다.

"닭똥집은 지금 막 볶아낸 거라 맛이 괜찮을 게야. 그냥 서비스로 주는 거니까 거 부담 갖지 말고 천천히 드셔."

민기는 자신을 챙겨주시는 아주머니한테 고맙다는 말을 건네곤 빠른 동작으로 소주 두 잔을 스트레이트로 마셔댄다. 지금 심정 같아선 아무나 붙잡고는 자신의 괴로움을 죄다 털어놓고 싶을 뿐이다. 누군가와 대화를 나누면 그나마도 갑갑한 속이 좀 풀릴 것 같은 막연한 느낌. 그래서일까. 자신에게도 마음을 나눌 수 있는 친구가 있다면 얼마나 좋을까, 하고 민기는 생각한다. 정말이지 고립무원이 따로 없다. 아무리 주위를 둘러봐도 자신의 이야기를 들어줄 믿을 만한 사람 하나 없다는 현실이 더 서글퍼진다. 빈 잔에 술을 따르다말고 그는 떨리는 손으로 먹먹한 가슴께를 지그시 누른다. 가슴에 통증이 좀처럼 가라앉지 않은 것이다. 그때 그의 머릿속에 성진의 아내의 모습이 물안개처럼 피어오른다. 아마도 그 여자라면 자신의 이런 쓰라린 아픔을 고백해도 받아줄 것만 같다는 생각이 든다. 그날 밤도 그 여자는 친절하게도 자신에게 소개팅을 주선해주겠다고 하지 않았던가. 민기는 희수의 말을 떠올리며 혼자 배시시 웃고는 다시 술을 목구멍 속으로 쏟아 붓기를 반복한다. 금세 비워진 빈 소주병을 멍한 눈길로 바라보던 민기는 다시 술 한 병을 더 주문하곤 그 술을 빈 잔에 채우고 비워내기를 반복한다. 이번에는 그 잔에 가득 채워져 있는 건 술이 아니라 그 여자의 물그림자가 아련하게 둥둥 떠다닌다. 얼굴도 아름답고 성품도 온화하고 무엇보다 처음 보았던 그 인상이 무척이나 좋았던 그 여자. 하지만 그 여자 또한 함부로 접근할 수 없는 타인의 아내이지 않은가. 민기는 전번처럼 당장 그 여자에게 전화를 걸고 싶어진다. 그래서 고통스러운 자신의 마음을 모두 털어놓고 그 어떠한 조언이라도 구하고 싶은 심정이다. 하지만 그럴 순 없다. 실수는 전번 한번으로 족하다. 민기는 잔에 가득 채워진 술을 빠른 동작으로 입에 털어놓는다. 그런 그의 눈앞에 다시 하영의 모습이 어른거린다. 지금쯤 자신을 무척이나 원망하고 있을 하영의 커다란 두 눈이 그의 가슴을 다시금 아프게 만든다. 민기는 그만 술병을 꽉 움켜쥐고 만다. 순식간에 수천 개의 바늘 끝이 사정없이 심장을 마구 찔러대는 듯한 심한 고통이 찾아온 것이다.

온몸에 술기운이 뻗치자 그는 또다시 지난날을 더듬어본다. 그러니까 하영이 다시 민기의 집으로 오게 된 건 그녀의 어머니가 갑작스러운 교통사고를 당해 돌아가셨기 때문이다. 물론 몇 달 동안 하영은 자신의 큰이모 집에서 살았다. 하지만 그 이모마저 불행하게도 말기 자궁암으로 세상을 뜨게 되자 마침내 하영은 천애고아나 다름없는 처지에 놓이게 되었다. 물론 그녀에게 작은 이모가 있었지만 그 이모는 먼 타국에 살고 있는지라 당장 한국으로 돌아올 수도, 그렇다고 자신의 조카를 낯선 타국으로 데리고 갈 그럴 처지도 못되었다. 뒤늦게 그녀의 딱한 사정을 알게 된 아버지는 결국 할머니를 설득해 그녀를 다시 집으로 데려오게 되었다. 할머니는 어머니에게 어차피 집안에 일손도 필요하니까 그 아이를 식모처럼 부리라고 부추겼고 그 바람에 어머니도 마지못한 듯 하영을 받아들이게 되었다. 그렇게 하영은 식모나 다름없는 존재로 오랫동안 머물면서 온갖 궂은일을 하게 되었다. 어찌 보면 하영은 어머니의 분풀이 대상이기도 하였다. 그래서 민기는 그녀를 볼 때면 더욱 안쓰럽게 여기며 진심으로 하영을 챙기기에 급급했다. 그렇게 많은 세월을 한 지붕 밑에서 가족처럼 살다가 어느 날 민기가 서울에 있는 대학에 진학하게 되면서 하영도 그의 집을 떠나게 되었다. 그 무렵 캐나다에서 살다가 한국으로 돌아온 작은 이모가 하영을 불러들인 것이다. 그 후부터 하영은 이모와 함께 천안에서 살게 되었다. 마냥 어린애 같았던 하영의 얼굴이 어느새 꽃봉오리가 막 피어나듯 점점 화사하고 곱게 피어났다. 그런 하영이 주말마다 정성스럽게 만든 밑반찬을 들고 종종 민기가 살고 있는 자취방을 찾아왔고 그럴 때면 민기는 하영을 데리고 명동의 거리를 누비면서 함께 식사도 했고 또 영화구경을 관람하면서 두 사람만의 즐거운 시간을 보내기도 했다. 그러다가 다음해 벚꽃이 한창 만발하게 필 무렵 민기가 군복무를 하기 위해 입영열차를 타게 되었을 때 하영은 닭똥 같은 눈물을 뚝뚝 떨어뜨리며 자신의 심경을 고백했다. 오빠를 사랑한다고. 오빠의 동생이 아닌 여자로서 오빠를 사랑한다고. 순간 민기의 얼굴이 버찌처럼 새빨개지면서 가슴이 쿵쾅거렸다. 민기는 주체할 수 없는 행복에 흠뻑 젖어들었다. 하지만 그것도 잠시 뿐. 이내 제정신으로 돌아온 민기는 알 수 없는 두려움에 사로잡혀 그만 마음에도 없는 엉뚱한 말을 내뱉고 말았다. 쓸데없는 소리

하지 말라고. 우리는 그저 오누이나 다름없는 사이니까 앞으론 그 따위 사랑이라는 말을 함부로 입에 담지 말라고. 그러곤 하영에게 언제든지 기회가 되면 남자친구도 사귀라고 자신이 마치 마음이 너그러운 오빠처럼 그 말을 여러 번 주입시켰다. 그 후 세월이 많이 흘러도 하영은 좀처럼 남자친구를 사귀지 않았다. 오직 일편단심 민기만을 바라보며 슬픈 기린의 커다란 눈처럼 그 눈에 민기만을 담고 싶어 했다. 그 무렵 하영의 주변에 어슬렁거리는 몇몇 사내들과 민기는 얼굴을 맞닥뜨린 적도 있었다. 그럴 때면 마음에서 질투가 불길처럼 치솟았다. 그리고 그런 날이면 어김없이 포장마차에서 술을 퍼마셔 곤드레만드레해져서 자취방으로 돌아오곤 했다. 자신에게 하영은 그런 존재다. 하지만 이제 어쩔 수 없이 하영을 마음에서 내려놓아야 한다고 민기는 생각한다. 민기의 눈시울이 붉어진다. 뇌리에선 여전히 어머니의 말이 악몽처럼 되살아났고 그는 그 생각을 멈추려고 빠르게 술잔을 비우고 또 비운다.

포장마차 밖에서 웅성거리는 소리가 들려오자 만취가 된 민기는 무심코 고개를 돌린다. 몇몇이 삼삼오오 짝을 지어 포장마차 안으로 들어서고 있다. 중년에 접어든 그들은 얼핏 부부처럼 보이기도 하고 다정한 친구처럼 보이기도 한다. 그들은 먼저 술과 안주를 주문하곤 하필이면 민기가 앉아 있는 맞은편에 자리를 잡고 앉아 그가 전혀 알아들을 수 없는 그들만의 이야기를 나누기 시작한다. 민기의 귀가 쫑긋 그쪽으로 향한다. 먼저 빨간 윗옷을 입은 여자가 입을 뗀다.

"아까도 말했지만 그 사건은 우리 동네 세탁소에서 일어난 치정 사건이라니까. 세탁소 주인여자는 남편과 별거 중이었다지 아마."

그러자 그 옆에 앉아 있는 뚱뚱한 남자가 팔짱을 낀 채 인상을 찌푸린다.

"그러니까 그 범인이 잡힌 거야, 안 잡힌 거야?"

이번에는 짧은 파마머리 여자가 언성을 높이며 말한다.

"아, 글쎄 그 범인을 잡고 보니 그 세탁소 단골로 다니던 총각이었대."

이번에는 키가 크고 눈 밑에 까만 점이 돋보이는 뚱뚱한 사내가 끼어든다.

"그럼 총각 놈이 자기보다 나이도 많고 애까지 딸린 여편네한테 연정을 품었단 말이야?"

그러자 처음 말을 꺼냈던 여자가 말한다.

"술 처먹고 한밤중에 찾아와선 그 여자한테 막무가내로 이혼하라고 강요했다는 거야. 그 여자가 싫다고 하자 싸움이 벌어졌고 그 바람에 그놈이 홧김에 부엌에 있는 칼을 갖고 와 그 여자를 찔렀다지 뭐야. 그러게 애초에 총각 놈이 왜 유부녀를 만나냐고? 듣자하니 그 총각은 인사성이 밝고 성품도 꽤 괜찮다고 하던데 말이야. 이제 그 인생도 땡땡 종쳤군그래, 쯧쯧."

"그러니까 사람은 겉으로 봐선 절대 모르는 법이야. 사기꾼이나 강도나 살인범들이 어디 이마빡에 나 그런 놈이요, 하고 써 붙이고 다닌데! 그나저나 요즘 총각 놈들이 왜 유부녀들을 좋아할까?"

"왜겠어? 돈이겠지. 자신이 벌어놓은 돈이 없으니까 몸뚱이 하나 갖고 그냥 편하게 놀고먹자는 못된 심보 아니겠어? 요즘 아가씨들도 그렇다면서? 돈 많다는 거 알면 나이에 상관없이 눈웃음 살살 쳐대며 덤벼든다던데? 어이, 돈 많은 박 씨 혹시 그런 경험 있어?"

"아아, 그런 소리하지도 마! 난 울 마누라 무서워서 절대 그런 짓 못하니까."

그 소리를 듣고 있던 포장마차 주인아주머니가 그들을 넌지시 바라보며 어떤 관계인지 조심스럽게 묻자 통 말이 없던 대머리가 대답한다.

"우린 초등학교 동창입니다. 오늘 동창모임에 참석했다가 친한 벗들만 따로 뒤풀이를 하는 거죠. 우리 같은 서민들한테는 술값 저렴한 포장마차가 최고 아니겠습니까!"

그 말에 일행들이 일체 박수를 치며 옳다고 시끄럽게 떠들어댔다. 아까부터 그들의 소리를 듣고 있던 민기는 왕창 짜증이 나는지 신경질적으로 그 자리에서 벌떡 일어나 술값을 지불하고는 재빨리 포장마차를 빠져나온다. 이윽고 한적한 거리로 나오자 차가운 밤공기가 그의 뺨에 와 닿는다. 잠시 그 자리에 우두커니 서서 허공을 바라보던 그는 오직 자신만이 쓸쓸한 텅 빈 세상 한가운데 내팽개쳐진 기분이 들자 다시금 마음이 몹시 침울해진다. 그는 양 어깨를 축 늘어뜨린 채 몸을 비틀거리며 집으로 향해 걸어가다가 문득 그 발길을 다시 멈추고는 오른쪽 바지주머니 속에서 휴대폰을 꺼내어 만지작거린다. 지금쯤 하영은 집에 잘 도착했을까? 그때 어디에서 굴러왔는지 거리에 나뒹굴고 있는 찌그러진 빈 캔이 눈에 띄자 민기는 아랫입술을 질끈 깨물고는 그 캔을 힘껏 발로 뻥 차버리면서 허공을 향해 큰소리로 욕지거리를 내뱉는다.

"에잇, 빌어먹을!"

5장 읽을 수 없는 바람의 지도

"대체 집에서 뭐하느라고 전화를 늦게 받는 거야?"

희수가 화장실에서 볼일을 마치고 나와 뒤늦게 전화를 받자 성진은 버럭 화부터 낸다. 희수는 기분이 상한 투로 퉁명스럽게 말한다.

"지금 어디예요?"

"크라이스트처치공항이야."

"언제쯤 집에 도착해요?"

"아마도 저녁 늦게 도착하겠지 뭐. 혹시 애들 있으면 좀 바꿔줘."

"아래층 송이네 집에서 놀고 있어요. 근데 애들은 왜요?"

"왜긴? 그놈들 목소리 듣고 싶어서 그렇지!"

"참 알파카 카펫은 샀어요?"

"또 고놈의 알파카 타령이야? 거 자꾸 쓸데없는 소리 하지 마. 어머니가 그게 정 필요하시다면 나중에 우리가 뉴질랜드에 살게 될 때 보내드리면 되잖아!"

그러고는 일방적으로 전화를 끊어버리자 짜증이 확 난 희수는 수화기를 꽝 내려놓으며 얼굴을 잔뜩 찡그린다. 남편은 매사 자기할 말만 끝내고는 이렇듯 일방적으로 전화를 끊어버리는 습성이 있다. 도무지 아내에 대한 배려심도 이해심도 그 어떠한 관심조차없는 매몰찬 사람이다. 이민을 가는 문제로 상의를 하는 것 빼고는 말이다. 희수는 순식간에 부아가 치밀어 오른다. 전번에도 출장에서 돌아올 때 그렇게 알파카 카펫을 사오라고 부탁했는데도 성진은 나중에 이민을 갈 텐데 왜 굳이 그걸 사오냐며 그 부탁을 단 칼에 거절하고 말았는데 이번에도 똑같은 방식으로 거절하고 만 것이었다. 사실 희수는 알파카 카펫을 시어머니께 선물하고 싶었다. 예전에 자신의 아파트에 방문한 적이 있던 시어머니는 성진이 뉴질랜드로 출장을 떠난다는 걸 아시고는 은근히 그걸 하나 갖고 싶어 하는 눈치였다. 한국에서 구입하려니 너무 비싸다는 말을 내비치셨던 시어머니가 아니던가. 물론 그것도 그렇지만 희수는 시어머니께 진심으로 감사의 선물을 하고 싶었다. 시어머니는 어쩌다가 제주에서 서울로 올라오시면 아이들도 잘 돌봐줬고 또 그녀의 속상한 얘기에도 귀를 기울어주었다. 그럴 때면 그녀는 남편의 불만과 답답한 성격을 친정엄마한테 고자질하듯 속내를 낱낱이 드러내며 하소연을 늘어놓기도 했다. 그럴 때면 그분은 며느리의 손을 꼭 잡고는 그놈은 원래 고약한 성질머리가 있다며 어멈이 좀 이해하고 참아라, 하시며 희수를 타이르시곤 하였다. 그런 시어머니가 마치 친정엄마처럼 느껴져서 좋았다. 그래서일까. 희수는 시어머니를 뵐 때마다 돌아가신 친정엄마가 더 생각났다.

둘째 석이를 임신하고 만삭이 되었을 때 딸의 몸조리를 돕기 위해 미리 딸네 집으로 오시겠다던 친정엄마는 그날 통 연락이 없었다. 나중에 알아보니 엄마는 샤워를 하다가 그만 바닥에 미끄러지면서 머리를 다쳐 병원에 입원해 있었다. 그렇지 않아도 건강이 좋지 않았던 터라 머리까지 다치니 엄마의 병은 좀처럼 호전되지 않았다. 결국 그 후유증으로 몸져눕고는 끙끙 앓다가 일 년 후 그만 돌아가시고 말았다. 희수는 평소 엄마의 유언에 따라 유골을 절집 근처 나무 밑에 묻어 자연에 회귀하게 하는 수목장을 치룬 후 그 위패를 아버지의 위패가 모셔져 있는 봉정암에 모셨다. 엄마는 이따금씩 아버지가 생각날 때면 그곳을 다녀오곤 하셨다. 봉정암에 오르면 마치 봉황이 살포시 날개를 펼친 듯 거대한 바위가 있고 그 바위를 중심으로 여러 모습의 바위들이 천년을 하루같이 탑을 향해 참배하고 있는 것처럼 보여 무엇보다 좋다고 하셨다. 그곳엔 부부바위, 곰바위가 있는데 그 바위들은 바라보는 자들의 업에 따라 그 형상 또한 달라 보인다며 엄마는 그 절집이 마치 눈앞에 있는 것처럼 실눈을 가늘게 뜨며 그곳을 세세히 설명해 주기까지 해주었다. 그런 엄마의 얘기를 자주 듣다보니 희수도 절로 그곳을 좋아하게 되었다. 그래서 언젠가 기회가 찾아오면 자신도 엄마를 쫓아 그곳에서 며칠 지내고 오고 싶다는 생각을 하고 있었다. 그런데 허망하게 친정엄마가 돌아가시고 말았다. 희수는 깊은 실의에 빠졌다. 희망의 빛 한 점 떠다니지 않은 공간에서 앞으로 누굴 믿고 살아간단 말인가. 그녀의 눈앞에 보이는 것은 그저 시커먼 어둠뿐이었다. 그때 그녀의 우울한 마음을 붙잡아준 건 바로 시어머니였다. 산후 몸조리는 물론 친정엄마의 빈자리까지도 시어머니가 대신 채워주면서 희수를 따뜻한 마음으로 감싸줬다. 희수는 그런 시어머니가 그토록 고맙고 감사할 수 없었다. 그런데도 여태 그분께 번번한 선물조차 해드린 적이 없어 늘 죄송하던 차에 이참에 알파카 카펫을 선물하려고 마음먹었다. 헌데 그 부탁마저도 성진은 거절하고 말았다. 희수는 그런 성진과 다시 얼굴을 맞대고 살아가야할 생각을 하니 벌써부터 머리가 지끈지끈거리면서 마음까지 뒤숭숭해진다. 그나마 그가 돌아오면 즐거운 공상도 마음대로 할 수 없을 것 같았다. 그녀는 아파트 발코니로 나와 바깥을 바라보며 잠시 서성거린다. 눈앞에 보이는 모든 사물들이 안개 속에서 타오르는 횃불처럼 보이자 그녀는 뭐라 설명할 수 없는 가슴속의 슬픔을 껴안으면서 힘없이 어깨를 축 늘어뜨린다. 그래서일까. 바깥 따사로운 봄 날씨와는 달리 마음은 겨울철의 냉기로 가득 차오른다. 그녀는 마음의 한기를 데워줄 따뜻한 온기가 그리워진다. 하지만 지금 공간에서는 그 어디에도 따뜻한 온기라곤 손톱만큼도 찾을 수도 느낄 수도 없다. 언제나 자신의 몸을 에워싸고 있는 건 냉랭한 냉기일 뿐. 그런 상념에 잠시 젖어 있던 희수는 자신이 세상에서 가장 비참한 존재처럼 느껴진다. 어느 누가 자신을 이렇게 만들었던가. 그랬다. 남편인 민성진이다. 그깟 알파카 카펫이 뭐 그리 대수라고 그 부탁마저 매몰차게 거절했단 말인가. 그건 순전히 자신을 무시한 처사가 아니던가. 정말이지 그녀의 솔직한 심정 같아선 수화기에 대고 마구 욕설을 퍼부어대고 싶었다. 아니다. 자신은 결코 그럴 수 없는 존재다. 그 어떠한 용기도 판단력도 전혀 없는 무능함만이 남아 있는 여자가 아니던가. 진즉에 그럴 용기가 있었다면 아마도 지금 이처럼 자존심이 비참하게 구겨지면서 함께 살지는 않았을 터이니까. 벌써 떠나도 떠났을 터이니까. 그렇다고 언제까지나 이렇듯 무시당하면서 매우 불안정한 삶에서 마냥 위태로운 삶의 줄타기만을 할 수도 없다. 그나마 천만다행한 것은 민기의 존재가 그녀의 마음을 위로해주고 있다는 사실이다. 그게 비록 짝사랑이 될지언정 그녀는 마음에서 내려놓고 싶지 않았다. 그랬다. 어떠한 형태의 사랑이든 그 사랑에는 이유가 없는 것이다. 그게 일방적인 사랑이든 쌍방의 사랑이든 간에. 사랑은 그런 것이다. 어느 한순간 살그머니

도둑처럼 다가왔다가 언젠가 바람처럼 홀연히 사라져버리는 그림자 같은 존재. 그래서 서로 좋아할 때 최선을 다한 사랑에는 미련이나 슬픔 따윈 있을 수 없는 것이다. 그만큼 서로가 서로에게 그 사랑을 충분히 훨훨 불태웠으니까. 그 사랑에 더 이상 무엇을 바라겠는가. 그녀도 그런 사랑을 하고 싶었다. 그러나 불행하게도 지금의 남편을 만나면서 사랑이 가슴에서 산산이 부서지고 말았다. 그래도 그녀에게는 뭔가 잡을 만 한 줄이 필요했다. 그 줄이 단단한 줄이든 썩은 동아줄이든 간에. 때마침 그 줄이 어디선가 툭 그녀 앞으로 떨어졌고 그녀는 잽싸게 그 줄을 잡아챘다. 민기라는 인연의 줄을 말이다. 그 남자는 바라만 봐도 좋은 사람일 거라는 공상을 하면서 말이다.

희수는 먹구름이 잔뜩 낀 표정으로 팔짱을 낀 채 아파트 발코니와 거실과 안방을 오락가락 거닐며 속으로 중얼거린다. 만약 내게 아이들이 없었다면 어떻게 됐을까. 벌써 철새처럼 홀가분하게 떠났을까. 아마 그랬을지도 모른다. 희수는 발코니에 서서 이리저리 고개를 돌리며 밖을 살펴본다. 토요일이라서 그런지 놀이터에는 많은 아이들이 활기차게 놀고 있다. 그 아이들 중에 준이와 석이가 보이지 않는 걸 보면 아직까지도 송이네 집에서 놀고 있는 모양이다. 그때 다시금 전화벨이 울리자 그녀는 또 성진에게서 걸려온 전화인줄 알고 재빨리 안방으로 가 수화기를 집어 든다. 이번에는 용기를 내어 버럭 욕이라도 퍼부어주고 싶어진다. 그런데 뜻밖에도 시어머님이시다. 여간해서는 자신의 집으로 전화를 하지 않는 분이 어쩐 일로 전화를 했을까. 그녀는 의아한 표정을 지으며 고개를 갸웃거린다.

"집안엔 별일 없으시죠, 어머님! 제가 요즘 통 안부전화를 못 드려서 정말 죄송해요."

"오늘 아범이 출장에서 돌아오는 날이라면서?"

"아예, 어머님! 혹시 준이 아빠하고 통화하셨어요?"

"어제 전화가 왔었다! 네 시아버지가 그 전화를 받았는데, 글쎄 뜬금없이 이민을 간다는데 그게 대체 뭔 소리냐?"

"아아, 아직은 어, 어떻게 될지 저도 잘 모르겠어요. 지금은 그 어떤 것도 결정된 바가 없고 그냥 준이아빠의 막연한 결정인 걸요. 그렇지 않아도 요즘 그 일 때문에 제가 속상해 죽겠어요. 어머님께서 제발 준이아빠 마음을 바꿀 수 있도록 잘 설득 좀 해주세요, 네?"

"아니 그럼 아범은 그런 중대한 일을 부부간의 상의도 없이 무작정 혼자 결정했다는 거냐? 근데 왜 아범은 갑자기 그런 결정을 했대? 우리도 너희들이 이민 떠나는 게 싫다. 다른 나라 가서 살아봐야 고생길이 훤한데 왜 군이 제 나라를 떠나려고 해! 정 서울을 떠나고 싶다고 하거든 이곳 제주도로 내려와서 살라고 해라. 암튼 아범이 출장에서 돌아오면 어멈이 잘 타일러서 다신 그런 마음먹지 말라고 입을 꽉 막아버려라! 아무래도 우리가 말하는 것보다 어멈네가 말하는 게 더 나을 게야. 그놈은 이 어미 말이라면 무조건 귀를 틀어막아버리는 고약한 성질머리라서 말이다. 어쩌겠냐. 네가 속상해도 좀 참아라. 살다보면 좋은 날도 있고 궂은 날도 있는 게야. 그러니 이럴 때일수록 서로서로 이해하면서 사이좋게 살아야지, 안 그러냐?"

"사실 이민 얘기는 작년부터 준이아빠 입에서 입버릇처럼 나온 말이에요."

"우리도 어떻게든 아범을 잘 타일러볼 테니 어멈은 너무 염려하지 마라. 그나저나 언제 한번 애들 데리고 제주도로 내려와. 녀석들 얼굴 본 지도 꽤나 된 것 같은데, 알겠냐?"

"네. 참 아버님은 건강하신가요?"

"그 양반이야 뭐 항상 건강하시지."

그러면서 시어머니는 당신들의 건강은 걱정하지 말라며 전화를 끊는다. 희수는 끊긴 수화기를 멀거니 바라보다가 울컥 눈물이 쏟아질 것만 같아서 얼른 수화기를 내려놓곤 고개를 들어 천정을 바라본다. 농촌에서 밭농사와 하우스 감귤 과수원을 경작하면서 나름대로 넉넉한 노후의 삶을 꾸려가고 있는 시부모님이다. 그분들만 생각하면 희수의 마음이 한없이 미안하고 죄송스러워졌다. 희수가 둘째 아들을 낳은 지 몇 달 후 그분들은 당신의 아들 직장 수

입만으로는 도무지 저축을 할 수 없을 것 같다며 지금의 아파트를 장만해주셨다. 그토록 아끼시던 자식 같은 땅을 팔아서 말이다. 그런 시부모님을 생각해서라도 어떻게든 남편과 원활하게 마음의 소통을 하면서 잘 지내고 싶었는데 그게 마음처럼 쉽지가 않았다. 그녀는 막상 시어머니의 전화를 받고 보니 걱정이 이만저만이 아니다. 무슨 수로 그의 이민을 말릴 수 있단 말인가. 자신의 힘으로는 도저히 이민을 말릴 수가 없다. 바로 그때 머릿속에서 좋은 묘안이 떠오른다. 그녀는 속으로 감탄하면서 손바닥으로 이마를 탁 친다. 남편이 정 이민을 가자고 떼를 쓰면 방금 전 어머님의 말씀처럼 정 그렇다면 차라리 제주도로 이민을 가자고 마지막 카드를 내밀어 볼 참이다. 그게 자신이 할 수 있는 유일한 최선의 방책이라고 그녀는 생각한다. 하지만 이내 희수의 안색이 비구름마냥 어두워진다. 사실 그럴 가능성은 너무도 희박하기 때문이다. 희수는 땅이 꺼질 듯한 한숨을 길게 내쉰다. 다시금 그녀의 내면에서 잠시 잠자고 있던 삶의 본질의 문제들이 봇물처럼 터져 나오기 시작한다. 희수는 끙, 하고 신음소리를 내뱉는다. 앞으로 어떻게 살아가야 할 것인가. 사실 그 문제가 화두처럼 늘 그녀를 따라다녔다. 남편이 출장가고 없는 동안 그 문제에 대해 곰곰이 생각해봐도 그 해답의 실마리는 전혀 보이지 않았다. 찾아보려고 하면 할수록, 그녀의 가슴에는 더 무거운 돌멩이가 짓눌러대는 듯한 느낌만 가중될 뿐. 그렇다고 매일처럼 감정의 폭풍우에 넘실거리며 외롭고 고독하게 현실의 삶을 받아들이면서 살아가기엔 아직 자신의 나이가 젊었고 또 그 시련을 극복하기엔 너무 나약한 존재였다. 그래서일까. 작년 이맘때쯤 그런 문제들이 엄청난 스트레스로 가슴을 짓눌러대자 마침내 희수는 신경정신과 의사를 찾아가 신부님께 고해성사를 하듯 그 무거운 심중을 모두 털어놓았다. 의사는 희수의 얘기를 참을성 있게 다 듣고는 무거운 입을 열었다. 언제 기회를 봐서 의사인 자신에게 속을 털어놓은 것처럼 그녀도 남편에게 솔직히 내면을 털어놓으라고 충고했다. 아마도 지금 남편께서는 자신으로 인해 아내가 커다란 마음의 상처를 받고 있다는 것조차 모르고 있을 수도 있다는 말을 덧붙이면서. 그런 부부의 문제를 오랫동안 방치하게 되면 결국 마음의 병만 더 키워 종내 심한 우울증까지 앓게 될지도 모른다고. 그러니 약으로 의존하는 것보다 그 상대방에게 도움을 청하고 또 그 도움을 받아야만 마음의 병 회복이 빠르다고. 부부가 서로 소통을 원활히 하면서 그 문제의 원인을 찾아 함께 노력하는 방법밖엔 별 방도가 없다고 조언했다. 의사의 결론에 희수는 맥이 탁 풀리고 말았다. 의사는 임시방편으로 삼 일분 약을 처방해주었고 집으로 돌아온 그녀는 그 약을 먹기 시작했다. 약을 먹으면 다소 마음도 안정이 되었지만 정신은 멍해지면서 갑자기 잠이 쏟아지곤 하였다. 그러다가 약기운이 떨어지면 다시 마음은 불안해지고 긴장되면서 무기력한 삶에 빠져들기를 반복하자 희수는 더는 신경안정제에만 의존할 수 없었다. 그래서 과감한 용기를 갖고 남편과 대화를 시도해보려고 노력했다. 하지만 막상 남편의 얼굴을 대하자 그녀의 입이 좀처럼 떨어지지 않았다. 자꾸만 가슴이 털컥털컥하니 겁이 났고 목덜미와 등줄기로 척척하게 땀이 배어나왔다. 희수는 남편의 존재가 그처럼 두려웠다. 그렇게 그 일을 차일피일 미루다보니 여태까지 그녀는 속내를 단 한 번도 남편에게 내비치지 못했다. 아니 어쩜 고백하는 순간 마음치유는커녕 되레 남편이 무섭게 돌변하여 금방이라도 엄청난 비난을 퍼부어댈 것만 같았다. 당신, 지금 그걸 말이라고 지껄이는 거야? 마음의 상처를 입은 사람은 당신이 아니라 바로 나란 말이야. 난 당신 때문에 내 인생이 형편없이 망가졌는데 지금 누가 누구한테 할 원망의 소리를 지껄이고 있는 거야? 만약 그런 맹비난이 쏟아지면 결국 그토록 우려했던 자신의 입에서 한마디 불쑥 튀어나올 것만 같았다. 그럼 우리 이혼해, 이혼하면 될 게 아냐! 하지만 이혼은 희수 자신에게도 끔찍이 두려운 말이었다. 친정부모도 없고 생활능력조차 없으니 앞으로의 삶이 아주 막막했던 것이다. 희수는 두 눈을 감고 입술을 자긋자긋 깨문다. 돌이켜보면 일이 이지경이 된 게 다 남편 탓만은 아닌 듯했다.

그 당시 사고를 당한 성진은 병원치료와 물리치료가 모두 끝나자 새로운 자취방으로 거처를 옮겼다. 희수는 성진에게 필요한 물건들을 사들고 뒷바라지하는 심정으로 수시로 그의 방을 들락거리며 그를 보살폈다. 그때마다 성진은 나중에 후회하지 말고 제발 자신에게서 떠나달라고 했지만 희수는 그게 그의 진심이 아니라고 믿었다. 뒤늦게 성진의 사고소식을 접한 희수의 엄마는 두 사람이 서로 사귀고 있는 관계인 줄 알고 정성스럽게 각종 밑반찬까지 장만해주셨다. 그러면 희수는 그걸 갖고 성진의 자취방으로 부리나케 달려가 그 음식들을 냉장고 칸칸에 가득 채워주었다. 그렇게 성진의 만류에도 불구하고 희수가 계속 온갖 성의와 정성을 보이자 그는 더 이상의 가타부타의 말을 하지 않았다. 그러다가 성진이 학교를 졸업했고 더 이상 야구를 할 수 없게 된 그는 다행히도 가까운 지인을 통해 지금의 중견회사 영업부에 취직하게 되었다. 그 소식을 접하게 된 희수는 씽긋 웃으며 취직된 것을 진심으로 축하한다는 말을 건네면서 손에 들고 온 장미꽃 한 다발을 내밀었다. 그걸 본 성진은 그 꽃다발을 받지 않은 채 약간 난색을 표하며 미묘한 웃음을 흘렸다. 바짝 긴장을 한 희수는 꽃다발을 싸고 있는 비닐포장지를 손으로 만지작거리며 그의 눈치만을 살폈다. 한동안 무거운 침묵이 흐르자 성진은 갑자기 그녀의 손을 잡아끌곤 술집으로 데리고 갔다. 그런 다음 그는 그 어떠한 말 한마디도 없이 몸을 못 가눌 만큼 고주망태가 되도록 연거푸 술을 마셔댔다. 마음을 졸이며 그를 주시하던 희수는 성진이 아직도 야구에 대한 미련을 버리지 못하고 있는 것 같다는 생각이 들자 그가 더욱 안쓰럽고 안타까워하며 어쩔할 바를 몰라 발만 동동 굴렀다. 다시금 견딜 수 없는 죄책감에 사로잡힌 희수의 마음이 죽을 만큼 괴로워졌다. 희수는 가까스로 마음을 다잡고는 성진의 괴로운 심정을 다 이해한다는 표정으로 그를 바라보았다. 붉게 충혈이 된 성진의 눈에 촉촉한 물기가 묻어나고 있었다. 하지만 이내 성진은 그녀를 무섭게 쏘아보았다. 희수는 용기를 내어 그 눈길을 피하지 않고 먼저 자리에서 벌떡 일어나 오히려 아주 자상한 엄마처럼 성진 옆으로 바짝 다가가 그의 겨드랑이에 손을 집어넣고 그를 부축이며 자리에서 일으켰다. 밖으로 나온 두 사람은 그날 밤 곧장 택시를 타고는 성진의 자취방으로 향했다. 자취방에 들어서자 그는 한바탕 술주정을 부렸다. 희수에게 삿대질을 해대며 당장 방에서 꺼져버리라고 했고 이제 더는 자신 앞에 나타나지 말라고 고래고래 소리를 질러대면서 마치 정신병자처럼 혼자 소리 내어 울기도 하고 실실 웃기도 했다. 그런 그의 얼굴은 온통 전등불을 비춘 것처럼 미묘하고 핏기가 없어 보인다. 희수는 더럭 겁이 났다. 그렇다고 성진을 두고 그 방에서 나갈 수도 없었다. 그가 당장이라도 극단적인 생각을 먹고 무슨 일이라도 저지를 사람처럼 보였기 때문이다. 얼마간의 시간이 흐르자 성진은 갑자기 희수를 바라보며 미친 사람처럼 히죽히죽 웃었다. 그러다가 이내 모든 것을 체념해버린 건조하고 쓸쓸한 웃음을 지어보였다. 희수의 마음이 더욱 아려왔다. 어쩌면 고통은 성진과 함께 있을 때보다 혼자 있을 때 그 감정을 처리하는 게 나을 수도 있다고 그녀는 생각했다. 정말이지 그를 바라보는 것만으로도 숨이 막혀 죽을 지경이었다. 그날 밤 성진은 술기운을 이기지 못한 채 그만 침대에 벌러덩 드러눕자 희수는 그제야 터져 나오려는 눈물을 간신히 참아내며 아랫입술을 질끈 깨물었다. 그러곤 침대에 걸터앉아 부드러운 손길로 성진의 겉옷과 양말을 벗겨주고는 한숨을 길게 내쉬었다. 그가 원하든 원치 않았든 그를 위해 하는 일은 당연히 자신의 몫이라고 여기면서 희수는 앉은 자리에서 천천히 몸을 일으켰다. 가슴에서 점점 깊어져가는 마음의 상처와 서글픔을 희수는 끌어안으며 다시금 한숨을 길게 내쉬었다. 그리고 희수가 막 돌아서서 방에서 나오려고 할 때 갑자기 등 뒤에서 성진이 와락 희수의 허리를 껴안았다. 희수는 깜짝 놀라 몸을 비틀었다. 하지만 거칠고 우악한 성진의 커다란 두 손이 재빨리 희수를 침대로 이끌었다. 순식간에 벌어진 일이었다. 희수는 필사적으로 침대시트를 꽉 움켜쥐며 일어나보려고 버둥거렸다. 이런 잔인한 방법으로 성진에게 겁탈당하고 싶진 않았기 때문이다. 하지만 그는 막무가내 희수의 몸을 거칠게 다루며 몸 구석구석을 짓눌러댔다. 그녀의 살갗에 닿는 그의 손길은 칼날보다 더 무섭고 쓰라린 고통이었다. 무시와 멸시였다. 달빛조차 이지러진 밤에 그녀는 그렇게 허공을 붙잡고 하염없이 몸부림을 쳐대며 울었다. 마침내 그녀는 성진의 무직한 힘에 짓눌려 꼼짝없이 눕혀졌고 그는 재빠르게 그 위에 올라타곤 짐승처럼 울부짖으며 포효하기 시작했다. 널 얌전히 그냥 보낼 순 없지. 이미 너로 인해 내 인생은 망가졌으니까. 그러니까 너도 날 원망하지 마. 이게 다 너 때문에 벌어진 일이야. 그래 이게 다 너 때문이야, 너 때문이라고…… 한꺼번에 미친 듯이 쏟아내는 성진의 말은 마치 악령의 주문처럼 귓가에서 윙윙거렸다. 희수는 그동안 성진에 대한 일말의 믿음과 희망이 산산조각 부서지는 것을 느낄 수 있었다. 그는 진정으로 희수를 원하기는커녕 그녀에 대한 원망만이 마음에 깊이 쌓여만 갔던 것이다. 그녀는 그 사실을 뒤늦게 깨달았다. 그러니까 지금껏 그녀가 베푼 어떠한 희생과 친절과 위로의 말들은 그에게는 한갓 값싼 동정에 불과한 것이었다. 그런 성진에게 그녀는 탱글탱글한 자신의 육체를 그의 탐욕의 먹잇감으로 내던져주고 있었다. 사랑이 전혀 없는 오로지 성진의 성적 욕구를 채워주기 위해서 말이다. 그런 생각들이 빠르게 머릿속을 훑고 지나가자 그녀의 온몸에 오싹 소름이 돋았다. 희수는 몸에 거머리처럼 달라붙어 있는 성진을 힘껏 밀어냈다. 하지만 성진은 먹잇감에 굶주린 적지의 병사처럼 허겁지겁 희수의 옷을 빠르게 벗겨내곤 적지를 향해 힘차게 돌격하는 병사처럼 무지막지하게 그녀의 은밀한 그곳을 사정없는 공격을 퍼부었다. 희수는 고통으로 처절하게 몸부림을 쳐대며 자신의 지난 행동에 후회를 했다. 아니었다. 오히려 홀가분해졌다. 자신의 육체를 그에게 먹잇감으로 내줌으로서 비로소 그의 대한 죄책감에서 벗어날 수 있었다. 자신으로 인해 그가 엄청난 고통을 받았으니 마땅히 자신도 그에게 커다란 고통을 받아야만 서로 공평하지 않겠는가. 그래야 홀가분하게 그의 곁에서 떠날 수 있는 게 아닌가. 성진과의 첫날밤은 그처럼 강간을 당하듯이 치러졌다. 그런 일이 있고 난 후 희수는 뜻하지 않은 임신을 하게 되었다. 우연히 그 사실을 알게 된 성진은 제 발로 희수를 찾아왔다. 그러고는 마지못한 듯 결혼을 하자고 청혼을 해왔다. 순간 희수의 눈에 이슬 같은 눈물이 그렁그렁 맺혔다. 희수는 심각한 고민에 빠졌다. 막상 성진의 입에서 낙태가 아닌 결혼하자는 말이 흘러나오자 희수는 자신 앞에 놓인 현실을 똑바로 직시할 수 있었다. 그는 희수를 사랑하지 않았다. 다만 책임에 대한 의무적인 말을 내뱉고 있는 것뿐이라는 걸 희수는 느낌으로도 알 수 있었다. 정말 이대로 결혼해도 되는 걸까. 결국 그럴 거면서 성진은 왜 자신에게 그토록 상처를 주면서 괴롭혔던가. 다시금 희수는 그가 한없이 원망스러워 서러운 눈물을 쏟아냈다. 마음 같아선 당장 이대로 돌아서고 싶었다. 하지만 희수는 고개를 절레절레 흔들었다. 이미 뱃속에는 또 하나의 생명이 새록새록 자라고 있었다. 그리고 지난번 그녀는 결코 성진에게서 떠나지 않겠다고 병원에서 스스로 맹세하지 않았던가. 희수는 결국 성진의 청혼을 받아들였다. 결혼하게 되면 그의 성품 또한 달라질 수도 있을 거라는 막연한 기대를 품으면서 순순히 그의 아내가 되었다. 하지만 그는 결혼한 후에도 여전히 변한 게 없었고 이기적인 성품은 나날이 더해만 갔다. 행여 어떤 문제가 발생하면 그때마다 그건 오로지 아내에게 그 책임을 전가하는 이중적인 성격만 보여줬고, 어쩌다가 서로 말다툼이라도 하게 되면 성진은 짜증을 부리면서 언제나 똑 같은 말만 앵무새처럼 되풀이했다. 가정주부로써 최선을 다할 것과 남편과 아이들에게 더욱 희생할 것만 강요했다. 그럴 때마다 희수는 자신이 마치 성진의 아내가 된 게 아니라 그에게 평생 고용된 하녀처럼 느껴졌다. 그러면서 그녀는 이게 다 자신의 자업자득인 셈이라고 스스로를 원망하며 살아왔다.

완연한 봄기운 탓인지 아니면 어젯밤 잠을 제대로 이루지 못한 탓인지 여전히 희수의 몸은 물에 흠씬 젖은 솜뭉치처럼 마냥 무겁고 나른하기만 했다. 아니다. 그가 출장에서 돌아오는 날이기 때문이다. 희수는 출장에서 돌아올 성진을 떠올리며 집안 곳곳을 둘러본다. 그가 집을 비운 동안 대충대충 청소해서인지 깔끔한 구석이라곤 하나도 없다. 그렇다고 새삼스럽게 다시 청소하고 싶은 마음은 추호도 없다. 아무리 쓸고 닦고 해봐야 지금의 공간에서는 달라지는 건 아무것도 없기 때문이다. 참으로 오랜만에 즐겨본 자유시간도 이제 서서히 끝나가고 있다. 사실 그가 집을 비운 며칠 동안 희수는 아주 행복감에 푹 빠져 있었다. 전화 속의 민기의 말만 떠올리면 알 수 없는 에너지가 온몸에서 분수처럼 솟아올랐으니까. 또한 즐거운 상상 또한 제멋대로 머릿속에서 자라나 우중충한 마음까지 환하게 해주었다. 아름답다, 예쁘다, 그렇게 자신에게 따뜻한 관심을 가져준 사람이 어디에 있었던가. 더욱이 그는 자신과 닮은 여자를 소개해주면 당장이라도 결혼하겠다고 하지 않았던가. 그날 밤 민기와의 통화는 마치 그녀의 잃어버린 자아를 다시 되찾게 해주는 계기가 되어준 셈이나 다름없었다. 어떠한 형태이든 간에 사람은 그 누군가로부터 인정받았을 때의 그 뿌듯한 자존감이 사람의 마음을 변하게 했으니 말이다. 인정해주는 자존감이 사람을 그 얼마나 신나게 해주는가. 케케묵은 고질병인 우울증까지 시원하게 날려버렸다. 그녀는 새삼스럽게 민기를 통해 나름대로 즐거운 공상의 시간을 가지면서 새로운 기운을 되찾게 되었다. 그래서인지 오늘밤 출장에서 돌아오는 성진을 그녀는 그다지 반갑게 맞이할 수 없을 것 같다. 하지만 어쩌랴. 성진이 자신의 남편인걸. 그녀는 습관처럼 한숨을 길게 내뱉으며 잠시 민기를 떠올려본다. 아직 해결되지 않은 일이 남아 있다. 소개팅이다. 희수는 얼른 휴대폰을 찾는다. 성진이 돌아오기 전에 진숙에게 미리 연락을 해놓아야 할 성싶진 것이다. 진숙의 동생은 전번 진숙의 장지갑에 끼워진 가족 사진에서 얼굴을 본 적이 있었다. 나이는 스물아홉이고 그만하면 얼굴도 예쁘장하니 귀여운 편이었다. 그나마 키도 크고 날씬해서 상대방이 싫어할 타입의 아가씨는 아니었다. 희수가 진숙에게 전화를 걸자 진숙은 여보세요, 하며 퉁명스럽게 말을 내뱉는다. 희수는 진숙에게 아주 부드럽게 속사이듯이 말한다.

"그동안 잘 지냈어?"

그러자 진숙은 약간 비꼬는 투로 대답한다.

"그럼 나야 항상 잘 지내지. 근데 네가 웬 일이야? 갑자기 내 안부까지 다 물어오고. 참 내, 내일은 해가 서쪽에서 뜨겠다!"

"아직도 화가 안 풀린 거야? 전번 일은 내가 정말 미안했어. 그때는 감기몸살 때문에 도저히 나도 어쩔 수가 없었어."

"그 말은 됐고, 전화한 용건이나 어서 말해!"

쌀쌀맞게 말을 건네는 진숙의 태도에 약간 자존심이 상했지만 그래도 희수는 애써 밝은 목소리로 곧장 얘기의 본론부터 꺼낸다.

"네가 전번에 좋은 남자 있으면 소개하랬잖아? 그래서 내가 이참에 그 일을 해보려고 해."

"그, 그래! 어디 괜찮은 남자 나타난 거야?"

갑자기 꼬리를 착 내린 진숙의 친근한 물음에 희수는 민기를 머릿속에서 떠올리며 자신이 알고 있는 정보를 대충 진숙에게 전해준다.

"나이는 서른다섯이고, 우리 준이 아빠 회사동료야. 돈도 꽤나 많은가봐. 재테크에 달인이라고 내 남편이 말했거든. 내가 보기엔 그만하면 사람 성실하고 괜찮은 것 같은데 넌 어떻게 생각해?"

"직장 반듯하고 그럭저럭 돈도 있고 또 사람 성실하면 된 거 아냐? 잠깐만 기다려봐. 지금 당장 내 동생한테 의향을 물어볼게."

진숙은 자신의 동생과 뭐라 대화를 나누고 있는 것 같다. 정확하게 알아들을 수 없는 얘기들이 휴대폰 너머로 들려온 것이다. 희수는 약간 긴장되고 초조한 낯빛으로 휴대폰을 귀에 바싹 갖다 대곤 거실을 오락가락한다. 잠시 후 진숙의 목소리가 휴대폰 너머로 들려온다.

"희수야, 오래 기다리게 해서 정말 미안! 우리 진이가 그냥 부담 없이 한번 만나본대. 걔가 처음엔 싫다고 해서 내가 잘 타일렀지 뭐냐. 작년에 대학원 졸업하고 지금 취업 준비하고 있는데 그게 당장 잘될 것 같지 않아서 내가 괜찮은 사람 만나서 빨리 시집이나 가라고 말했거든."

"잘됐네. 그럼 내가 나중에 만날 날이 잡히면 또 연락할게."

"아무튼 신경써줘서 고맙다. 참, 네 남편 출장에서 돌아왔어?"

"오늘 밤에 도착한대. 그럼 우리 다시 또 통화하자!"

희수는 안도의 숨을 길게 내쉬곤 휴대폰을 카디건 주머니에 넣고는 서둘러 아래층으로 내려간다. 이윽고 희수가 송이네 아파트에서 아이들을 데리고 아파트로 돌아오자 석이는 그녀에게 송이엄마에 대한 이런저런 말을 늘어놓는다. 송이엄마는 요리도 참 잘하고 친구들에게 직접 쿠키를 만들어주면서 함께 재밌게 놀아준다, 또 영어도 아주 잘해 송이에게 쉬운 영어단어를 가르쳐준다며 여간 부러워하는 게 아니다. 그러면서 석이는 희수를 똑바로 쳐다보면서 근데 왜 엄마는 송이엄마처럼 직장에 다니지 않느냐고 노골적으로 물어오자 약간 당황한 희수는 그저 할 말을 잃는다. 송이엄마는 직장에서 돈도 잘 벌고 주말이면 송이와 그 친구들에게 아주 친절하게 잘해주는데 엄마는 직장도 안 다니면서 자신들이 먹을 간식도 제대로 챙겨주지도 않고 친구들을 데리고 오는 것조차 싫어한다고 석이는 맹비난을 퍼부어댄다. 희수는 더욱 기가 죽어 한마디도 하지 못한다. 물론 한때는 그녀도 송이엄마처럼 아이들 간식을 손수 만들어주기도 했다. 하지만 그 어떤 행동에도 남편한테 제대로 인정받지를 못하자 희수는 그런 삶에서 점점 회의를 느끼면서 지쳐갔다. 무관심이 사람의 정신을 그 얼마나 황폐하지 만드는가. 사람의 감정까지 오랜 가뭄으로 바싹 말라버린 흙처럼 그렇게 건조하게 만들어버리지 않는가. 그처럼 희수의 감정과 정신이 자신도 모르게 황폐해지고 말았다. 그 때문에 더더욱 아이들을 제대로 챙겨주지도 못했던 것도 사실이었다. 그녀는 언제까지나 아이들에게 좋은 엄마의 이미지로 남고 싶었다. 하지만 자신의 처한 환경이 그만 아이들을 등한시하게 된 결과를 가져오게 되었다. 희수도 그걸 인정하는 바이기에 차마 고개를 들고 아이들을 똑바로 처다볼 수 없다. 그러고 보니 성진은 아내에게 상처를 주었고 희수는 아이들에게 또 다른 상처를 준 꼴이 되고 만 셈이다.

짙은 어둠이 사방을 뒤덮고 있을 무렵 아이들이 연거푸 길게 하품을 해대며 거실 한쪽에 있는 컴퓨터에서 게임에 몰두하고 있다. 그 시각 초인종이 울리자 아이들의 눈이 일체 현관으로 향하고 희수는 얼른 소파에서 일어나 인터폰을 확인하곤 잠긴 현관문을 열어준다. 아빠가 거실로 들어오자 컴퓨터게임을 하던 아이들은 크게 함성을 지르며 냅다 아빠의 품으로 달려들어 얼른 선물부터 꺼내놓으라고 성화를 부리며 아빠의 커다란 가방을 잡아끈다. 그때 희수는 무표정한 모습으로 남편의 출장가방을 건네받으려다가 말고 잠시 멈칫한다. 두 아이들이 성진의 다른 커다란 가방 끈을 각각 잡아끌며 서로가 먼저 그 안을 열어보겠다고 다투고 있기 때문이다. 금세 얼굴이 험악하게 굳어진 희수는 아이들을 향해 버럭 고함을 질러댄다.

"제발 소란 좀 피우지 마!"

하지만 아이들은 엄마의 말에는 아랑곳하지 않고 계속 아빠의 가방을 먼저 차지하겠다고 앙탈을 부린다. 화가 머리끝까지 치솟은 희수가 잽싸게 그 가방을 낚아채곤 거실 바닥으로 내동댕이 쳐버린다. 그런 아내의 행동이 몹시 눈에 거슬렸는지 성진은 험악하게 일그러진 표정으로 희수를 째려보며 빈정거리는 투로 말한다.

"대체 뭐하는 짓이야? 내가 집에 돌아오자마자 왜 당신이 먼저 집안 분위기를 쑥대밭으로 만들어 버려? 그리고 지금 당신이 하는 행동이 저 아이들의 엄마라고 할 수 있겠어?"

"당신도 지금 저 녀석들 하는 짓을 보고 있잖아요! 애들한테 따끔하게 혼낼 생각은 하지 않고 왜 내 탓만 하죠? 당신이야말로 저 아이들 핑계로 또 나한테 시비 걸 빌미라도 찾고 있는 거 아니에요?"

그녀가 정색을 하며 양미간을 잔뜩 찌푸린 채 성진한테 덤벼들 듯이 달려들자 깜짝 놀란 성진의 얼굴에 얼핏 경련이 스친다. 무엇이 아내를 저렇게 만들어놨을까. 자신 앞에서 숨도 제대로 내쉬지 못하던 그녀가 이제 소리까지 질러대며 도끼눈을 치뜨고는 금방이라도 자신을 잡아먹을 듯이 노려보고 있지 않은가. 성진은 그녀의 돌변한 태도에 고개를 홰홰 저으며 희수의 눈을 똑바로 쏘아본다.

"지금 문제는 아이들이 아니고 바로 당신이란 말이야! 엄마라는 사람이 아이들한테 꼭 그렇게 소리를 질러야만 하겠어? 아이들이야 당연히 아빠가 왔으니 기쁠 것이고 또 어떤 장난감인지 호기심도 많을 게 당연하지. 그런데 당신은 그런 아이들의 마음도 몰라주고 무작정 야단치면서 소리만 버럭버럭 질러대니 저 아이들이 얼마나 놀라겠어? 이래서야 어디 집안 꼴이 제대로 되겠냐고? 그리고 또 그 표정은 뭐야? 마치 날 세상에서 가장 증오하는 놈 대하듯 쳐다보고 있잖아. 내가 없는 동안 무슨 안 좋은 일이라도 있었던 거야? 지금은 일단 내가 참겠지만 다음번에도 또 이런 몰상식한 행동을 보인다면 그땐 가만두지 않을 테야, 알았어?"

그가 횡하니 희수를 스쳐지나 아이들과 함께 거실 쪽으로 가버리자 성진에게 참을 수 없는 심한 배신을 느낀 그녀는 곧장 그의 뒤를 바짝 쫓아가 홱 그의 팔을 낚아채고는 두 눈을 부릅뜬 채 파르르 입술을 떨면서 악을 쓴다.

"당신 눈에는 대체 내가 뭐로 보여요?"

별안간 희수의 입에서 뜻밖의 말이 튀어나오자 성진의 낯빛이 금세 참혹하게 일그러진다.

"지금 당신 제정신이야? 멀리 출장 갔다 온 나한테 싸움 한판 붙어보자는 거야, 뭐야?"

"그래요. 어디 싸움 한번 해봅시다. 당신이란 사람은 늘 제멋대로 떠들어대고 그 어떤 결정도 혼자 내렸어요. 언제 한번 상대방 입장을 생각해본 적이 있나요? 내가 무슨 말만 하면 그 꼬투리를 잡고 늘어져 면박주기 일쑤였어요. 심지어 아이들 앞에서도 엄마를 막무가내로 무시했고. 그런 푸대접받고 살고 있는 내가 지금 제정신이겠어요?"

희수가 두 주먹을 불끈 쥐고 부드득 이를 갈며 성진을 노려보자 두 눈이 휘둥그레진 그는 그만 자리에서 움찔 놀란다. 잠깐 아빠와 엄마가 옥신각신 말다툼을 하는 사이 어느새 아이들은 거실 한가운데에 있는 커다란 가방을 풀어헤치고는 그 속에서 로봇이랑 미니카랑 여러 가지 장난감을 꺼내어 신기한 듯이 쳐다보고 있다. 그러고는 서로 마음에 드는 장난감을 차지하겠다며 다시 소란을 피우자 그걸 본 희수가 울화통이 터져서 더는 견딜 수가 없어서인지 마침내 두 팔을 걷어붙이곤 아이들의 등짝을 세게 한 대 내리치며 소리를 질러댄다.

"제발 서로 싸우지 좀 마! 내가 너희들 때문에 정신이 돌아버릴 지경이니까! 정말이지 이젠 너희들도 징글징글 지겹단 말이야!"

너무도 갑작스러운 엄마의 폭력에 당황한 아이들은 금세 울먹울먹 울음을 터뜨리기 직전의 표정으로 아빠를 바라본다. 순식간에 성진의 안색이 백짓장처럼 하얗게 변한다.

"당신 정신과 치료 좀 받아봐야겠어, 도무지 제정신이 아니야!"

"무슨 소리예요? 정신과 치료를 받을 사람은 내가 아니라 바로 당신이라고요!"

"뭐, 뭐라고?"

갑작스럽게 벌어진 사태에 대해 성진은 어떻게 처신해야 할지 난감한 처지에 놓이자 고개를 절레절레 흔든다. 지금 희수의 행동은 예전 그녀가 아닌 것이다. 대체 그녀에게 무슨 일이 있었던 것인가. 그런 의문과 함께 성진은 희수의 얼굴을 뚫어져라 쳐다본다. 얼굴이 예전과는 달리 사뭇 핼쑥해졌고 몸도 더 비쩍 말라 있는 게 마치 귀신들린 것처럼 보인다. 그의 정수리와 등줄기에 서늘한 전율이 일어나면서 온몸에 오싹 소름이 돋아난다. 예전 같으면 한바탕 난리를 쳐댔을 것이다. 하지만 지금은 그럴 상황이 아닌 것 같고 또 그러고 싶지도 않다. 그래봐야 자신만 스트레스가 쌓이고 가슴만 아플 뿐. 어차피 나중에 이민가자는 얘기를 꺼내려면 지금 그녀의 날카로운 성미를 건드려선 안 될 것만 같아 성진은 고통스러운 신음을 씹으며 안방으로 들어가 버린다. 그러고는 윗옷을 벗어 침대 위에 아무렇게나 던져놓곤 넥타이를 풀면서 애써 그 기분을 전환해보려고 안간힘을 써본다. 아직도 뉴질랜드에서 보았던 만년설인 '마운트 쿡'이 바로 눈앞에 있는 것처럼 선명한 느낌으로 다가오고 있다. 무엇보다 그 설산을 바라보며 먹었던 빙하호수에서 막 잡아 올린 연어의 맛은 결코 잊을 수가 없었다. 어디 그뿐인가. 바다처럼 넓은 타우포 호수를 비롯한 수많은 빙하호수들은 모두 아름다운 에메랄드빛을 띠고 있었고 얼마 전까지만 해도 자신은 뉴질랜드의 구름 한 점 없는 맑고도 푸른 하늘 아래 서 있었다. 오클랜드에서 출장업무를 모두 끝낸 후 며칠 돌아본 뉴질랜드는 또 다른 희망찬 미래이자 삶의 터전처럼 보였다. 그래서 성진은 이민을 떠날 생각을 더 확고하게 굳혔고 그 기분을 고스란히 그녀에게 전하려고 했건만 그녀는 엉뚱한 말로 먼저 싸움을 걸어오고 있다. 그런 아내와 제대로 된 소통이 이루어지지가 않자 성진은 속이 상하고 마음 또한 더 답답해진다.

샤워를 끝내고 간편한 옷으로 갈아입은 성진은 베란다로 나와 담배에 불을 붙이곤 멍한 시선으로 허공을 바라본다. 지난 과거를 깨끗이 잊고 새로운 인생을 출발하고 싶은 맘이 간절한데 그런 자신의 마음을 몰라주는 아내가 그는 마냥 섭섭하게만 느껴진다. 어쩔 수 없이 지금은 회사생활은 하고 있지만 그래도 문득문득 지난날 고통의 기억들이 무엇보다 성진 자신을 괴롭혀 왔던 것만은 틀림없는 사실이다. 그때마다 희수를 증오하기도 했고 그래서 더 그녀를 무관심하게 대했지만 그렇게 해본들 자신에게 달라진 것은 아무것도 없었다. 아니 그 어느 것도 자신이 받았던 마음의 상처를 그는 치유하지 못했다. 이미 꿈과 희망을 잃어버린 그 빈자리에는 그 무엇으로도 대신 할 수가 없다는 걸 그는 뒤늦게 깨달았다. 그래서인지 자신의 발로 밟고 있는 이 땅이 더 싫었고 그래서 더 하루빨리 이 땅에서 아주 먼 곳으로 달아나고만 싶어졌다. 성진은 피우던 담배의 필터를 깊숙이 빨아들이곤 훅, 담배연기를 길게 내뿜어댄다. 그 모습을 뒤에서 예의 주시하던 희수의 얼굴이 저절로 찡그려진다.

"어휴, 제발 그 담배 좀 끊으면 안 돼요? 담배냄새가 온 집안 구석구석에 배어있다니까."

희수의 말에 고개를 돌린 성진은 그녀를 바라본다. 그의 시선과

맞부딪치자 그녀는 다소 긴장을 한 얼굴표정을 짓는다. 성진의 눈빛이 방금 전과는 달리 어딘가 몽롱하고 불안해 보인 것이다. 희수는 다시금 이민이라는 단어를 머릿속에 떠올리며 그를 지켜본다. 벌써 그의 입에서 그 소리가 나와야 할 것 같은데 여태 잠잠한 게 그녀로서는 이상하게 느껴질 따름이다. 예전 같으면 저렇게 조용히 있을 그가 아닌데, 조금 전 자신이 아이들의 등짝을 때린 걸 빌미삼아 싸움을 걸어도 걸어올 사람인데, 아니면 만사 귀찮다는 듯이 휑하니 밖으로 나가던지. 그런데 오늘은 어찌된 영문인지 아주 얌전한 숫코양이처럼 되레 아내의 눈치만을 살살 살피고 있지 않은가. 대체 무슨 일일까. 혹시 이민가려는 마음을 접은 것은 아닐까. 희수는 나름대로 이런저런 추측을 해보면서 소파에 털썩 주저앉는다. 담배 한 대를 다 태운 후에야 베란다에 서 있던 성진이 거실로 들어와 희수가 앉은 그 맞은편 소파에 앉는다. 이윽고 탁자 밑에 있는 신문을 집어 펼쳐든다. 희수는 힐끔 그가 펼친 기사 면을 훑어본다. 성진은 한국경제가 하강으로 곤두박질치고 있다고 쓰인 기사를 읽고 있는지 그곳에 시선을 박고 있다. 그러고는 다음 장으로 넘겨 반 토막이 난 주식종목을 살펴보다가 이내 깊은 한숨을 내쉰다. 희수는 그의 표정을 세세히 살펴본다. 그도 많은 돈을 주식에 투자했단 말인가. 그의 표정이 불안하게 흔들리고 있는 것을 보면 분명 그럴 것이라고 희수는 나름대로 생각한다. 신문을 몇 장 더 뒤적거리던 성진은 자신의 인생이 자꾸만 꼬이고 있는 것만 같다는 생각이 들자 신경질적으로 읽고 있던 신문을 확 덮어버린다. 그 모습을 바라보던 희수는 얼른 소파에서 일어나 부엌으로 가더니 잠시 후 둥근 쟁반에 와인 두 잔을 받쳐 들고 와서는 화해라도 청하듯 그 한 잔을 성진에게 건넨다. 두 사람은 서로 아무런 말없이 와인을 비우고는 곧장 안방으로 들어가 마치 다정한 부부처럼 사이좋은 침대에 나란히 드러눕는다.

다음날 아침 휴대폰 알람소리에 희수는 반사적으로 눈을 뜨곤 부엌으로 가 서둘러 식사준비를 한다. 남편이 어쩌면 이민을 포기했을지도 모른다는 막연한 기대를 하면서. 어느새 식탁에는 성진이 좋아하는 먹음직스럽게 잘 구워진 옥돔구이와 토란국과 계란찜을 비롯한 아이들이 좋아하는 쇠고기 장조림 등 여러 가지 반찬들이 마치 잔칫상처럼 푸짐하게 잘 차려져 있다. 그걸 본 준이와 석이는 서로 얼굴을 마주보며 아주 기분이 좋은 듯 흡족하게 웃으며 말한다.

"와우, 우리 엄마도 요리를 참 잘하네!"

그러고는 잽싸게 아빠가 수저를 들기도 전에 먼저 게걸스럽게 먹어대자 그런 아이들을 지켜보던 성진은 느닷없이 눈살을 찌푸리며 그녀에게 한 마디 툭 쏘아붙인다.

"당신, 내가 없는 동안 아이들을 쫄쫄 굶긴 거야?"

성진의 말투에 기분이 상해진 희수가 눈을 치뜨며 받아친다.

"그래요, 엄청 많이 굶겼어요! 지금 내 입에서 그런 말을 원하는 거죠, 당신!"

"아니 이 여편네가 왜 말끝마다 말대꾸야? 대체 내가 없는 사이에 무슨 일이 있었던 거야? 좀처럼 말이 없던 여편네가 난데없이 기가 살아선 말끝마다 꼬박꼬박 말대꾸를 하지 않나, 노골적으로 날 무시하지 않나, 대체 왜 그러는데?"

별안간 성진의 목소리가 커지자 준이가 밥을 먹다말고 고개를 들어 아빠의 얼굴을 빤히 쳐다보며 입술을 달싹인다.

"아빠, 엄마한테 너무 그러지 마요. 아빠 없을 때 엄마 몸이 많이 아팠단 말이에요!"

"맞아, 맞아!"

형 말에 석이가 숟가락으로 생선접시를 땅땅 내리치며 맞장구를 치자 희수의 가슴이 아릿해진다. 항상 자신을 위해주는 건 남편이 아니라 아이들뿐이라는 걸 확인하는 순간이기 때문이다. 희수는 뒤늦게 어젯밤 아이들의 등짝을 후려친 자신의 행동을 몹시 후회한다. 성진은 잔뜩 눈살을 찌푸리며 더는 그 어떠한 말을 하지 않은 채 묵묵히 밥을 먹기 시작한다. 하지만 희수는 아침밥상머리에서 짜증을 내는 성진이 너무 밉고 서운하게만 느껴져 숟가락을 들고 싶지가 않아진다. 그래도 자신은 나름대로 정성을 보이려고 일찍 일어나 부산을 떨며 음식을 장만했는데 그런 보람도 없이 그의 입에선 비난만 쏟아지자 몸에서 힘이 쫙 빠져나간 것이다. 준이는 엄마가 수저를 들지 않고 멀거니 앉아만 있는 걸 보자 바짝 희수 옆으로 가 애교스럽게 웃으며 희수 손에 수저를 쥐어 쥐며 작은 소리로 속삭이듯이 말한다.

"엄마도 배고프잖아요. 어서 빨리 식사하세요."

그 말에 희수는 어두운 표정을 지으며 아이들의 머리를 각각 쓰다듬어주면서 아주 부드럽게 말한다.

"어젯밤에 엄마가 너희들 때린 거 정말 미안. 너희들이 정말 미워서 때린 거 아냐. 엄만 너희들을 하늘만큼 땅만큼 사랑해."

그 말에 준이가 기분이 좋은 듯 싱글벙글 웃자 석이도 덩달아 기분이 좋은지 숟가락을 높이 쳐들고는 하늘과 땅을 숟가락으로 그려보는 포즈를 취하며 히히 웃는다. 그런 아이들의 모습을 사랑이 가득 담긴 눈길로 바라보던 성진이 뒤늦게 한 마디 툭 내던진다.

"아빠도 너희들을 하늘과 땅만큼 사랑해!"

"그럼 아빠도 엄마를 하늘만큼 땅만큼 사랑하는 거야?"

"그, 글쎄…… 아, 아마 그럴 걸!"

석이의 엉뚱한 질문에 성진은 당황해하며 잠시 안절부절못하다가 얼른 아이들 뺨에 뽀뽀를 해준다. 희수는 혼자 피식 웃으며 성진의 태도를 지켜보면서 그가 참으로 오랜만에 화기애애한 분위기를 연출해내려고 무지 애쓰고 있다는 걸 느낄 수 있다. 그가 변한 것일까? 아니면 아이들 앞에서 연극을 하는 것일까? 머릿속이 갑자기 혼란스러워진다. 희수는 정말이지 그의 마음을 이해할 수가 없다는 표정을 지으며 고개를 살살 내젓는다. 식사가 끝나자 아이들은 아빠가 사온 로봇을 갖고 작은 방에서 놀고 있고 희수는 부엌 뒷정리를 모두 끝내고서야 성진이 앉아 있는 거실소파 옆 자리에 가만히 앉아 그의 입에서 무슨 말인가가 나오기만을 기다리고 있다. 그때 성진이 흘끔 희수를 쳐다보더니 이윽고 매우 어색한 표정을 지으며 말을 꺼낸다.

"혹시 우리 어머니한테서 아무 연락 없었어?"

"어제 집으로 전화가 왔었어요. 혹시 이민 갈 거냐고 물어보시던데요."

"그래서 뭐라고 했어?"

"아직은 모른다고 했죠. 그리고 전 이민 갈 생각이 추호도 없다고 말했어요. 어머니도 극구 떠나지 말라고 하시던데요, 뭐."

"당신은 우리가 이렇게 사는 게 지겹지도 않아? 새로운 환경에서 인생을 다시 시작해보는 것도 우리에겐 또 다른 삶의 방법이란 말이야. 너무 그렇게 딱 마음을 단정 짓지 말고 앞으로 시간을 더 줄 테니까 당신도 신중히 미래의 삶에 대해 고민 좀 해봐. 어떤 결정이 정말 우리 가족을 위하는 일인지 말이야. 그리고 난 공채로 회사에 들어간 게 아니라서 회사가 어려워지면 언제든 내가 먼저 그만두게 될지도 몰라. 전번에 김 과장처럼……. 그러니까 난 나중에 사장한테 김 과장처럼 비참하게 잘리는 것보다 내 스스로 떳떳하게 내 발로 회사에서 나오고 싶단 말이야."

"그러지 말고 당신, 차라리 우리 가족 모두 제주도로 이민 가는 건 어때요? 어머님도 차라리 그러라고 하시던데요."

"뭐, 뭐라고? 지금 그걸 나한테 말이라고 하는 거야? 그랬으면 내가 왜 그동안 심각하게 고민하겠어! 당신 눈에는 내가 마치 철없는 아이들의 행동처럼 보이는 거야?"

"내가 정 떠날 수 없다면 어떡할래요? 그땐 정말 이혼이라도 할 작정인가요?"

"거 쓸데없는 소리 자꾸 지껄이지 말고 앞으로 시간을 좀 더 줄테니 생각이나 잘해봐!"

그때 문득 머릿속에 소개팅 문제로 어제 오후에 진숙과 통화를 했던 게 떠오르자 그녀는 그 얘기를 성진에게 어떻게 꺼낼까, 하고 잠시 고민한다. 그렇다고 며칠 전 느닷없이 걸려온 정민기의 한밤중 전화 사건을 솔직히 말할 수도 없는 게 자신의 입장이다. 자칫 그 말을 꺼냈다가 괜한 오해만 불러일으킬 게 뻔하다. 하지만 진숙의 동생하고 소개팅을 주선하려면 아무래도 성진이 알아야 할 문제인 성싶다는 생각이 들자 희수는 조심스럽게 입을 뗀다.

"저어, 당신과 함께 근무하는 정민기 과장 말이에요."

"지금은 다른 부서로 갔지. 그런데 갑자기 그 친구 말은 왜 꺼내?"

"전번에 우리 준이 물에 빠졌을 때 그분이 구해줬잖아요."

"그래서?"

"그때 너무 고맙기도 했고, 또 회사 가족행사 때 몇 번 만난 적이 있잖아요."

"거 말을 뱅뱅 돌리면서 말하지 말고 그냥 요점만 간단히 말해봐!"

"친구 동생하고 소개팅 시켜줄까 해서요."

"잘됐네. 그렇지 않아도 그 친구 어머니가 시도 때도 없이 전화를 걸어 빨리 장가가라고 성화를 부린다던데. 암튼 잘 됐으면 좋겠는데, 흠흠."

"전 그냥 인연의 다리만 놓아주려고요. 사람의 인연이란 모르는 일이잖아요. 그래서 하는 말인데 당신이 월요일에 출근하면 그분께 지금 내 말을 좀 전해줘요."

"귀찮게 나한테 심부름 시키지 말고 당신이 직접 그 친구한테 전화해서 말해. 그런 일에 괜히 내가 끼어들 필요까지는 없잖아? 잘못되면 내 입장만 난처해지지."

그러면서 성진은 휴대폰에 저장된 정민기의 연락처를 찾아 희수에게 알려주면서 폰에 입력하라고 말한다. 그리고는 오랜만에 휴일을 맞아 아이들을 데리고 가까운 유원지라도 다녀오자고 성진이 먼저 제의하자 때마침 거실로 나오다가 그 소리를 들은 아이들은 역시 아빠가 최고라며 즐거운 비명소리를 질러댄다.

하늘에는 따사로운 햇살이 비추고 있고 거리에는 많은 차량들이 붐비면서 각자 여행지를 찾아 바삐 서울의 도심을 벗어나고 있다. 핸들을 잡은 성진은 끝내 아이들의 간곡한 권유를 뿌리치지 못하고 차의 방향을 에버랜드로 향한다. 도심을 벗어나자 주말임에도 불구하고 도로 사정은 그다지 막히지가 않아 생각보다 일찍 목적지에 도착할 수 있었다. 성진은 자상한 아빠가 되어 평소 애들이 타고 싶었던 것을 이것저것 골라 함께 타면서 아이들과 즐거운 시간을 보내고 있는 반면 희수는 주위 벤치에 앉아 커피를 마시며 지루한 시간을 보내다가 뒤늦게 그들이 사파리 투어를 할 때서야 함께 동행을 한다. 아주 오랜만에 애들의 환한 얼굴을 보자 희수의 마음 또한 매우 흡족해진다. 무엇보다 기뻤던 건 성진이 예전과는 달리 좋은 아빠 노릇을 톡톡히 해줬기 때문이다. 그렇게 구경을 끝내고 그곳에서 빠져나와 집으로 돌아오는 도중에 뒷좌석에 탄 아이들은 서로 배가 고프다며 밖에서 저녁을 먹자고 떼를 쓰기 시작한다. 어쩔 수 없이 성진은 근처 레스토랑으로 찾아들어가 파스타와 피자와 햄버거 스테이크를 주문하곤 그것을 다함께 먹는다. 이윽고 그들은 사방이 캄캄해서야 아파트로 돌아올 수 있었다. 극도로 피곤한 기색을 보이던 애들은 화장실로 들어가 대충 몸을 씻고는 각자의 이층침대로 올라가 금세 잠에 곯아떨어진다. 잠시 후 성진이 샤워를 끝내고나자 희수도 샤워를 끝내고는 안방 침대로 들어가려고 하자 침대 등받이에 비스듬히 기대어 누워 있던 그가 얼른 몸을 일으키곤 싱크대가 있는 쪽으로 가더니 이윽고 크리스탈 잔에 얼음과 술이 채워진 양주 두 잔을 만들어 안방으로 갖고 온다.

"오늘 같은 날 우리도 오랜만에 한잔 해야지! 그래야 잠을 푹 잘 게 아냐. 이 술은 내가 기내에서 새로 사온거야."

성진의 말뜻을 알아차린 희수는 씁쓸하게 웃으며 그 술을 단숨에 비워버린다. 그는 어처구니없다는 표정으로 그녀를 바라보며 퉁명스럽게 말한다.

"참 당신은 분위기라곤 전혀 없는 여자구먼, 양주를 그렇게 무식하게 마시면 어떡해! 그리고 내가 없는 동안 당신 벌써 술꾼이 다 되어버린 거야? 자고로 양주는 이렇게 조금씩 술의 향기와 그 맛을 음미하며 마시는 거야!"

성진은 잘 보라는 듯 일부러 그 술맛을 천천히 음미하며 마시는 동작을 취하자 그녀는 이맛살을 잔뜩 찌푸리며 땅이 꺼질 듯이 한숨을 크게 내쉰다.

"통 잠이 오질 않을 거 같아서 단숨에 마신 거니까 당신 일부러 그럴 필요 없어요. 당신도 빨리 마시고 잠이나 자요."

희수의 말에 성진은 풀기 없이 늘어진 그녀의 얼굴을 빤히 쳐다본다. 희수는 애써 그 눈길을 피하며 이불 속으로 쑥 기어들어간다. 희수의 옆에 드러누운 성진의 손길이 슬그머니 희수의 몸을 더듬자 그녀는 몹시 피곤하다며 그 손을 뿌리친다. 하지만 이내 독한 술기운이 온몸으로 싸하니 퍼지자 그녀의 몸의 기력이 서서히 우뭇가사리처럼 흐물흐물 녹아내린다. 희수는 더 이상 그의 손길을 뿌리치지 않는다. 두 사람은 누가 먼저랄 것도 없이 서로 부둥켜안고 어둠 속에서 서로의 몸을 더듬으며 섹스에 몰입한다. 성진의 뜨거운 입김이 관능적인 몸매를 드러낸 희수의 육체를 마음껏 탐닉하고 있고 희수는 성진의 격렬한 몸짓을 으레 습관처럼 받아들이고 있다. 희수는 그의 행동에 자신의 몸을 송두리째 맡겨버린 것이다. 하지만 머릿속에서 엉뚱한 상상의 꽃들이 활짝 피어난다. 남편이 아닌 바로 민기의 환영을 부둥켜안고 그녀는 진한 섹스에 몰입하고 있다. 여느 날과는 달리 그 쾌감이 그녀를 황홀하게 만들고 있다. 얼마나 시간이 지났을까. 그렇게 거친 성적욕망의 회오리가 한바탕 끝나자 성진은 혼곤한 잠 속으로 빠져든다. 희수는 언제나 그랬듯이 살그머니 일어나 욕실로 향하곤 샤워기를 틀어놓곤 사타구니 구석구석을 문질러 씻겨낸다. 그렇지 않고선 도무지 잠이 오질 않는다. 성진과의 첫 성관계를 가지면서 생긴 희수의 길들여진 습관이었다. 마음의 문이 미처 열리기도 전에 일방적으로 당한 성폭력은 희수의 마음은 물론 은밀한 곳까지 깊은 상처를 남겼다. 그때부터 시작된 불감증은 그 후에도 성진을 온전하게 받아들일 수 없었다. 자신이 아무리 오르가슴에 집중하려고 애를 써도 결국엔 어떠한 흥분도 전혀 느낄 수 없었다. 그런 증세 때문인지 그녀는 성진과의 잠자리가 여간 고통스러운 게 아니었다. 자주 은밀한 그곳에 상처가 났고 때때로 냉증까지 심해져 산부인과에서 치료를 받은 적도 많았다. 그러면서 또 하나의 커다란 걱정에 휩싸이기도 했다. 혹시 자신이 석녀는 아닐까. 하지만 꼭 그렇지만은 않은 것 같았다. 간혹 진탕 술을 마시고 야한 영화를 텔레비전에서 볼 때면 자신도 모르게 꿈틀꿈틀 성적욕망이 되살아나는 걸 느낄 수 있었다.

어느새 일주일이 금세 지나갔다. 그동안 성진은 몇 번 더 이민을 가자는 말을 꺼냈으나 그때마다 희수는 단호하게 성진의 제의를 거절했다. 정 떠나고 싶으면 혼자만 떠나라고 말하자 성진은 가급적이면 희수의 마음이 돌아설 때까지 기다려본다는 말만 되풀이했다. 그 후 성진은 회사생활에 제대로 적응하기가 힘들다며 줄곧 줄담배만 피워댔다. 희수는 어떻게든 그의 마음을 돌려보려고 애를 썼다. 차라리 이럴 바에는 제주도로 내려가자고. 그때마다 성진은 제발 그 말을 꺼내지 말라며 예민한 반응을 보이면서 화를 내기 일쑤였다. 그로 인해 다시금 집안 분위기는 예전처럼 먹구름이 잔뜩 낀 것처럼 침울해졌다. 성진은 출근할 때마다 양어깨가 축 처져 마치 도살장으로 끌려가는 소처럼 측은해지기까지 했다. 며칠 동안 그 모습을 지켜보다 못한 희수의 마음이 조금씩 흔들리기 시작했다. 그러다가 어쩔 수 없이 성진을 위해 그 어떠한 말이라도 해야할 것 같아서 마침내는 마음에도 없는 소리를 내뱉고 말았다. 당신이 정 원하면 저도 진지하게 이민을 생각해볼게요. 하지만 제가 생각할 시간을 좀 넉넉히 줘야 해요. 반드시 가겠다는 말은 아니니까요. 그러니까 제발 그 죽을상 같은 얼굴 좀 펴고요. 그 말에 성진은 갑자기 힘이 솟는지 그녀의 손을 법석 붙잡으며 당신이 그럴 줄 알았다며 아이처럼 마냥 기뻐하며 좋아했다. 그 후부터 성진은 매우 활기찬 모습으로 회사에 출근했다. 오늘도 그는 출근을 서둘고 있다. 희수는 그에게 붉은 빛이 감도는 넥타이 하나를 골라서 건네준다. 성진은 넥타이를 받아 목에 걸면서 말한다.

"참, 그거 어떻게 됐어?"

"그거라뇨?"

"소개팅 해준다며? 어제 우연히 그 친구를 구내식당에서 만났는데 전혀 모르고 있는 눈치던데. 아직 전화 안한 거야?"

갑자기 성진의 입에서 소개팅 말이 튀어나오자 희수는 매우 어색한 표정을 지으며 두 손을 맞잡고는 혼잣말처럼 중얼거린다.

"어떻게 내가 먼저 그 사람한테 전화할 수 있어요? 그쪽에서 나한테 전화를 하든지 아니면 당신이 중간에 들어서 말을 전해주던지 해야지요."

"근데 소개시켜준다는 아가씨는 확실히 괜찮은 여자야?"

"그건 서로 만나봐야 알죠. 제 친구 성격이 쾌활하고 매사 긍정적인 사람이라 아마 그 동생도 그러지 않을까싶은데…… 뭐 다 인연이 닿아야죠. 만난다고 다 결혼하는 거 아니니까. 난 그냥 내가 할 도리만 하는 거예요."

"그럼 내가 출근하면 그 친구를 한번 만나볼게. 당신이 오랜만에 좋은 일 하겠다는데 나도 가만있을 수 없지 뭐, 안 그래?"

"서로 좋은 인연의 짝을 만들어주는 것도 복을 짓는 일이니까요. 그만하면 아가씨 얼굴도 반반하고 집안도 그런대로 괜찮으니까 그분한테 부담 없이 한번 만나보라고 하세요."

성진은 알았다는 듯 고개를 끄덕이곤 출근을 한다. 그제야 희수는 긴장된 얼굴을 풀며 방금 전 자신이 그에게 무슨 말을 했는가를 놓고 다시금 곰곰이 되씹어본다. 사실 며칠 전 진숙은 동생 소개팅 문제로 희수에게 전화를 했다. 그때 희수는 남편이 출장에서 돌아와 정신없는 나날을 보내다보니 아직 그 남자한테 연락을 못해봤다고 조만간 연락을 취할 테니 며칠만 더 기다려달라고 했다. 물론 소개팅을 서둘러 마련해줄 수도 있는 일이었다. 하지만 남편한데 민기의 연락처를 받았을 때 희수의 마음에 께름칙한 생각이 들었다. 행여 자신이 먼저 민기에게 전화를 하게 되면 전번 한밤중에 걸려온 전화 사건이 자연스럽게 남편의 귀에까지 흘러들어갈 것만 같은 찝찝함. 듣는 사람에 따라 그것은 어떤 오해의 소지를 불러일으킬 수도 있는 커다란 문제였다. 그러니 자신의 행동을 신중히 처신하지 않으면 안 된다고 희수는 생각했다. 그래서 될 수 있으면 남편을 통해 연락을 취하고 싶었는데 때마침 성진이 먼저 그 얘기를 꺼내주어 다행히 그 일은 척척 진행될 성싶어진다. 그때 휴대폰이 울리자 희수는 얼른 전화를 받는다. 진숙이다.

"진숙아, 미안. 나 아직 연락 못했어. 오늘 울 남편이 그 남자를 만나서 말해본다고 했으니까 조만간 일이 잘 추진될 거야."

"그래서 전화한 게 아니라 내가 하도 속상해서 너한테 하소연하려고 전화했어."

"너 무슨 일 있니?"

"말도 마. 어휴 나 정말 남편하고 이혼할까봐!"

"왜? 네 남편 돈도 많이 벌고 직장도 좋고 근데 뭐가 불만이야?"

그러자 진숙은 어젯밤 남편과 싸운 이야기를 줄줄 늘어놓는다. 건설회사 소장인 남편이 지방공사 때문에 종종 집을 비우게 되자 서로 오해가 생기고 그로 인해 마침내 남편에게 다른 여자가 있다고 단정 짓고 그 일로 한바탕 싸움을 했다는 것이었다. 그러면서 진숙은 언제 한번 남편의 뒷조사를 해봐야겠다는 말을 꺼내자 희수는 너무 과민한 반응을 보이지 말고 좀 더 참고 기다려보라고 충고를 해준다.

"건설현장에서 일하다보면 직원들과 어울려 술도 많이 마시게 되고 때로는 험한 작업장 일 때문에 엄청난 스트레스도 받을 텐데 네가 그냥 이해하렴. 괜히 긁어 부스럼 만들지 말고. 시간을 갖고 기다리면 모두 제자리로 돌아오는 법이야. 세상에는 마음의 상처를 받으면서 사는 여자들이 얼마나 많은데 넌 그깟 일로 짜증내고 싸우니?"

"허긴. 그 사람이 바람피웠다는 확실한 증거도 없지. 하지만 홧김에 서방질한다고 나도 이참에 확 바람피워버릴까?"

"호호호, 야 바람은 아무나 피우냐?"

희수의 말에 진숙은 남자들이 행동을 똑바로 하지 않으니까 아내들이 다른 딴 짓하는 것이라며 원인 없는 결과가 없다고 투덜거린다. 그리고는 별안간 희수의 생활에 대해 슬그머니 물어온다.

"요즘 넌 어때? 네 남편은 너한테 잘 해줘? 나도 너한테 털어놨으니까 너도 네 남편 얘기 좀 해봐!"

"우리 남편은 그냥 평범하게 직장이나 잘 다녀. 아이들하고도 잘 놀아주고."

"어휴, 네가 그렇게 말할 줄 알았어. 언제 네가 솔직히 그 속을 털어놓은 적이 있니? 그걸 물어본 내가 바보 멍청이지 뭐. 근데 말이다 그렇게 속을 꽁꽁 싸매고 살다보면 나중에 마음의 병만 깊어지는 법이다! 사실 우리 나이에 남편한테 뭘 더 바라겠냐? 서로 잔소리 안하고 각자의 일에 간섭하지 않으면 그게 고맙지. 그러니까 너도 앞으로 속상한 일이 있으면 지금 나처럼 전화해서 수다도 좀 떨고 그래. 친구 좋다는 게 뭐냐. 그럴 때 써먹는 거지 뭐, 안 그래?"

그 말에 희수는 건성으로 알았다고 대답하곤 전화를 끊는다. 그녀가 서둘러 집안일을 모두 끝냈을 때 안방에 있는 전화가 울어댄다. 희수가 전화를 받자 성진이 말한다.

"내가 조금 전에 그 친구를 만나서 말했더니 이번 토요일 여섯 시에 명동에 있는 L호텔 커피숍에서 만나자고 하던데. 우리도 함께 나오라는데 난 그날 다른 행사가 있어서 못가니까 당신만 그 친구랑 함께 나가, 알았지!"

"그분이 좋아하던가요?"

"다 생각이 있으니까 한번 만나보려는 게 아니겠어? 그러니까 당신이 두 사람 잘 되게 도와주라고."

그러고는 성진이 먼저 전화를 끊자 희수의 가슴 한편에선 갑자기 뻥 뚫린 것처럼 공허한 바람이 불어대기 시작한다. 그녀는 베란다로 나와 잠시 바깥을 내다본다. 많은 아이들이 오늘도 놀이터에서 그네를 뛰고 있거나 미끄럼틀을 타고 있고 몇몇 아이들은 서로 엉켜 엎치락뒤치락 싸움을 하는 것도 눈에 띈다. 그 주변을 자전거를 타고 맴도는 또 다른 아이들도 희수의 눈으로 들어온다. 이제는 햇살 따뜻한 완연한 봄날이다. 아마도 이런 봄날에 만나는 사람들은 필시 좋은 인연이 될 것이라고 희수는 생각한다. 그 무렵 켜놓은 텔레비전에서 패티김의 음성이 흘러나온다. '어쩌다 생각이 나겠지. 냉정한 사람이지만······' 노래를 가만히 듣고 있던 희수는 이렇게 좋은 봄날에 어쩐지 노래가 한없이 처량하고 슬프게 들려오는 것 같아 그냥 텔레비전을 꺼버린다. 문득 '철새는 날아가고'의 선율이 듣고 싶어진다. 하지만 희수는 고개를 내젓는다.

어느새 밖에는 회색빛 땅거미가 젖어들자 희수는 진숙에게 전화를 걸어 남편에게 들은 소개팅 장소와 시간을 알려주며 그날 진숙도 동생과 함께 나오라고 말한다. 오랜만에 얼굴도 보고 차도 마시고 또 그 당사자들을 위해 얼른 자리를 비껴주자고 덧붙이자 진숙도 흔쾌히 좋다고 한다.

6장 바람이 멈출 때

희수가 긴 생머리를 찰랑거리며 연분홍색 니트 원피스 차림으로 호텔 커피숍으로 들어선다. 10분 전 미리 도착한 민기는 앉아있던 자리에서 엉거주춤 일어나 한 손을 높이 쳐들고는 살짝 흔들며 자신이 와 있다는 신호를 보낸다. 민기의 모습이 아주 또렷하게 들어오자 그녀는 살짝 얼굴을 붉힌다. 말끔한 감색 양복을 잘 차려입은 잘생긴 골격 때문인지 얼굴은 예전에 봤던 그 모습보다 훨씬 더 잘생겨 보이고, 특히 이마와 코가 더 돋보인다. 희수는 긴 머리카락이 얼굴 위로 헝클어져 흘러내리자 한손으로 머리를 어깨 너머로 넘기면서 민기가 앉아 있는 창가 쪽을 향해 조심스럽게 걸어간다. 희수가 가까이 다가오자 민기는 마치 매너가 좋은 웨이터처럼 자신이 앉은 그 맞은편에 의자를 빼주며 그녀에게 앉으라고 권하곤 빙

굿 웃는다. 희수는 부끄러운 듯 약간 고개를 숙이며 의자에 앉고는
그에게 말한다.

"죄송해요. 제가 좀 늦었죠?"

"아아, 괜찮습니다. 겨우 5분 정도 늦은 걸요 뭐."

민기의 말에 희수는 극히 온순하게 그렇지만 어딘지 그늘진 목
소리로 말한다.

"저어, 먼저 죄송스러운 말씀부터 드려야할 것 같아요."

희수의 표정을 살피던 민기의 얼굴이 갑자기 어두워진다. 희수
는 입장이 매우 난처하다는 표정을 지으며 커다란 눈동자를 이리
저리 불안정하게 굴리면서 다시 말한다.

"사실은 좀 전에 제 친구한테서 전화가 왔었어요. 차가 이쪽으
로 오던 도중에 접촉사고가 났다고요. 갑작스럽게 그 일을 처리하
느라 부득이 이 자리에 나올 수 없게 되었다고. 그 전화 받느냐고
저도 좀 늦었구요. 하필이면 이런 날…… 정말 죄송해요."

"아아, 난 또 무슨 말씀을 하려나 하고 몹시 불안했잖아요. 그런
일이라면 정말 괜찮습니다. 그게 뭐 희수 씨 탓인가요? 그러니까
저한테 괜히 미안해할 필요 없다는 겁니다. 그리고 원래 제가 여복
이 없는 사람이거든요. 그러니 여태까지 장가를 못 가고 있잖습니
까, 하하하."

민기는 한바탕 기분 좋게 호탕하게 웃고는 이내 이야기의 흐름
을 바꿔버린다.

"희수 씨를 이렇게 만나 뵙게 돼서 정말 반갑습니다. 또 전번에 제가 너무 실례를 한 것도 사과드리고요. 그날 밤, 그것도 한밤중에 뜬금없이 전화했으니 얼마나 황당했겠어요. 뒤늦게 사과드립니다."

그 말에 희수는 빨간 홍당무처럼 얼굴을 붉히며 손을 내저으며 말한다.

"아, 아니에요. 사과는 무슨…… 저어, 그 전화 왔던 거 제 남편에게는 말하지 않았어요. 혹시나 괜한 오해라도 할까봐서요."

희수의 음성에는 상대를 어루만지는 듯한 친절한 배려가 담겨 있는 것처럼 느껴지자 민기는 잠시 생각에 잠긴 채 컵을 이리저리 만져보곤 한 모금의 물을 쭉 들이킨다. 그날 밤 그녀의 가족들이 정말이민을 떠날 의향이 있는지에 대해 물어보려고 했건만 정작 그 말은입 밖에 꺼내지 못한 채 그만 엉뚱한 말만 했다고, 지금이라도 그 이유를 말할까 망설이다가 그는 그만둔다. 이유야 어쨌든 지금 자신은그녀를 만나고 있으니 굳이 그 이유를 밝혀서 서로 마음의 부담을느끼게 할 필요는 없다고 민기는 생각한다. 잠시 무거운 침묵이 흐르자 분위기가 서먹하니 어색해진다. 그런 분위를 바꿔보려고 민기는 일부러 활짝 미소를 머금으며 희수를 바라본다.

"전 이상하게도 술만 마시면 분화구에서 용암이 솟구쳐 오르듯용기가 솟아오릅니다. 사실 그날 밤이 그랬거든요. 물론 희수 씨한테는 미안하고 죄송스러웠지만 그 통화를 하고나서 제 마음이 한결 나아졌지요. 뭐랄까……아, 그래요. 덜 외로웠습니다. 퇴근하고 집에 갈 때 말입니다. 비록 오늘 소개팅은 물 건너갔지만 그래도 그 일로 인해 이렇게라도 희수 씨를 만날 수 있는 기회를 얻었으니 저로서는 얼마나 다행인지 모릅니다. 그렇지 않아도 꼭 한번 뵙고 싶었는데 말입니다."

"……."

희수는 당장 무슨 말을 해야 할지 좀처럼 머릿속에서 떠오르질 않는다. 방금 전 그의 말을 듣고 자신의 귀를 의심해볼 뿐. 왜 뵙고 싶었을까? 왜? 그 이유에 대해 얼른 묻고 싶었는데 입이 꿀 먹은 벙어리처럼 좀처럼 떨어지지가 않았다. 희수는 아무 말도 못한 채 눈을 똥그랗게 뜨고는 민기를 말똥말똥 바라본다. 희수의 머릿속이 계속 혼란스럽다. 왜일까? 왜 자신을 꼭 만나보려 했을까? 자꾸만 그런 의문만이 머릿속에서 맴돈다. 희수는 무어라 말로 표현할 수 없는 이상야릇한 느낌이 든다. 짜릿한 감흥에 휩싸이면서 심장까지 두근거리는 설렘이랄까. 전번 전화에서도 그는 미묘한 감정을 드러냈는데 이번에도 그 묘한 분위기를 다시 풍기고 있다. 희수는 그의 의중을 도무지 종잡을 수 없다. 그렇다고 그 이유를 대놓고 물어볼 수도 없는 노릇이라서 희수의 마음이 마냥 답답해진다. 그때 웨이터가 두 사람 쪽으로 다가와 차 주문을 받는다. 민기는 에스프레소와 우유의 고소하고 부드러운 맛을 느낄 수 있는 카페라떼를 주문하고 희수는 진한 아메리카노 커피를 주문한다. 두 사람의 차 주문을 받은 웨이터가 돌아서자 별안간 민기는 뭐가 그리 기분 좋은지 싱글벙글 웃으며 그윽한 눈길로 희수를 바라본다. 희수는 정말이지 그를 이해할 수 없다는 표정을 지으며 애써 그 시선을 피하고는 눈의 초점을 어디로 둬야할 지 몰라 무심코 창밖으로 내던진다. 통유리를 통해서 드려낸 커다란 인공 절벽의 경관은 실로 놀라울 정도로 자연과 많이 닮아 있다. 마치 그것이 진품이고 자연의 절벽이 가짜인 것처럼. 그래서인지 희수는 마치 자신이 그 주변의 작은 숲에서 막 산책을 마치고 그 절벽 앞에 앉아 잠깐 휴식을 취하고 있는 것처럼 느껴진다. 이번에는 희수의 호기심 어린 커다란 눈이 실내공간을 둘러본다. 널찍한 실내는 중세유럽 같은 차분하고 웅장한 고급스러운 분위기가 감돌고 있다. 그곳 가장자리에 자신이 민기와 함께 다정한 여인처럼 다소곳이 앉아 있다는 게 그녀로서는 참으로 행복하다. 마치 오래전부터 마음속으로 사모해 오던 남자를 만나 함께 고풍스러운 유럽의 어느 커다란 별장에 와 있는 듯한 환상에 빠져들기도 한다. 그래서일까. 희수의 커다란 두 눈이 점점 몽롱해진다. 희수는 민기의 손을 맞잡고 경쾌한 리듬에 맞춰 탱고도 추고 있고 진한 입맞춤을 하면서 그 품에 꼭 안기는 황홀하고도 짜릿함을 그녀만의 공상에서 느낀다. 활기찬 에너지가 온몸에서 솟구치자 금세 희수의 얼굴이 화사한 꽃처럼 곱게 피어난다. 주문한 커피가 그들의 탁자 위에 놓이자 순식간에 공상에서 깨어난 희수의 기분이 허탈해지면서 마음까지 뒤숭숭해진다. 자신만의 공상세계가 누군가에게 들켜버린 듯한 느낌이 든 것이다. 희수는 애써 웃으며 커피를 몇 모금 마시다말고 조심스럽게 잔을 내려놓는다. 사실 희수가 약속장소로 가기 위해 막 전철역 계단을 밟고 내려가려고 할 때 진숙에게서 전화가 왔다. 차가 접촉사고가 났다고. 만약 그런 사실을 곧장 민기한테 알렸더라면 굳이 그가 지금의 이 자리까지 나올 필요는 없었다. 하지만 희수는 그를 간절히 만나고 싶었다. 늘 머릿속의 상상으로만 느꼈던 그 묘한 그리움의 감정을 직접 그의 얼굴을 보면서 느끼고 싶다는 강한 충동이 일어났다. 그래야 어둠 속에서 나타나는 그 헛된 망상의 정체를 다소나마 뿌리칠 수 있기 때문이다. 아니다. 어쩌면 그를 영영 만날 수 없을지도 모른다는 막연한 두려움 때문에 더 만나고 싶었는지도 모른다. 그래서 진숙의 말을 숨기고는 대충 사고시간을 거짓으로 고하고 말았다. 물론 거짓말을 했다는 자책감에 다소 부끄러움을 느꼈지만 그래도 희수는 씩씩하게 마음을 다잡는다. 방금 전 민기도 자신을 꼭 한번 만나보고 싶었다고 말하지 않던가. 희수는 고개를 옆으로 돌려 민기의 안색을 살피다가 그의 두툼한 입술에 시선을 멈춘다. 그 입술 위에 자신의 입술을 포개고 싶은 강렬한 충동이 마음에서 일어난 것이다. 희수의 강한 눈빛이 부담스러웠는지 민기가 그 눈길을 피하며 들고 있던 커피 잔을 내려놓으며 말한다.

"전 오늘 소개팅이 성사되지 않은 걸 오히려 천만다행으로 여기고 있습니다. 만약 그 아가씨가 이 자리에 나왔더라면……."

"아무튼 죄송해요, 후우."

민기가 말끝을 제대로 잇지 못하자 희수가 얼른 그 말을 가로채고는 깊은 한숨을 몰아쉰다. 이유야 어쨌거나 자신은 오랜만에 좋은 일을 해보려고 시도했는데 그게 그만 그한테 커다란 실수를 범한 셈이 되고 말았다. 이럴 줄 알았더라면 이 자리까지 나오지 말고 진즉에 그 사실을 알려줘서 서로 만나지 않았더라면 좋았을 걸, 하고 희수는 마음에도 없는 후회를 하고 있다. 그가 소개팅에 미련을 갖고 있는 것 같다는 느낌이 들자 희수의 기분이 영 개운치가 않다. 그래서인지 며칠 동안 그에게 연정을 품고 있었던 것에 대해 희수는 스스로 부끄러움을 느낀다. 아니 어서 빨리 이 자리에서 벗어나고 싶어진다. 설마 했는데…… 아, 이제 어쩌란 말인가. 그는 기대했던 소개팅 아가씨를 만나지 못해 그 얼마나 낙심천만하면서 집으로 돌아갈까. 또 남편은 그 일로 인해 그 얼마나 많은 비난과 원망을 퍼부어댈까. 손안에 끈적끈적 땀이 배어나온다. 그녀는 뒤늦게 소개팅을 주선한 경솔한 자신의 행동에 깊은 후회를 한다. 그런 자신이 희수는 싫어진다. 그래서 매사 남편은 자신이 추진하는 일에 대해 그토록 못마땅하게 여겼는지도 몰랐다. 이처럼 일을 그르

치니 말이다. 순식간에 의기소침해진 희수의 얼굴에 어두운 그늘이 서리자 그는 얼른 그 낌새를 알아차리곤 그녀를 위로한다.

"전 진짜 괜찮습니다. 그 어떤 이유에서건 그 아가씨가 이 자리에 나올 수 없게 된 걸 오히려 행운으로 생각하고 있다니까요! 만약 그 아가씨가 나왔더라면 어떻게 제가 지금 이 자리에서 이렇게 희수 씨와 얘기를 나눌 수 있겠습니까. 그러니 희수 씨도 그쪽 일은 이제 더 이상 신경 쓰지 마시고 그냥 우리끼리 얘기를 나눕시다. 어찌 보면 이것도 다 인연이지 않습니까. 만나야 할 사람들은 어떻게든 만나게 되는 게 사람의 인연이니까요. 조금 전에도 말씀드렸듯이 전 이번 소개팅을 떠나서 희수 씨를 꼭 한번 뵙고 싶었으니까요. 정말입니다. 참, 제가 일방적으로 준이 엄마 이름을 부르고 있는데, 괜찮으신 거죠?"

"……?"

"대부분 여자들은 결혼하고 아이를 낳으면 자신의 이름은 없어지고 대신 그 앞에 아이들 이름이 붙잡습니까. 전 그 잃어버린 이름을 불러드리고 싶었습니다. 그쪽만 허락한다면."

"이미 그러고 있잖아요. 그럼 저도 정과장님이 아닌 민기 씨라고 불러야겠네요. 그래야 서로 공평하니까요, 안 그래요?"

"하하하, 그렇군요. 암요. 그래야 서로 공평하지요, 희수 씨!"

민기의 말을 듣고 보니 틀린 말이 아니었다. 결혼을 하고 아이를 낳으면서 어느 날 갑자기 사라진 이름이 아니던가. 간혹 여고동창 모임에서 친구들이 이름을 불러주지만. 희수로썬 마치 잃어버린 소중한 그 무언가를 다시 되찾은 기분마저 들자 조금 전 시무룩했던 감정이 사라지고 기분이 한결 산뜻해진다. 하지만 그런 마음도 잠시 뿐. 다시금 희수의 뇌리에서 궁금증이 되살아난다. 대체 민기는 왜 자신을 꼭 한번 만나보고 싶어 했을까? 그 궁금증이 빨간 고추잠자리처럼 자꾸만 머릿속에서 뱅글뱅글 맴돌자 다시 그 이유를 민기에게 묻고 싶어진다. 하지만 입을 달싹였지만 이상하게도 그 소리가 도로 목구멍으로 쏙 들어가 버린다. 그때 민기가 개구쟁이 소년처럼 익살맞게 웃는다.

"그나저나 희수 씨, 우리 커피 다 마셨으면 자리를 옮겨 저녁식사나 합시다!"

잠시 후 두 사람은 호텔 한식당으로 자리를 옮겨 저녁식사를 한다. 희수는 뭔가를 먹고 있으면서도 도무지 그게 뭔지를 모를 판국이다. 어떻게 그 식사를 마쳤는지도 모를 지경에 빠진다. 식사를 하는 동안 그는 계속 무슨 말인가를 물어왔고 그때마다 희수는 스스로의 감정을 자제하지 못하고는 들뜬 감정으로 맞장구를 쳤는데 그 얘기가 식사를 끝내고나자 정작 자신이 그에게 무슨 말을 했는지조차 그녀의 기억에 없다. 머릿속이 새하얗게 텅 비어있는 듯. 희수는 스스로에게 당황해하며 속으로 중얼거린다. 사랑이란, 이렇게 불현듯 내게 다가와 세상의 모든 것들을 갓난아기처럼 순진함으로 만들어버리는 것은 아닐까. 그렇다면 지금 내가 그를 짝사랑이라도 하고 있단 말인가. 아아, 어쩌자고. 순간 희수는 다가오는 모든 현실이 마냥 두렵게만 느껴진다.

차는 복잡한 도심을 빠져나와 한강 뚝섬유원지를 향해 쏜살같이 내달리고 있다. 차 오디오시디플레이어에선 'You Raise Me up'의 노래가 흘러나오고 있고 운전대를 잡고 있는 그는 그 노래를 나직하게 흥얼거리며 따라 부른다. 운전석 옆 좌석에 앉은 희수는 어렴풋이 웃으며 노래가 참 좋다고 말하자 민기는 꿈결처럼 말한다. 자신이 가장 좋아하는 노래라고. 지치고 힘들 때 종종 즐겨듣는 노래인데 이 노래를 듣고 있으면 어쩐지 마음이 편안해지고 다시금 삶도 소중하게 느껴지게 된다면서 씽긋 웃는다. 민기의 말에 일말의 감동을 느낀 희수의 머릿속에는 '철새는 날아가고'의 멜로디가 흐르고 있다. 삶이 짜증이 나거나 지루해질 때면 그 선율을 들었고 그때마다 마음의 안정을 찾기는커녕 자주 잔병을 앓듯이 습관적으로 마음이 한없이 우울하기만 하였다. 그런데도 그 선율의 강한 중독성에 깊이 빨려 들어갔다. 마치 아주 오래전부터 길들어진 것처럼 좀처럼 그 안에서 헤어 나오지 못했다. 그랬다. 그 선율을 듣고 있으면 눈앞에 한 마리의 철새가 훨훨 날갯짓을 하고 있었다. 그럴 때면 당장 틀에 박힌 공간에서 빠져나와 저 허공으로 훨훨 철새처럼 날갯짓을 해대며 자유롭게 날아가고 싶어졌다. 물론 그것은 항상 마음뿐이었고 오직 공상으로만 가능한 일이었다. 희수는 부러운 얼굴로 민기를 지그시 바라본다. 민기는 아주 분위기 있고 세련된 노래를 좋아하는 젠틀맨처럼 보이고, 자신은 아주 초라하고 볼품이라곤 전혀 없는 구닥다리 사상에 젖어있는 시골뜨기 아낙처럼 느껴진 것이다. 희수는 심리적 위축감이 들자 마음에 허기 같은 공허가 깊숙이 스며든다. 바라만 봐야 하는 사람. 절대 좋아할 수 없는 사람. 그게 정민기라는 남자다. 희수는 스스로에게 각인시킨다. 그때 민기가 불쑥 질문을 던진다.

"희수 씬 평소에 어떤 노래를 좋아하십니까?"

난데없는 질문에 희수는 눈꺼풀을 몇 번 깜박거리다가 얼떨결에 전혀 좋아하지 않는 노래를 말해버린다.

"거 있잖아요, 장윤정 씨가 부르는 '어머나'라는 노래요!"

오 마이 갓, 정신이 온전하게 박힌 여자라면 어떻게 이런 자리에서 불쑥 그 노래제목이 튀어나올 수 있단 말인가. 그 노래는 남편이 좋아하는 노래가 아니던가. 가끔 기분이 좋으면 집안에서 콧노래로 흥얼거리던 노래. 희수는 정말이지 자신이 주책이 없는 여자처럼 느껴지자 볼이 화끈 달아오른다. 그는 희수의 그런 기분도 모른 채 기분이 좋은 듯 그녀를 바라보며 껄껄껄, 큰소리로 웃는다.

"그럼 희수 씬 그 노래도 썩 잘 부르시겠네요?"

"아, 아뇨. 전 부르진 못하고 그냥…… 듣는 걸 좋아해요. 제 남편이 좋아하는 노래라서."

"그렇다면 언제 기회가 되면 제가 그 노래를 꼭 불러드리겠습니다. 제가 노랠 아주 잘하거든요. 성진이보다 훨씬 더요."

박력이 넘치는 민기의 말에 희수는 민망한 표정으로 얼굴을 붉히며 시선을 구두코에 박는다. 사실 자신이 가장 좋아하는 노래는 패티김의 '이별'이다. 어느새 한강다리의 화려한 야경이 시야로 들어오자 고개를 든 희수의 입에서 탄성이 절로 쏟아진다.

"와우, 너무 아름다워요!"

정말이지 한강의 야경은 마치 한편의 살아있는 예술품이나 다름없이 보인 것이다. 희수는 숨이 꽉 막혀오도록 가슴이 벅차오른다. 뭔가 마법에 걸린 것처럼 갑자기 맥박이 빨라지고 눈에서는 눈물까지 나오려고 한다. 며칠 동안 민기를 생각하며 잠들지 못했던 숱한 밤의 대가가 바로 이토록 아름다운 밤으로 보답을 하는 것인가. 민기의 얼굴 또한 함박웃음이 되어 입이 한껏 벌어지고 있다.

"앞으로 좋은 징조가 있을 것 같습니다, 우리에게 말입니다."

'우리'라는 친근한 어감이 희수에게는 마치 건널 수 없는 강처럼 느껴진다. 바라만 봐야 하는 사람. 좋아해선 절대 안 될 사람. 희수는 다시금 스스로에게 단단히 각인시킨다. 희수의 표정이 이내 침통해진다. 희수는 고개를 창가 쪽으로 돌려버린다. 민기와 다정하게 이야기하고 있으면 있을수록 다가올 미래가 두려워진 것이다. 아니다. 솔직히 말하자면 사실 다시 집으로 돌아가는 게 더 두렵고,

이민을 가야할지도 모른다는 사실이 더더욱 두렵고, 또 곰팡내 나는 외로움의 연속적인 삶을 살아야하는 게 더없이 두렵다. 희수는 쓸쓸하게 웃는다. 지금 이렇게 민기 곁에 있으니까 마음이 마냥 즐겁고 행복한데 다시 헤어져 집에 가야할 생각을 떠올리자 벌써부터 가슴이 먹먹해진다. 너와 내가 아닌 '우리'라는 어감 때문에 희수는 잠시 눈앞에 보이는 아름다운 불빛에서 시선을 거둔다. 더더욱 현실이 두렵게만 느껴지자 희수는 속으로 중얼거린다. 행복과 불행은 늘 같은 곳에서 머무는 법이지 않은가.

차가 뚝섬유원지에 도착하자 민기는 근처 주차장에 차를 주차시키곤 희수와 함께 뚝섬 산책로를 따라 천천히 걸어간다. 저만치 비추는 수많은 아파트불빛과 한강의 불빛들이 잘 어우러져 서울의 밤을 더욱 화려하게 수를 놓으며 주위를 밝히고 있다. 그들은 오랫동안 헤어져 있다가 다시 만난 연인처럼 아주 다정하게 걷다가 잠시 걸음을 멈추고는 그윽한 얼굴로 서로를 마주보며 빙긋 웃는다. 그러고는 다시 걸어간다. 그들의 눈에는 지상에 존재하는 모든 것들이 아름답게만 보인다. 두 사람은 서로 손이라도 잡고 싶다는 표정을 짓다가 이내 다시 멋쩍은 표정을 지으며 앞을 보고 느리게 걸어간다. 그들의 눈에 들어오는 세상은 모두가 소중한 삶의 예술품처럼 느껴진다. 저기 강변을 산책 나온 사람들과 그 주인을 따라 나온 애완견도 아름다운 삶의 풍광처럼 느껴지고 그 뒤로 걸어가는 어느 노부부의 산책은 아름다운 영화의 한 장면처럼 돋보여 보인다. 그리고 뚝섬유원지 옆을 스쳐지나가는 자전거여행자의 모습은 마치 그들의 젊은 날을 회상시켜 주는 듯해 두 사람의 기분이 한결 더 산뜻해진다. 민기가 저만치 멀어지는 자전거의 뒤꽁무니를 바라보다가 문득 자신도 저들처럼 활기차게 자전거가 타고 싶어진다고 말하자 희수는 맞장구를 치며 자신도 똑같은 생각을 했다고 그의 기분에 장단을 맞춰준다. 이어 두 사람은 누가 먼저라고 할 것도 없이 걷던 걸음을 멈추고는 또다시 빙그레 웃으며 서로를 마주본다. 민기의 눈길이 한없이 부드러운 가운데 뭔가 뜨거운 기운이 서리는 듯하자 희수는 잘 읽은 석류처럼 붉게 상기된 얼굴로 고개를 살짝 옆으로 돌리며 말한다.

"오늘 저 때문에 괜한 시간을 많이 허비하셨네요."

"또 그 소립니까? 이제 그런 말 꺼내지 않기로 했잖습니까. 아까도 말씀드렸지만 정말 인연이 있는 사람들은 서로 만나지 말라고 해도 어떻게든 만나는 법이라니까요. 소개팅에 나오기로 한 그 아가씨와 저와는 원래 인연이 닿지 않을 운명이었고, 대신 제가 이렇게 희수 씨를 만났잖습니까. 이런 게 바로 인연이라고 하는 겁니다."

"절 만나봐야 민기 씨한테 무슨 도움이 되겠어요. 이유야 어쨌든 제가 추진한 일도 제대로 못했잖아요. 이번에는 꼭 잘해드리려고 했는데…… 집으로 돌아가면 전 아마 남편한테 꾸중을 듣게 될지도 몰라요."

"그게 어디 희수 씨 탓인가요? 서로 인연이 아니라서 그쪽도 그런 사고가 일어난 거죠."

"매사 제가 하는 일이 실수투성이거든요. 암튼 민기 씨가 그런 말을 해주니까 그나마도 민기 씨한테 덜 미안해지네요. 고마워요. 민기 씨 덕분에 아주 오랜만에 외출도 해보고 또 이렇게 아름다운 야경을 바라보면서 답답한 마음도 풀고 갈 수 있어서요. 지금 제 기분이 엄청 좋아요."

"그 친구한테는 제가 알아서 적당히 둘러대겠습니다. 희수 씬 그 일에 전혀 신경 쓰실 필요가 없어요. 아까도 말씀드렸지만 사실 전 그 아가씨를 만나려고 약속 장소에 나온 게 아니라 희수 씨를 만나고 싶은 마음에 달려왔던 겁니다."

"왜요? 왜 절 만나려고 했죠?"

"제가 지금 이런 말을 한다면 희수 씨가 어떻게 받아들일지 모르겠지만 그래도 어렵게 마련된 자리이니 솔직히 제 심정을 말씀드리지요. 사실 전번 통화했을 때 전 희수 씨와 많은 얘기를 나누고 싶었습니다. 희수 씨라면 내가 어떤 실수를 해도, 어떤 엉뚱한 얘기를 꺼내도 왠지 이해해줄 사람이라는 막연한 믿음 같은 게 있었거든요."

"……."

"제가 맘먹고 소개팅을 하려고 했으면 벌써 많이 했겠지요. 그런데 전 그런 일에 통 관심이 없습니다. 지금은 오직 희수 씨한테만 관심이 있고요. 제가 처음 희수 씰 봤을 때 전혀 낯설지가 않았거든요. 언젠가 꼭 만났던 사람처럼 느껴졌으니까요. 전생의 인연이랄까 뭐 그런 거 있잖습니까. 그런데 우린 통 얘기를 나눌 수 있는 기회가 없었던 겁니다. 그래서 일부러 그 친구 출장 간 틈을 노려 염치없이 술김에 전화를 했던 겁니다. 다른 흑심을 품고 그랬던 건 아니고 그냥 친구처럼 다가가고 싶어서요. 가끔은 제 속 얘기도 털어놓고 좋은 조언도 듣고 싶어서요. 그러니까 우정의 관계를 잘 유지하면서 서로가 서로에게 용기와 힘을 줄 수 있는 그런 소중한 인연 말입니다. 그게 저의 간절한 바람입니다. 만약 제가 이런 말을 하지 않고 그냥 돌아선다면 필시 나중에 후회할 것 같아서 지금 제 솔직한 심정을 희수 씨 앞에 모두 드러낸 겁니다."

"……."

"이 근처에서 술 한잔 더 하고 싶은데 괜찮습니까?"

그 말에 희수도 술을 마시고 싶어진다. 그의 뜻밖의 고백에 희수의 정신이 잠시 어리둥절했지만 그래도 마음속으로는 그와 뭔가가 통하는 구석이 있는 것 같아 그녀는 오히려 오늘 민기를 만난 걸 대단한 행운으로 여긴다. 그토록 보잘 것 없고 초라한 자신에게 민기는 아주 커다란 마음의 선물을 해준 셈이다. 그녀도 그동안 얼마나 진정한 친구가 그리웠던가. 가슴 아픈 속내를 훌훌 풀어 헤쳐도 괜찮을 친구. 그녀는 서로 대화를 나눌 수 있는 좋은 친구가 되자는 민기의 말이 무엇보다 좋았다. 그렇게 남편과 그는 성품이 달라도 너무 달랐다. 여태까지 남편은 아내인 자신을 얼마나 하찮게 여겼던가. 그로 인해 남몰래 흘렸던 눈물을 그녀는 혼자 목구멍으로 삼키며 참아냈다. 억수로 비가 쏟아질 때면 그 슬픔을 이기지 못한 나머지 우울증만 더 깊어갔던 지난날의 삶이다. 그러니 언제나 자신의 주위를 에워싸고 있는 건 검은 그림자의 손짓이었고 그래서 가끔씩은 약국을 돌며 수면제를 사다 모아두기도 했다. 언젠가 죽으리라는 막연한 생각을 하면서 말이다. 그럴 때마다 그 유혹을 뿌리칠 수 있었던 건 바로 아이들 때문이었다. 차마 아이들을 두고 떠날 순 없었다. 그렇게 비탄에 빠져 서서히 죽어가고 있는 심장은 거북이 등껍질같이 쩍쩍 갈라지고 딱딱하게 굳어버렸다. 그런데 어느 날 갑자기 나타난 민기가 그 차디찬 심장에 온기를 서서히 불어넣어 주었다. 희수의 마음속에서 소리 없는 눈물이 마냥 흘러내리고 있다. 민기의 말에 진위여부를 떠나 이제 비로소 자신도 저 어둠의 그늘에서 벗어나 햇살이 비추는 세상에 그 발을 내딛고 살아갈 수 있을 것만 같은 용기가 생긴 것이다. 그러니 사람은 어떤 사람을 만나는가에 따라 그 인생과 삶이 확 뒤바뀔 수 있다는 것을 희수는 뒤늦게 민기를 만나면서 그 사실을 깨달았다.

　두 사람은 유원지에서 빠져나와 근처 민속주점으로 들어간다.

민기는 아주머니한테 동동주와 해물파전을 주문하곤 희수와 함께 긴 나무탁자 의자를 꺼내 나란히 앉는다. 희수는 그를 물끄러미 바라보다가 문득 엉뚱한 공상에 사로잡힌다. 밤새도록 그와 함께 지낼 수 있다면 얼마나 좋을까. 하지만 희수는 애써 그 기분을 떨쳐내며 아파트에서 엄마를 기다리고 있을 아이들을 떠올린다. 그때 휴대폰이 울리자 희수는 당황한 표정으로 전화를 받는다. 성진이다. 성진은 왜 여태 집에 들어오지 않느냐며, 대체 밖에서 뭐하고 다니는 짓이냐고 화를 내자 희수는 선뜻 대답을 못하고 우물쭈물 망설인다. 그가 얼른 휴대폰을 자신에게 달라고 손짓으로 말한다. 희수가 마지못한 듯 휴대폰을 넘겨주자 그는 성진에게 아가씨한테 바람맞았다며, 그래서 마음이 울적하고 외로워서 준이엄마를 붙잡고 신세타령을 늘어놓고 있다면서, 혹시 자네도 술 생각이 있으면 당장 나오라며 그 장소까지 상세히 일러준다. 그제야 화가 누그러진 성진은 그에게 절대 음주운전 하지 말라고, 나중에 자신의 아내를 택시에 잘 태워 집까지 안전하게 보내달라는 부탁의 말을 남기곤 전화를 끊는다. 전화소리를 대충 엿들을 수 있었던 희수는 민기가 방금 전 성진과 통화를 했던 얘기를 리바이벌하자 건성으로 고개를 끄덕인다. 그런 희수에게 민기는 미안한 생각이 들었는지 나중에 집으로 돌아갈 땐 아이들 장난감을 반드시 사주겠다고 힘주어 말한다. 희수가 괜찮다고 그러면 부담스러워진다고 말하자, 민기는 그냥 가만히 있으면 자신이 알아서 다 챙겨주겠노라고. 그러니 사주는 선물은 받기만 하면 된다고 말한다. 이윽고 주문한 뚝배기에 담긴 동동주와 해물파전이 탁자 위에 놓이자 민기는 희수의 잔에 술을 채워주며 말한다.

"그냥 입술만 살짝 축이세요. 전 남자가 따라주는 술을 잘 받아 마시는 여자를 보면 영 보기가 좋지 않아서요. 물론 내가 좋아하는 여자를 두고 하는 소립니다. 그렇지 않은 여자들은 아무러면 어떻습니까. 그러니까 희수 씬 술은 조금만 마시고 여기 해물파전이 아주 맛있게 보이는데 이걸 많이 드십시오."

그러면서 민기는 파전이 들어 있는 접시를 희수 앞으로 밀어준다. 하지만 몹시 갈증이 난 희수는 얼른 술부터 한잔 쭉 들이키곤 젓가락을 집어 해물파전을 조금 떼어내 입안으로 밀어 넣자 민기는 멋쩍게 웃으며 단숨에 술잔을 비운다. 희수가 민기의 빈 잔에 술을 따라주려고 하자 그는 손사래를 치며 말한다.

"희수 씬 가만히 앉아서 그냥 내가 따라주는 술만 받으시면 됩니다. 여자가 술 따르는 거 보면 어쩐지 보기가 좋지 않아서 말입니다. 그런 저한테 회사동료들은 참으로 고지식한 사고를 가진 꽉 막힌 놈이라고 놀려대지만 그게 원래 내 타고난 성격인 걸 어떡합니까. 어떤 놈들은 자신에게 술 따르는 여자를 마치 술집작부로 착각하는 미친놈들도 다 있다니까요. 그러니까 희수 씬 남자들한테 함부로 술을 따르지 마십시오. 때론 여자가 말입니다 건방지고 도도한 면도 있어야지요, 그게 바로 여자의 매력이지 않습니까?"

"호호호……. 취기가 도니까 민기 씨가 별 말을 다 하시네요. 그런데 방금 전 그 말은 저하고는 전혀 상관이 없는 말이네요. 전 그런 도도함도 매력도 없는 여자이니까요. 그리고 앞으로도 절대 그런 여자가 될 수도 없고요."

"그렇다면 앞으로 제가 희수 씨를 그런 여자로 만들어드리면 될 거 아닙니까?"

"뭐, 뭐라구요?"

술이 얼큰하게 취하자 민기는 하고 싶은 말을 스스럼없이 입밖으로 꺼내고 있다. 그 얼굴은 조금 전 성진의 전화를 받을 때 약간 긴장된 낯빛과는 달리 사뭇 들뜨고 밝은 표정이다. 희수는 술을 더 마시고 싶었지만 아무래도 그가 많이 취하면 입장이 곤란해질 것 같아서 그의 눈치를 살피며 조심스럽게 입을 뗀다.

"이제 술은 그만 마시고 각자 집으로 돌아가요."

그 말에 민기는 엉뚱한 말을 불쑥 꺼낸다.

"희수 씬 사람의 인연을 어떻게 생각합니까?"

"글쎄요…… 아까 민기 씨가 다 말했잖아요. 만날 사람은 언제든지 만난다고."

"아아 맞습니다. 그러니까 희수 씨와 저와의 만남은 바로 그렇다는 것을 제가 다시 확인시켜드리는 겁니다, 알았죠!"

"오늘 우리의 만남을 민기 씨는 정말 인연이라고 생각하시는 거예요?"

"그럼요. 그래서 그날 밤 제가 희수 씨한테 전화를 했던 거잖습니까. 그 인연으로 우리가 또 운명처럼 이렇게 만났으니 그게 어디 가벼운 인연인가요? 아주 깊은 인연인 셈이지요."

"깊은 인연이면 뭐해요? 그래봐야 서로 마음 놓고 만날 수도 또 가질 수도, 아니 좀 더 가까이 다가설 수도 없는 사람들인데요 뭐. 안 그래요?"

"하하하……. 생각해보니 그것도 맞는 말씀이군요. 하지만 우리에겐 빛나는 우정이라는 게 있잖습니까. 이제부터 그 우정으로 서로 좋은 인연을 맺읍시다."

어느 정도 술이 들어가자 두 사람은 짧은 시간에 아주 빠르게 친숙해진다. 희수는 그와 얘기를 나누고 있으면 시간 가는 줄 몰랐고 또 아이들 걱정도 남편 걱정도 잠시 머릿속에서 싹 사라진다. 아니 자신이 마치 돌아온 싱글처럼 느껴지기도 한 것이다. 결혼한 후 처음으로 느껴보는 삶의 자유처럼……. 앞으로도 이런 기분으로 쭉 자유롭게 삶을 누릴 수 있다면 그깟 이혼이 뭐가 두렵겠는가. 희수의 얼굴이 한가위 보름달처럼 환하게 밝아진다.

"우정이라는 게 그렇게 우리를 하나로 묶어줄까요? 전 가정주부고 또 남들이 쳐다보는 따가운 시선도 있는데……."

"그러면 또 어떻습니까. 제가 아주 어렵게 공을 들려 진흙 속에서 찾아낸 보석인데요. 사실 저한텐 사람을 제대로 알아볼 수 있는 남다른 직감이라는 게 있습니다. 희수 씨를 처음 보았을 때 그랬죠. 나중에 혹시라도 성진이 그 친구가 희수 씨를 구박하거나 괴롭히면 언제든지 저한테 SOS를 치세요. 제가 돈키호테처럼 희수 씨를 향해 돌진할 테니까요."

"호호호. 말이라도 참 고맙군요. 지금 민기 씨 너무 많이 취하신 거 같아요. 그렇게 절 마냥 칭찬하고 좋게만 보시니 말이에요. 절 자꾸 띄우지 마세요. 그럼 제가 정말 그런 사람인 줄 알잖아요. 그리고 민기 씬 순전히 나의 껍데기만 보고 있답니다. 단지 외모만 보고 직감으로 절 판단하시는 거예요. 그러시면 절대 안돼요. 사람의 마음이란 알 수 없기 때문이죠. 물론 이번 소개팅은 실패했지만 전 솔직히 민기 씨가 좋은 여자를 만나 하루빨리 장가갔으면 해요. 환한 웃음 끝에 매달린 진한 고독을 민기 씨한테서 느꼈거든요. 세상에 별난 여자 없잖아요. 그러니까 적당한 여자를 만나면 그냥 결혼해버리세요."

"엄밀히 따지자면 결혼은 심사숙고할 필요가 있습니다. 결혼은 환상이 아니라 현실이니까요. 그래서 제가 여태 장가를 못 가고 있는 것인지도 모르지만 말입니다. 사실 두렵거든요. 그래서 제가 희수 씨를 닮은 여자라면 당장이라도……."

"원래 남의 떡이 더 커 보이는 법이에요."

"......!"

민기는 대답대신 멋쩍은 듯 푸시시 웃으며 오른손으로 뒤통수를 긁적거리며 자리에서 일어나자 희수도 일어나 그의 뒤를 따른다. 밖으로 나오자 민기는 담배부터 꺼내 물곤 불을 붙인다. 그러고는 그 필터를 깊숙이 빨아들이곤 허공으로 훅, 희뿌연 연기를 내뱉는다. 희수의 시선이 담배연기를 따라가다가 이내 고개를 쳐들고는 밤하늘을 올려다본다. 별들이 꽁꽁 숨어버린 어둠의 하늘이 왠지 희수에겐 너무 쓸쓸하고 서글퍼 보이기만 한다. 이제 그와 헤어질 시간이 된 것이다. 그녀는 민기가 차라리 자신의 남자친구라면 얼마나 좋을까, 하는 엉뚱한 생각에 사로잡힌다. 그러고는 어떤 미련에 단단히 사로잡힌 듯한 표정으로 민기를 바라본다. 그러자 민기는 희수에게 말한다.

"참으로 이상해요. 전 희수 씨 얼굴을 가만히 바라보고 있으면 저도 모르게 이렇게 마음이 편안해지니 말이에요, 그러니 성진은 얼마나 행복하겠습니까. 난 아직 결혼도 못하고 있는데 그놈은 예쁜 부인에 두 아들까지 두고 있으니 말입니다."

"타인들의 삶이란 겉으로 보이는 게 전부는 아니랍니다. 우리의 삶을 타인들은 결코 모르지요. 그들 당사자만 알고 있을 뿐. 그래서 결혼은 또 다른 인생의 배움터와도 같다고 저는 생각해요. 마치 돌을 갓 넘긴 아이가 막 걸음마를 배우듯이 결혼이라는 것도 그런 것 같아요. 새로운 인생을 다시 배우게 되는 삶의 진정한 배움터요. 각자가 꿈꾸던 환상에서 깨어나 현실을 직시하게 되는, 그래서 때로는 살벌한 전쟁터를 방불케 하고. 때로는 비틀거리고, 때로는 장애물에 걸려 넘어지면서 그걸 통해 또 새로운 세상을 익히고 배우게 되고. 그러니까 내 말은 결혼이라는 삶 안에 깨달음과 도가 다 녹아있다는 말과도 같아요."

"어이쿠, 결혼이 그렇게 복잡하고 힘든 거라면 전 차라리 포기하겠습니다. 물론 때로는 지독히 외롭고 고독할 때도 있지만 그래도 이렇게 자유를 맘껏 누릴 수 있는 나만의 행복과 즐거움도 있잖습니까, 지금처럼 말입니다. 하하하."

민기는 한바탕 크게 웃어 제치고는 희수에게 다시 말한다.

"그럼 희수 씬 결혼을 잘했다고 생각하나요, 아니면 후회하고 있나요?"

"……."

"아, 내가 실수를 했군요. 묻지 말아야하는 말을 물어서 미안합니다. 참, 아이스크림 먹겠습니까?"

갑자기 냉랭한 분위기가 감돌자 민기는 재빨리 말의 화제를 돌려버린다. 희수는 씁쓸하게 웃으며 고개를 끄덕이자 민기는 근처

편의점에서 얼른 아이스크림 두 개를 사들고는 하나를 희수에게 건네주며 부드럽게 말한다.

"사랑은 아주 달콤하답니다. 지금 이 아이스크림의 맛처럼!"

"하지만 금방 그 달콤함은 녹아버리고 말죠. 그리고 또 다른 달콤한 맛을 찾겠죠 뭐!"

"그래도 아름다운 사랑의 향기는 세월이 흘러도 결코 잊을 수 없는 법입니다."

"대체 그런 사랑이 어떤 건데요?"

"이루어질 수 없는 사랑. 그래서 사람들은 애절하게 노래를 부르지 않습니까. 그게 어떤 형태의 사랑이건 간에 말입니다. 이루어지는 사랑에는 분명 유효기간이 있죠. 그 사랑이 끝나면 서로 언제 그랬냐는 듯이 앙숙이 되어 아옹다옹 싸우며 등 돌리기 일쑤고."

"그 말은 민기 씨가 그런 사랑을 해봤다는 말처럼 제 귀에 들리는데요?"

순간 민기는 무심코 희수를 바라본다. 조금 전 마냥 행복해 보이던 그녀의 얼굴에서 지금은 짙은 외로움과 고독이 묻어나고 있다. 그때 문득 성진이 언뜻 들려주었던 말이 되살아난다. 아내를 사랑하지 않는다고. 분명 그들의 사랑에도 유효기간이 지난 것이다. 민기는 갑자기 희수의 손을 꼭 잡고 싶어진다. 그래서 좀 더 가까이 희수 곁으로 가 그 손을 살짝 잡아보려고 하다가 희수가 그걸 눈치 채고 얼른 피해버리자 순간 민기는 민망한 표정을 짓는다. 희수는 갑작스런 민기의 태도에 당황해하며 그만 먹던 아이스크림을 바닥에 뚝 떨어뜨리고 만다. 그럴 본 민기는 허둥거리며 서둘러 대리기사를 부르겠다며 겉옷 양복 주머니에서 휴대폰을 꺼낸다. 희수는 그냥 택시타고 가도 된다면서 주위를 두리번거린다. 때마침 저쪽에서 달려오는 빈 택시가 눈에 띄자 희수는 재빨리 택시를 세우곤 허둥지둥 택시에 올라타자 민기도 잽싸게 택시에 올라타곤 희수 옆으로 바짝 다가가 앉는다. 몹시 당황한 희수가 잠시 어쩔 줄 몰라하며 그에게 말한다.

"우린 서로 집 방향이 다르잖아요. 민기 씨가 굳이 시간을 낭비하면서까지 이러실 필요는 없잖아요, 안 그래요?"

"이게 다 성진의 부탁이지 않습니까. 전 그 임무와 책임을 완수하고 있는 중입니다. 그래야 나중에 뒤탈이 없잖습니까."

그러면서 그는 기사한테 목적지를 말하자 택시는 목적지를 행해 빠른 속도로 내달린다. 운전대를 잡은 중년의 기사는 간혹 룸미러를 힐끔힐끔 쳐다보면서 두 사람을 엿보고 있다. 두 사람은 한동안 무거운 침묵으로 일관하고 있다. 그러는 사이 택시는 어느새 희수의 아파트단지 근처에 도착한다. 택시에서 함께 내린 민기는 말없이 희수의 아파트가 있는 쪽을 멀거니 바라본다. 희수는 그가 방금 전 그 택시를 타고 가지 않고 그냥 내려버리자 고개를 갸웃거리며 나지막한 목소리로 건넨다.

"저희 집으로 함께 가실래요?"

"아, 아닙니다. 전 그냥 따뜻한 보금자리가 부러워서 쳐다봤을 뿐입니다. 참, 아까 제가 아이들 장난감 사준다고 했는데 근처 장난감 가게가 있을까요?"

"벌써 문 닫았죠. 그리고 제발 그 장난감 얘긴 그만하시고 어서 빨리 집으로 가세요."

그때 어둠의 하늘에서 굵다란 빗방울이 뚝뚝 떨어지기 시작한다. 희수는 그의 등을 떠밀며 얼른 택시를 타고 가라고 재촉하곤 자신은 바삐 아파트로 향한다. 그러다가 문득문득 고개를 돌린다. 민기는 그 자리에 우두커니 선 채 그녀의 아파트 쪽을 응시하고 있다. 희수는 아파트로 빠르게 달려간다. 금세 빗줄기가 소낙비처럼 거칠게 쏟아지고 있다. 민기는 저만치 멀어지는 희수의 뒷모습을 바라보고 있다. 순간 외로움과 진한 고독이 다시금 거친 물살처럼 가슴으로 밀려오자 민기는 뭔가 토해낼 수 없는 답답함이 목을 바짝 옥죄이고 있는 듯해진다. 방금 전까지 곁에 있던 그녀가 휑하니 가버리자 별안간 옆구리가 썰렁해지면서 알 수 없는 질투심까지 솟구친다. 민기는 애써 그런 생각을 접으며 얼굴을 들어 빗줄기가 쏟아지는 하늘을 올려다본다. 그러고는 연신 허공에 대고 한숨을 내쉬고는 이내 택시를 잡으려고 사방을 두리번거린다. 때마침 빈 택시가 정차하자 민기는 택시에 올라타고는 등받이에 몸을 기대어 두 눈을 꼭 감는다. 그런 민기의 모습을 멀찍이에서 지켜보던 희수는 뒤늦게 그의 또 다른 존재를 알게 된다. 전번 그러니까 처음 전화가 걸려온 그날 밤 24시 편의점 근처에서 우산을 들고 어슬렁거리던 낯선 남자가 바로 민기였다는 것을. 희수는 길게 한숨을 내쉬며 엘리베이터에 올라탄다. 갑자기 서늘한 한기가 온몸을 감싼다. 엘리베이터에서 내린 희수는 아파트 현관문 앞에 이르자 이상하게도 손때가 반질반질하게 묻은 묵직한 현관문이 왠지 낯설게만 느껴진다. 희수는 번호 키를 누르려다말고 잠시 허공을 바라보며 벽에 등을 기댄다. 빗줄기는 쉽사리 그칠 것 같지가 않다. 그래서인지 다시금 케케묵은 외로움과 슬픔까지 한꺼번에 심연의 밑바닥에서부터 꾸역꾸역 목구멍을 타고 올라온다. 어쩌면 희수는 자신의 의지와는 상관없이 창살 없는 감옥에 스스로 갇혀 지내며 살아왔는지도 모른다. 희수의 두 눈에 눈물이 가득 고인다. 처음으로 느껴보는 떨림과 두근거리는 뜨거운 심장의 소리를 희수는 오늘밤 비로소 그 소리를 들을 수 있었다. 죽었다고 생각했던 심장에서 거칠게 요동치는 그 감정의 물결소리. 사실 조금 전 자신도 그의 손을 꼭 잡고 싶었는데 차마 그럴 수 없었다. 민기는 자신이 넘봐선 결코 안 될 그런 상대였다. 희수는 그런 사실이 너무 슬퍼서 아랫입술을 질끈 깨문다. 그러곤 뒤늦게 번호 키에 손가락을 갖다 대곤 여섯 숫자를 꾹꾹 눌러댄다. 현관문이 열리자 거실에서 놀던 아이들이 엄마를 부르며 쪼르륵 달려온다. 희수는 두 아이들을 가슴으로 와락 껴안고는 입가에 웃음을 지어본다. 그래도 자신에게는 아이들이 있었기에 그나마도 살아갈 용기가 있는 삶이다. 희수가 아파트 거실로 들어오자 안방 침대에서 몸을 뒤척이던 성진이 잔뜩 구겨진 인상으로 몸을 일으킨다. 희수는 곧장 안방 욕실로 들어가 샤워부터 하고는 편한 옷차림으로 거실로 나와 유리창 너머 어둠만을 가만히 응시한다. 빗줄기는 더욱 세차게 퍼부어대고 있다. 하지만 머릿속에선 방금 전 민기의 모습이 마치 밤하늘에 총총 떠있는 찬란한 별처럼 더욱 또렷하게 떠오른다. 희수는 또다시 민기가 보고 싶어진다. 순간 예리한 칼로 심장을 도려내는 듯한 아픔과 통증이 느껴진다. 유부녀가 넘봐선 안 될 금지구역을 넘보고 있는 게 아닌가. 용암처럼 뜨거운 욕망의 불길이 삽시간에 홍역처럼 번져가자 희수는 결국 사랑의 늪 속으로 깊이깊이 빠져든 기분이 든다. 희수는 두 손을 맞잡고 마음속으로 간절히 신에게 기도를 한다. 오, 신이시여. 제발, 절 당신의 시험에 들게 하지 마시옵소서. 마음속 깊은 곳으로부터 아득한 혼돈이 밀려온다. 희수는 거리에 쏟아지는 빗줄기처럼 마음에서 마냥 눈물을 흘리고 있다. 사랑해선 안 될 사람. 그런데도 자꾸만 그쪽으로 고개가 돌아간다. 이런 감정이 바로 불행의 씨앗인 불륜이란 말인가. 그런 생각이 스치자 희수는 마치 자신이 불륜드라마에 나오는 비련의 여주인공처럼 느껴진다. 그 무렵 성진은 수심이 가득한 낯빛으로 베란다로 나가더니 이윽고 연신 줄담배만을 피워댄다. 희수는 잔뜩 얼굴을 찌푸리곤 제발 담배를 좀 끊으라고 잔소리를 해댄다. 성진은 희수를 빤히 쳐다본다. 순간 뒤가 켕겼는지 희수는 움찔 놀란다. 아무래도 오늘밤 소개팅을 주선한 일로 성진이 혹시 저런 게 아닐까, 하는 생각이 스치자 그녀가 그것에 대해 먼저 입을 연다.

"어쩌겠어요, 진숙의 차가 접촉 사고가 나는 바람에 그렇게 된 걸요. 대신 제가 그 분께 미안하다고 사과했어요. 당신도 그 자리에 함께 있었으면 좋았을 것을."

그러자 성진은 꽁초만 남은 담배를 거실 탁자에 있는 재떨이에 짓이겨 끄며 크게 한숨을 내쉰다.

"언제 시간 봐서 며칠 제주도에 다녀올까 봐."

"왜요?"

"아버지가 꼭 내려오라는데?"

"이민가지 말라는 말을 하시려는 거 아닌가요?"

"아마 그러겠지 뭐. 그렇다고 내려가지 않을 수도 없고. 몸도 편찮으신가 봐. 그러니 회사 사정 좀 봐서 휴가를 내야겠어. 어차피 한번은 부딪쳐야 할 문제이기도 하고."

"그땐 아이들도 좀 데리고 가세요!"

"왜?"

"어머님이 애들이 많이 보고 싶다고 하셨어요."

"그럼 당신도 함께 가야겠네?"

"아뇨. 전 그냥 집에 있을 게요. 당신과 아버님 일에 제가 끼어들어서 좋을 것도 없고요."

"허긴. 당신이 따라 가봤자 일만 더 복잡하게 엉키지 뭐. 또 다시 마음이 변해서 이민을 가지 않겠다고 박박 우겨대면 아주 내 골머리가 아프니까. 그나저나 당신, 전번에 나한테 말했던 거, 우리 가족이 함께 이민 간다는 그 마음 절대 바뀌면 안 돼, 알았어?"

"……."

7장 가까워질수록 멀어지는 길

그토록 더디게만 느껴지던 지루한 봄날은 지나가고 여름이 다가왔다. 하영은 들뜬 기분으로 짐을 꾸리곤 이모 집을 나와 서울역으로 떠나는 열차에 올랐다. 보름 전 민기의 전화를 받고 얼마나 좋았던가. 천안 집에서 허드렛일을 하는 것보다 서울로 올라와 좀 더 그녀가 하고 싶은 공부를 해보는 게 어떠냐고 했다. 돌이켜보면 하영은 직장을 그만 둔 지도 벌써 일 년이 지나고 있었다. 그동안 서울에서 자신이 원하는 새로운 일자리를 구해보려고 백방으로 뛰어다녔지만 뜻대로 되지 않았다. 타인들 앞에 나서는 걸 워낙 꺼려하는 성격 탓인지도 몰랐다. 그래서 하영은 이참에 민기의 말대로 방송아카데미학원을 당분간 다녀보면서 또다시 일자리를 구해볼 작정이었다. 카메라 앞에서 마이크를 잡고 대본을 반복적으로 연습

하다보면 사람들 앞에 나서는 것도 당당해질 수도 있을 것이다. 또한 자신감도 갖게 될지도 모를 일이기에 하영은 민기의 뜻에 따르기로 마음의 결정을 내렸다. 사실 지난번 민기가 등을 떠밀다시피 택시를 태워 집으로 보냈을 때만 해도 하영은 다신 그를 만나지 않겠다고 다짐하고 또 다짐했다. 그날 하영은 택시에서 내내 흐느끼며 어금니를 질근 씹으며 그를 저주하기도 했다. 그런 하영의 모습을 유심히 룸미러로 지켜보던 기사는 마침내 혀를 쯧쯧, 차며 조용히 그녀를 타일렀다. 아가씨, 거 너무 가슴 아파 하지 마요. 남녀 관계란 뭐 다 그런 거 아니겠소. 좋다가도 헤어지고 싫다가도 또 만나고 말이요. 근데 이것만은 분명한 사실이요. 한쪽에서 아무리 몸부림치며 쫓아다녀 봐야 소용없다는 거. 남자란 동물은 자기가 먼저 좋아해야지 여자가 좋아서 쫓아다니는 걸 아주 질색으로 여기니까 아가씨도 일찌감치 마음을 정리해요. 내가 남의 애정사에 끼어 참견할 일은 아니지만 아까 그분이 아가씨를 매정하게 차에 태워 보내는 거 보면 그분은 틀림없이 아가씨를 진심으로 사랑하는 것 같지 않아서 하는 소리요. 뜬금없는 기사의 말을 듣자 하영의 등줄기로 싸늘한 전율이 흐르는 것을 느꼈다. 하영은 흐르는 눈물을 멈추고는 이내 경계하는 눈초리로 기사 뒤통수를 무섭게 쏘아보며 차갑게 말했다. 그분은 제 남자친구가 아니고 친오빠라니까요! 아저씨 남의 사정도 제대로 알지 못하면서 어떻게 그렇게 말을 함부로 하세요! 그 말에 기분이 언짢았는지 기사는 흠흠, 헛기침을 몇 번 해보고는 점점 속도를 높이기 시작했다. 차의 속도계가 점점 올라가자 하영은 두 눈을 감고 등받이에 깊숙이 몸을 묻었다. 차라리 속도가 최대한으로 올라가 어느 순간 과속으로 달리는 차가 쾅 전복 사고라도 났으면 좋겠다고 은근히 속으로 바랬다. 그저 죽고 싶은 심정뿐이었다. 하지만 택시는 무사히 집 앞에 당도했다. 그날 이후 그녀는 마치 중병을 앓는 환자처럼 시름시름 앓으며 몸져 누워버렸다. 그렇게 일주일 동안 크게 앓고 나자 하영은 머릿속에서 민기의 존재를 깡그리 지우고 싶었다. 그게 민기를 향한 자신의 진정한 복수라고 여겼다. 그 무렵 이모는 다시 맞선 자리를 주선했고 하영은 기어코 맞선자리까지 나가게 되었다. 하지만 그 맞선 남자를 보자마자 후회하고 또 후회했다. 마음 같아선 얼른 그 자리를 박차고 나오고 싶었지만 애써 그 자리를 만들어준 이모 때문에 그럴 수도 없었다. 가까스로 맞선 남자와 차 한 잔을 마신 하영은 더 이상 그 자리를 앉아 있을 수가 없어서 그만 실례를 무릅쓰고 그 자리를 빠져나왔다. 아무리 자신이 이를 악물고 민기를 잊으려고 노력해도 그러면 그럴수록 그가 더 그리워진다는 걸 하영은 그 자리에서 깊이 깨달았다.

하영은 핸드백에서 작은 손거울을 꺼내 볼이 약간 패인 자신의 얼굴을 거울에 비춰본다. 쌍꺼풀진 커다란 눈과 오뚝한 콧날과 넓은 이마와 옆으로 흘러내리는 구불구불한 긴 파마머리의 자신의 모습이 왠지 낯설어 보인다. 민기는 파머머리보다는 유독 긴 생머리를 좋아해서 하영도 여태 생머리만을 고집했다. 그런데 지난번 선보기 하루 전날 머리스타일을 확 바꿔버렸다. 민기를 잊기 위해선 어떤 행동이든 해야만 했던 것이다. 그러나 아무리 몸부림을 쳐봐도 뜻대로 되는 일은 없었다. 그렇다면 먼저 민기한테 전화를 해볼까……. 하영은 하루에도 수천 번도 더 생각했다. 하지만 더 이상 망가지고 싶지 않아 그 감정을 애써 억누르며 참아냈다. 그런데 이틀 전 민기가 먼저 전화를 했다. 하영은 그날 그 전화에 매달려 하염없이 울고 또 울면서 정녕 이대로 콱 죽어버릴 거라고 협박까지 했다. 민기는 더는 어쩔 수 없다고 판단했는지 결국 하영을 서울로 올라오라고 했다. 하영은 거울 속의 자신의 모습을 뚫어지게 쳐다보다가 이윽고 콧등에 잔주름을 잡으며 씩 웃는다. 이제야말로 자신이 민기의 진정한 여자가 된 기분이 든다. 얼마 후 열차가 서울역에 도착하자 하영은 커다란 트렁크를 질질 잡아끌며 서둘러 기차에서 내려 출구 쪽을 향해 바삐 걸어간다.

외근업무를 몇 시간 일찍 끝낸 민기는 희수가 살고 있는 아파트 주변을 한참동안 기웃거리다가 잠시 후 근처 부동산으로 들어간다. 그곳에서 요즘 아파트 시세에 관해 이런저런 많은 정보를 알아보고 그대로 밖으로 나온다. 그가 원하는 마땅한 물건이 없었다.

민기는 그냥 돌아서기가 어쩐지 섭섭하다는 기분이 들어서 희수에게 전화를 건다. 몇 번의 휴대폰 벨소리를 놓치고서야 희수는 욕실에서 나와 가까스로 안방 화장대에 있는 휴대폰을 집는다. 집안일을 모두 마친 그녀가 샤워를 막 끝냈을 때다.

"접니다. 희수 씬 지금 어디 계십니까?"

"저야 집에 있죠. 근데 민기 씨 지금 회사근무 중 아닌가요?"

"아 지금 막 외근업무를 마치고 잠깐 희수 씨네 아파트 근처에 왔다가 전화를 드렸습니다."

"아, 그렇구나. 근데 저희 아파트 근처엔 무슨 일로요?"

"제가 살만한 적당한 작은 평수의 아파트가 있을까 해서요."

"그럼 우리 아파트단지로 이사를 오시게요?"

"왜요? 제가 이웃사촌이 되는 게 싫습니까?"

"에이 그럴 리가 있나요. 저야 민기 씨와 이웃사촌이 되어 서로 오순도순 살면 좋지요. 암튼 반가운 소식이네요. 만약 이쪽으로 이사를 오면 전 두 팔 벌려 대환영할게요."

"정말요? 제가 희수 씨네 아파트에 찾아가서 시도 때도 없이 밥 달라, 차 달라 아주 귀찮게 굴 텐데 그래도 괜찮겠습니까?"

"뭐 그럼 어때요! 민기 씬 우리 준이 생명의 은인이신데 그것쯤 이야 제가 다 해드려야죠. 그러니까 민기 씬 필요한 게 있으면 그냥 저한테 말만 해요!"

그녀는 약간 들뜬 어조로 지금 아파트단지에 대해 간단히 설명한다.

"우선 교통이 매우 편리한 역세권이고 가까운 곳에 공원도 있어서 지금 사두면 앞으로 투자가치도 높을 거예요."

"며칠 전 갖고 있던 주식을 모두 처분했습니다. 사실 저한테는 지금 구입하는 게 조금은 무리긴 한데 뭐 그러면 어떻습니까. 집은 꼭 필요할 때 사야지요. 부족한 돈은 은행에서 융자해주니까 적당한 물건이 나오면 구입할 생각입니다."

"그럼 저도 경비실 아저씨들을 통해 아파트매매정보를 좀 알아봐드릴게요. 특히 작은 평수의 물건들은 인기가 좋아서 나오자마자 금방 빠져버려서요. 그만큼 저의 아파트단지가 인기가 좋다는 거죠. 혹시 시간이 되시면 잠깐 저의 집에서 차라도 한잔 하고 가세요?"

"아아, 저도 그러고 싶은데 다른 약속이 잡혀 있어서요. 다음 기회에 들리겠습니다."

전화가 끊어지자마자 희수는 서둘러 젖은 머리를 마른수건으로 대충 닦아내곤 편한 평상복으로 갈아입은 후 긴 머리를 고무 밴드로 아무렇게나 뒤로 질끈 묶고는 슬리퍼를 끌며 아파트단지 내에 있는 부동산으로 종종걸음을 친다. 한 걸음 한 걸음 내딛을 때마다 마치 구름 위를 사뿐사뿐 걸어가는 기분마저 들자 희수는 마냥 행복해진다. 하지만 서글픔도 함께 밀려온다. 아침에 출근하던 남편은 아이들과 함께 떠날 제주도 항공권을 미리 예약해놓으라고 부탁했는데 그 일은 저만치 미뤄두고 지금 민기의 아파트를 먼저 구해주고 싶은 마음에 다급하게 발길이 부동산으로 향하고 있는 것이다. 희수는 그런 묘한 감정을 딱히 뭐라 표현할 길이 없다. 하지만 한 가지 분명히 것은 방금 전 민기를 떠올리면 천국에 머물고 있는 것 같았고 남편을 떠올리면 지옥에 몸담고 있는 것 같았다. 그러니 희수는 지금 천국과 지옥을 넘나들고 있는 셈이다. 희수는 속으로 중얼거린다. 아, 어쩌자고 이러는 것일까. 어쩌면 이런 게 막연한 사랑 같은 것은 아닐까. 무엇이든 그에게 다 해주고 싶은, 일방적인 짝사랑 말이다. 그렇다면 그런 마음의 정체는 대체 무엇이란 말인가? 왜 자꾸만 넘지 말아야할 금지구역을 넘어보려고 애쓰는 걸까? 민기보다 오히려 내가 더 안달하고 있지 않은가. 대체 내가 왜 이러는 것일까, 왜? 겉과 속이 다른 위선의 인간은 성진이 아니라 바로 내가 아니던가. 희수는 자신의 의지와는 상관없는 갑자기 찾아온 마음의 변화에 놀라며 자신을 심하게 질책했다. 그러면서도 가벼운 발걸음으로 부동산을 향해 바삐 달려가고 있다.

부동산 몇 군데를 다녀보았지만 모두 허사였다. 특히 작은 평수의 아파트는 좀처럼 나와 있는 게 없었고 어쩌다가 나와 있다고 해도 대부분 일 층이거나 아니면 위치가 좋지가 않아 선뜻 마음이 내키지가 않았다. 지금으로선 딱히 좋은 물건을 찾을 수가 없을 것 같았다. 희수는 내일 또 다른 부동산을 더 방문해보고 이왕이면 좋은 위치의 아파트를 민기에게 구해주고 싶어진다. 전번 소개팅도 제대로 주선해주지 못했는데 이번에는 반드시 괜찮은 아파트를 골라주고 싶은 게 그녀의 바람이다.

회사에서 퇴근하고 곧장 집으로 돌아온 성진은 요즘 들어 다시 얼굴에 수심이 가득하다. 희수는 성진의 얼굴을 말끄러미 바라본다. 이윽고 숨이 꽉 막혀오자 불현듯 가슴에서 서러움이 밀고 올라온다. 제 멋대로 뻗어가는 망상 때문에 이제 자신도 그 망상을 제어할 수가 없다. 그게 무척이나 고통스럽고 힘이 든다. 언제부터인가 남편의 얼굴에서 자꾸만 민기의 얼굴이 겹쳐진 것이다. 그때마다 희수는 두 남자를 놓고 시시비비를 가려보곤 하였다. 민기는 인생을 알차게 잘 꾸려가고 있는데 남편은 그 정반대였다. 늘 불안정한 현실에서 도피하고 싶어 했고, 또 그의 미래의 삶은 더욱 불안정했다. 그래서 희수는 남편을 바라볼 때면 언제나 마음이 허탈해진다. 대체 이민을 가려는 진짜 의도는 무엇일까? 그곳에서 신세계라도 발견하겠다는 것인가? 이곳에서도 찾을 수 없는 게 그 먼 곳에 간다고 그것을 찾을 수 있단 말인가? 온몸에서 기운이 쑥 빠져나간다. 차라리 자신의 앞에 있는 남편이 민기라면 그 얼마나 행복할까. 희수는 더더욱 이민을 가지 않겠다고 스스로에게 다짐한다. 만약 민기가 아파트단지로 이사를 오게 된다면 자신의 삶 또한 매우 달라질 것이라고 생각한다. 민기는 그저 바라만 보고 있어도 좋은 사람이기 때문이다. 그런 행복한 삶을 바로 눈앞에 두고 있는데 어떻게 떠날 수 있단 말인가. 그녀는 이민이라는 단어를 머릿속에 떠올리며 혼자 부르르 몸을 떤다. 다시 생각해보기도 싫은 끔찍하고도 매우 고통스러운 단어다. 차라리 제주도로 간다면 몰라도. 하지만 그럴 가능성은 아주 희박하다. 그래서 희수도 요즘 들어 남편처럼 마음은 불안하고 초조해졌다. 그런 아내의 마음도 몰라주는 성진의 머릿속엔 오직 이민을 떠날 생각으로만 꽉 차 있을 뿐이다. 무관심이 상대를 얼마나 초라하게 만드는가. 하기야 애초부터 남편에게 그런 기미조차 보이지 않았으니 지금에 와서 그 누구를 탓할 노릇인가. 정말 이러다가 바람이라도 난다면…… 순간 희수의 머릿속에 소설 속의 주인공 엠마가 빠르게 스치고 지나간다. 바람을 피우는 일이 어떤 특정한 사람에게만 일어나는 사건이 아니라 평범한 주부인 자신에게도 어쩌면 일어날 수도 있는 문제가 아니던가. 희수의 마음이 심하게 흔들린다. 희수는 소스라치게 놀란다. 자신의 감정의 변화가 어느새 붙잡을 수 없을 만큼 너무도 빠른 속도로 아주 먼 곳으로 달아나버리고 있기 때문이다. 오늘 오후에만 해도 그랬다. 민기의 전화를 받는 순간 자신은 이루 형언할 수 없는 기쁨을 느끼지 않았던가. 정말이지 세상이 온통 아름다워 보였다. 눈앞에 활짝 핀 꽃들이 사방으로 널려 있는 듯했고, 그 나뭇가지 위의 수많은 새들이 저마다 감미로운 사랑의 노래를 부르며 서로를 갈구하고 있는 듯했으니까. 하지만 현실로 돌아온 삶은 금방이라도 숨이 막힐 듯 목을 바짝 옥죄이고 있지 않은가. 희수는 오로지 자신의 감정에만 충실한 남편의 이기적인 성격에 이제 이골이 난다. 아니 남편이 예전보다 더 원망스럽다. 바보같이 아내가 지금 다른 남자를 가슴에 품고 있는데도 그걸 전혀 알아채지 못한 채 오히려 아내를 무시하면서 자꾸만 삶의 울타리 밖으로 밀어내고 있지 않은가. 희수는 남편에 대한 반발심이 자꾸만 가슴에서 치솟자 점점 자신의 마음의 변화가 두렵고 무서워진다. 성진은 누구 때문에 그토록 좋아하는 야구를 포기했던가. 그리고 그런 성진을 끝까지 책임지겠다고 스스로에게 다짐하지 않았던가. 희수의 속눈썹이 미세하게 떨린다.

여느 때와는 달리 저녁식사를 일찍 끝낸 성진은 여전히 짙은 수심에 찬 얼굴로 아무런 말도 없이 거실 소파에 앉아 있다. 아이들은 거실 한가운데서 퍼즐을 가지고 놀고 있고 저기압이 된 희수는 아이들이 갖고 놀고 있는 퍼즐조각들을 물끄러미 바라본다. 아이들은 조각 하나하나를 집어 빈 공간의 그림 모양에 그 형태들을 채워나간다. 직사각형의 틀 안에 하나씩 짝이 맞춰지는 퍼즐 판이 희수의 눈에는 마치 삶의 축소판처럼 보인다. 그렇다면 자신의 삶의 형태는 어떤 문양일까. 문득 그런 생각을 떠올리며 희수는 바닥에 흩어져 있는 퍼즐조각들을 바라본다. 사방에 흩어져 있는 퍼즐조각들이 마치 희수의 눈에는 자신과 남편의 삶처럼 보인 것이다. 서로가 서로를 바라보는 삶의 관점이 달라도 너무 다르다. 이제 억지로 찢어진 조각들을 그 틀에 끼워봐야 온전한 모양의 형태를 갖출 수가 없다. 희수는 애써 어지러운 마음을 다잡으며 이내 민기를 떠올리면서 그에게 말한다.

"참, 민기 씨가 우리 아파트단지로 이사를 오려나 봐요."

"거 제발 나한테 그 친구 얘기 꺼내지도 마. 당신은 요즘 말끝마다 그 친구 얘기 꺼내는 거 알아? 난 솔직히 말해서 그 친구 일에 전혀 관심 없어."

그러고는 성진은 안방으로 가 만사 귀찮다는 표정으로 침대에 벌렁 드러눕는다. 희수는 곧장 성진의 뒤를 따라온다. 만사가 귀찮은 건 성진이 아니라 바로 자신이라고 생각한다. 희수는 그가 한심하기도 하고 그의 곁에서 떠나지 못하는 자신의 처지가 안쓰럽기도 해서 화가 치밀어 올라온다. 하지만 희수는 아프게 혀를 깨물며 돌아서서 다시 거실로 나온다. 이제 그를 붙잡고 언성을 높이는 일도 이골이 난 것이다. 아이들은 졸리는지 자신들의 방으로 가 이층침대에 드러눕는다. 희수는 매우 허탈한 심정으로 퍼즐 조각들을 하나씩 주워 플라스틱 통에 집어넣으며 자신의 신세를 한탄한다. 아, 무덤 같은 이 공간에서 무엇을 더 바라겠는가. 이게 내가 그토록 원했던 삶이란 말인가. 그녀는 끙, 신음소리를 내며 엉거주춤 일어나 어깨를 축 늘어뜨린 채 거실 뒷정리를 대충 마무리하곤 안방으로 가 잠시 머뭇거리다가 남편 곁에 드러눕는다. 그때 성진이 희수 쪽으로 몸을 돌리며 말한다.

"이왕 아파트를 구해주려거든 신경 써서 구해줘. 전번처럼 실수하지 말고……."

"실수라니요?"

"당신 전번에 그 친구 소개팅 시켜 준다고 해놓곤 그 친구와 엉뚱한 짓만 했잖아. 그게 실수가 아니고 뭐야? 그러니 이번엔 일을 제대로 하란 말이야. 지난주에 그 친구 여태 갖고 있던 주식 모두 처분했다더군. 그 돈으로 아파트 구입 할 모양이던데. 그렇지 않아도 그 문제로 나한테 상의를 했는데 내가 그냥 모른 척 했어. 지금 내 코도 석잔데 남의 일까지 신경 쓸 겨를이 없어서 말이야."

그러고는 요즈음 민기와 가깝게 지내고 있다는 말을 덧붙인다. 그게 다 펀드와 주식 때문이라고. 많은 직원들이 펀드와 주식으로 돈을 날렸는데도 민기는 재수 좋게 그런 상황에서도 돈을 좀 벌었다고. 그러면서 성진은 자신도 머지않아 갖고 있는 주식을 모두 처분할 것이라고 말한다. 그땐 아무래도 그 친구 도움이 필요할 것이라고. 희수는 눈앞이 아찔하면서 현기증이 일자 가까스로 말을 내뱉는다.

"왜 이제 주식까지 처분하게요? 이민은 언제쯤 갈 계획인데요?"

"올 겨울에는 회사에 사표를 낼 거야."

희수는 으으으, 신음소리를 내면서 간신히 침대에서 일어나 한 손으로 벽을 짚는다. 다시 이민을 떠올리자 가슴에 심한 통증과 함께 커다란 슬픔이 밀물처럼 밀려온 것이다. 희수는 어렵게 말을 꺼낸다.

"당신은 그렇게 이민이 가고 싶으세요?"

"왜 또 이래? 당신도 함께 간다고 했잖아! 그새 마음이 변한 거야?"

"......"

희수는 아무 대답도 없이 거실로 나와 버린다.

처음으로 하룻밤을 민기의 원룸에서 함께 보낸 하영은 생글생글 웃으며 방을 청소하기 시작한다. 물론 자신은 침대에서 잤고 민기는 바닥에 이불을 깔고 잤다. 하지만 하영은 그가 있는 공간에서 함께 숨을 쉬며 잘 수 있었다는 것만으로도 무척이나 행복했다. 사실 어젯밤 하영은 잠을 이룰 수 없었다. 자꾸만 몸이 자석에 끌리듯 민기에게로만 갔다. 그래서 몇 번이나 망설이다가 결국 침대에서 슬그머니 일어나 방바닥에서 자고 있는 민기의 품으로 도둑고양이처럼 살그머니 몰래 파고들었다. 그때 화들짝 놀란 민기가 벌떡 일어나면서 역정을 냈다. 이번에도 자신의 말을 듣지 않는다면 전번처럼 다시 차에 태워 집으로 보내겠다고 호통을 치자 하영은 덜컥 겁을 집어먹고는 금세 얌전한 고양이가 되어 다시 침대로 기어 올라와 드러누웠다. 하지만 통 잠이 오질 않았다. 그건 민기도 마찬가지였다. 겉으로는 하영의 손길을 강하게 뿌리쳤지만 마음으로는 그 누구보다 그 손길을 간절히 원하고 있었다. 하지만 여태껏 지켜온 소중한 사랑을 한순간의 실수로 서로 남남이 되는 걸 민기 자신이 원치를 않았다. 더욱이 하영의 이모가 전화까지 했다. 이참에 좋은 남자를 골라 제발 하영을 시집보내달라고. 그러면서 이모는 자신은 조카에게 할 도리와 의무는 다했으니 이번에는 민기가 평생 데리고 살던지 아니면 회사직원 중에 참한 총각 있으면 빨리 시집을 보내던지 양자택일을 하라고 했다. 그 전에는 하영을 절대 돌려보내지 말라고 못을 박았다. 이모의 전화를 받고나서야 민기는 비로소 자신이 하영의 친오빠가 된 기분이 들었다. 물론 이모도 하영과 민기의 처지를 몰라서 하는 말은 아니었다. 그래서 더 민기는 자신이 하영의 보호자가 되어야만 한다고 스스로 다짐하고 또 다짐하면서 하영을 끝까지 지켜주고 싶어졌다. 그런 하영을 쉽사리 건드릴 순 없었다. 비록 이루어질 수 없는 사랑이지만 정신적 사랑으로 오랫동안 그 곁을 지켜주고 싶었다.

샤워를 끝내고 서둘러 출근준비를 하던 민기가 넥타이를 매다말고 하영을 바라보면서 조만간 작은 평수의 아파트를 살 계획이라고 속을 털어놓자 하영은 환호성을 질러대며 아이처럼 신나서 뛸 듯이 기뻐한다. 그러면서 그곳으로 이사를 가면 그 아파트 공간을 자신이 세상에서 가장 아름다운 분위기로 꾸미겠다며 벌써부터 잔 뜩 꿈에 부푼다. 민기는 하영에게 던진 시선을 거두며 그런 쓸데없 는 곳에 정신 팔지 말고 학원에서 열심히 공부나 하라고 말하자 하 영은 시큰둥한 표정으로 어제 오후 학원에 다녀온 이야기를 늘어 놓는다. 그냥 예절과 친절 서비스 정신에 대한 공부만 했어. 가만 히 그 수업을 듣고 있자니 내가 마치 항공사 스튜어디스 취업준비 생이 된 기분이었어. 그래서 더는 가고 싶지가 않아. 괜히 시간만 낭 비하고 돈만 낭비할 것 같아서 말이야. 하영의 말에 민기는 그 문제 는 하영 스스로 하도록 결정권을 준다. 무엇이든 자신의 적성에 맞 아야하는 법이다. 싫어하는 걸 억지로 해봐야 시간낭비이고 돈 낭비 인 셈이니까. 민기는 잠시 그런 생각을 해본 후 출근을 한다. 하영은 마치 자신이 민기의 아내라도 된 듯 대문 밖까지 그를 따라와 얌전한 새댁처럼 잘 다녀오라며 두 손을 흔들면서 활짝 웃는다.

바쁜 업무 탓인지 민기는 하루 종일 정신없이 회사 일에 매달렸 다. 그래서인지 하루가 금방 저물었다. 회사에서 퇴근을 한 민기 는 하영을 집 근처 식당으로 불러내 함께 저녁을 먹고는 곧장 집 으로 향한다. 여름이라서 그런지 걷고만 있어도 등줄기로 땀이 줄 줄 흘러내린다. 집으로 들어온 민기는 벽에 붙은 에어컨부터 켠다. 그래도 더위가 쉽게 가라앉지 않자 하영에게 자신이 먼저 샤워를 해 야겠다며 욕실로 들어간다. 그러자 하영은 재빠르게 옷장 서랍에서 그가 갈아입을 속옷을 막 꺼내놓으려고 할 때 현관문 밖에서 그를 부르는 주인아줌마의 목소리가 들려온다.

"총각, 민기 총각!"

하영이 얼른 현관문을 열어주자 아주머니는 그녀를 바라보며 빙긋 웃으며 말한다.

"이이쿠, 서로 그렇고 그런 사이면서 왜 총각은 자꾸 아니라고 하는지 모르겠네. 그나저나 총각은 어디 있는 겨?"

"아, 지금 샤워하고 있는 중이에요."

"그럼 대신 말 좀 전해줘요. 마침 이 방으로 이사를 오겠다는 사람이 있으니 총각도 이사 날짜를 미리 잡아서 내게 알려달라고 말이여. 그리고 두 사람 결혼 자꾸 미루지 말고 어서어서 식을 올려요. 너무 오래 사귀다보면 마가 낄 수가 있는 법이여. 듣자하니 총각이 이번에 아파트를 사고 이사를 갈 모양이던데 암튼 축하한다고 전해줘요."

"아, 알겠습니다."

잠시 후 욕실 문이 빠끔히 열리면서 민기가 고개를 내밀자 하영은 얼른 서랍에서 속옷을 꺼내 건네주며 방으로 나와서 입어도 된다고 눈을 흘리며 말한다. 민기는 멋쩍게 웃으며 하영이 준 속옷을 받아들곤 도로 욕실 문을 꽝 닫아버린다. 이윽고 민기가 욕실에서 나오자 하영은 방금 전 주인아줌마의 말을 그에게 전하면서 아주 자연스럽게 뒤에서 그의 허리를 끌어안는다. 순간 민기는 주춤 놀란다. 하영은 그에게 잠시만 가만히 있어달라고 부탁한다. 그때 민기의 휴대폰이 울리자 그는 얼른 자신의 허리를 감고 있는 하영의 손을 떼어내곤 책상 위에 있는 휴대폰을 집는다. 그러자 하영은 눈에 쌍심지를 켜며 민기의 표정을 유심히 지켜본다.

"아, 예. 그럼 벌써 아파트가 나왔다는 거에요?"

"부동산에서 나온 물건은 아니고 좀 전에 제가 경비아저씨를 만나서 말씀을 드렸더니 지금 막 연락이 왔지 뭐에요. 위치와 동 호수도 아주 괜찮아서요. 내일이라도 당장 계약을 해야 될 것 같아서 미리 말씀드려야 할 것 같아서요. 조금 전 제가 그 집 주인과 가계약을 해놨거든요."

"희수 씨, 정말 감사합니다. 이렇게 애써주신 보답으로 제가 나중에 크게 한턱 쏘겠습니다."

민기가 환하게 웃으며 전화를 끊자 하영의 얼굴이 험악하게 굳어진다. 이어 하영은 방금 전 통화한 여자가 대체 누구냐며 막무가내로 따져 묻자 민기는 싱글벙글 웃으며 그 여인은 아름다운 천사라는 말로 일축해버린다. 순식간에 하영의 얼굴이 분노로 가득 차오른다. 그런 하영의 얼굴표정을 바라보던 민기는 인상을 찌푸리며 의미심장하게 말한다.

"네 녀석이 질투할 그럴 여자가 아니야. 그 여잔 아주 자상하고 친절한 내 누이 같은 분이란 말이야. 마음씨도 너그럽고 여러모로 내게 도움도 많이 주시는 고마운 분이니까 넌 괜한 신경 쓰지 마.”

“그러니까 대체 그 여자가 누구라니까?”

“내가 그런 얘기까지 너한테 시시콜콜 말해야 되겠어?”

“뭔가 찔리는 데가 있으니까 지금 오빠가 말을 못하는 거잖아, 안 그래?”

그 말에 당황한 민기는 마지못한 듯한 표정으로 말한다.

“내 참, 회사동료 부인이다. 이젠 됐냐?”

“아니 어떻게 유부녀가 그것도 남편회사 동료인 노총각 앞에서 무슨 엉큼한 마음이래. 혹시 그 여자 꼬리가 아홉 개 달린 구미호 아냐?”

“얌마, 터진 입이라고 함부로 지껄이는 거 아냐?”

“기분 나쁘잖아. 나도 휴대폰에서 흘러나오는 그 여자 목소리 다 들었단 말이야. 나긋나긋 아양을 떨면서 말하는 거. 그런 여자들은 자기 남편한테는 절대 그러지 않을 걸, 흥!”

“네가 뭘 안다고 자꾸 까불어!”

민기가 서둘러 옷장 안에서 외출복으로 꺼내 갈아입자 그걸 본 하영의 두 눈이 휘둥그레진다. 하영은 다급하게 민기의 팔을 붙잡는다.

“아니 이 밤중에 어딜 가려고?”

민기가 그 손을 뿌리치며 어서 빨리 그 집에 가서 낼 치룰 계약금이라도 먼저 주고 와야 한다며 지갑 속에 들어 있는 현금인출카

드까지 확인하자 그걸 본 하영은 맥이 딱 풀린 다리로 우두망찰하게 서 있다가 이내 악을 쓰며 언성을 높인다.

"오빠, 오빠가 지금 제 정신이야?"

"혹시 내가 오늘밤 안 들어오면 날 기다리지 말고 문단속 잘하고 자. 나한테 전화해서 괜한 소란 피우지 말고. 어차피 그 친구하고 다른 할 얘기도 있어서 일부러 그 집에 찾아가는 거니까."

"왜 하필이면 오늘 밤이야? 그 여자가 분명 내일 오라고 하는 소릴 나도 들었단 말이야. 그리고 회사동료는 낼 출근해서 잠깐 만나면 될 일을 갖고 왜 갑자기 그러는 건데?"

"그 친구 낼 출장을 떠나. 내가 그럴 깜박했지 뭐야!"

"그럼 오늘밤은 어디에서 자려고?"

"그건 내가 알아서 할 테니 넌 그런 것까지 신경 쓰지 않아도 돼!"

민기는 더는 귀찮게 굴지 말라는 표정으로 하영을 힐끗 쳐다보곤 이내 방문을 열고 휑하니 밖으로 나가버린다. 화가 머리끝까지 치솟아 오른 하영은 방안에 있는 잡동사니 물건들을 닥치는 대로 집어던지며 혼자 분통을 터뜨리기 시작한다. 나쁜 놈, 나쁜 자식……날 간절히 원하면서도 어느 순간에 내 자존심을 잔인하게 짓뭉개버리고. 아니 오히려 그것을 즐기고 있었던 거야. 그것도 아주 병적으로……. 하필이면 꼭 결정적인 순간에 말이야. 그런데 왜 난 그런 변태 같은 놈을 좋아하고 사랑하는 것일까? 왜? 왜? 하영은 마침내 그 화살을 희수에게 돌리며 혼자 욕설을 퍼부어댄다. 나쁜 년, 내 이년을 만나면 머리칼을 죄다 뽑아 버릴 거야. 구미호 같은 년. 분명 무슨 냄새가 났어. 왜 하필 그 시간에 전화를 해가지고 사람 속을 확 뒤집혀 놔! 내가 오빠와의 그 순간을 얼마나 간절히 원했는데. 미친년, 죽일 년, 썩을 년…… . 그래도 분통이 풀리지 않자 하영은 침대에 엎드려 엉엉 울어버린다.

희수가 사는 아파트 단지로 정신없이 차를 몰고 달려온 민기는 단지 내 주차장에 차를 세우고 난 후 잠시 서성거리다가 휴대폰에 뜬 시간을 내려다본다. 시간은 아홉 시를 조금 넘기고 있었다. 미리 전화를 하고 와야 예의라는 걸 알면서도 민기는 전화를 할 수 없었다. 그래서 난처한 표정을 지으며 잠깐 고민을 하다가 성진에게 전화를 건다. 전화를 받은 성진은 지금 아파트 공원에서 담배를 태우고 있다고 말하자 민기는 자신의 처한 입장을 적당히 둘러대며 성진과 긴히 얘기를 좀 나누고 싶다고 말한다. 아파트 근처 주점에서 술이라도 한잔 하고 싶다고 말을 덧붙이자 성진은 그렇지 않아도 자신도 술 생각이 간절했는데 참 잘 됐다며, 거 좋은 생각이라며 잠깐 아파트 경비실 앞에서 기다리고 있으면 곧 갈 테니 함께 술을 마시자고 말한다. 성진의 반응을 알아차린 민기는 한시름을 놓는다. 사실 민기는 하영의 방부터 빨리 구해줘야 했는데 그 일이 생각처럼 쉽지가 않았다. 회사에 바쁜 업무 탓에 요즘 좀처럼 개인적인 시간을 낼 수가 없었다. 그래서 하영과 함께 있는 자신의 입장이 여간 곤란한 게 아니다. 어젯밤은 가까스로 그 위험한 위기를 아슬아슬하게 모면했지만 오늘밤도 그 위기의 줄타기는 계속 될 것만 같았다. 다시 그런 상황에 처하게 된다면 민기 자신도 어떤 일이 벌어질 지 장담할 수 없기 때문이다. 그래서 아까부터 그 일 때문에 고심하고 있던 차에 다행히도 희수의 전화가 걸려왔다. 민기는 그 일을 빌미삼아 재빨리 도망치다시피 방에서 빠져나올 수 있었다. 민기는 담뱃값에서 담배 한 개비를 꺼내 불을 붙인다.

희수는 거의 끝나가는 수목드라마에 시선을 모으고 있다. 불륜을 다룬 드라마가 마치 남의 일처럼 느껴지지가 않아서 그 드라마에 일체 시선을 모으며 집중한다. 바람을 피우는 데도 다 이유가 있었고 그 일로 각자의 배우자가 눈치를 챘는데도 정작 바람을 피우는 본인들은 까맣게 그 사실을 모른 채 서로가 서로에게 사랑 타령만 늘어놓으면서 다시금 사랑을 그리워하고 있었다. 박진감이 넘치는 불륜드라마가 언제부터인가 희수의 가슴에 아프게 다가왔다. 드라마가 끝나자 희수는 다음에 이어질 스토리를 매우 궁금해 하며 소파에서 일어나 베란다로 나가본다. 수많은 아파트가 환하게 불을 밝히고 있다. 활짝 열린 맞은편 아파트 거실에서 웬 사내가 웃통을 벗고 파자마만 입은 채 서성거리다가 이내 베란다로 나온다. 희수는 또 다른 곳으로 시선을 옮긴다. 무더운 여름철이라서 그런지 거실 문이 활짝 열려 있는 곳이 많이 있다. 그때 전화벨이 울리는 소리가 들려오자 희수는 황급히 전화를 받는다. 남편 성진이다. 성진은 지금 자신은 회사동료와 함께 아파트 근처에서 술을 마시고 있는데 조금 있다가 그 손님을 데리고 아파트로 갈 테니 간단히 술상을 차려놓으라고 말하고는 일방적으로 전화를 끊어버린다. 이 밤중에 대체 어떤 손님이란 말인가. 갑자기 짜증이 난 희수는 의아한 표정을 짓는다. 성진의 예전 버릇이 다시 도졌단 말인가. 예전에도 남편은 아무런 예고도 없이 불쑥불쑥 회사직원이나 친구를 집으로 데리고 오는 이상한 습성이 있었다. 아내를 그토록 싫어하면서도 손님들 앞에서는 정 반대의 행동을 하기도 했다. 마치 아내를 끔찍이 사랑하는 것처럼. 그때마다 희수는 몸서리를 치며 그를 증오했다. 그가 이중적인 성격을 적나라하게 드려내고 있기 때문이었다. 그래도 희수는 좀처럼 속을 드려내지 않았다. 그러다가 어느 날 친정엄마가 돌아가시고 또 둘째 석이가 태어난 후 우울증이 한층 더 깊어갈 즈음 잠깐 제주도에서 올라오신 시어머니는 그녀의 예민하고 우울한 심중을 알아차리곤 그 마음을 아들에게 귀띔을 해줬다. 그 후로 성진은 회사동료나 친구들을 통 집으로 데리고 오지 않았다. 그런데 지금 새삼스럽게 손님을 데리고 온다고 하자 희수로선 여간 신경 쓰이는 게 아니다. 술안주로 뭘 준비를 해야 할지 도무지 생각이 떠오르지도 않고, 그렇다고 지금 당장 마트에 갈 수도 없는 처지이다. 어쩔 수 없이 희수는 얼굴을 잔뜩 찡그리며 냉장고에서 이것저것 식재료를 살펴본다. 그때 초인종이 울리자 희수는 현관으로 가 잠긴 문을 따주자 성진이 현관으로 들어서면서 고개를 뒤로 돌리곤 누군가에게 빨리 들어오라고 재촉한다. 손님이 현관으로 들어서는 순간 희수는 그만 그 자리에서 한 발짝도 움직일 수가 없다. 그런 희수에게 민기가 먼저 고개를 숙이며 꾸벅 인사한다.

"늦은 밤에 정말 죄송합니다. 본의 아니게 폐를 끼쳐드리게 되었습니다."

"아, 아니에요……어, 어서 안으로 들어오세요."

민기의 손에는 몇 개의 비닐봉지가 들려져 있다. 소주 몇 병과 아이들의 간식거리다. 민기는 그걸 희수에게 내밀자 그녀는 얼떨결에 받아들곤 잠시 어쩔 줄 몰라 한다. 이윽고 성진과 민기가 거실 소파에 가 앉자 희수의 얼굴이 금세 홧홧 달아오른다. 심장은 빠르게 쿵쾅거리고 머릿속은 하얘져서 자신이 무얼 먼저 해야 할지도 몰라 잠시 안절부절못한다. 그때 방에서 놀던 아이들이 작은 방에서 나오자 희수는 방금 전 받은 과자봉지를 주면서 그냥 작은 방에서 놀라고 타이른다. 과자봉지를 건네받은 아이들은 수지맞았다는 표정을 지으며 다시 방으로 들어간다.

둥근 원목 탁자에 술상이 차려진다. 어느 때 같으면 빨리 차렸을 술상을 오늘은 왠지 그 속도가 더디기만 하다. 빨리 갖고 오라는 성진의 재촉이 여러 번 있었음에도 불구하고 희수의 손놀림은 여간 느린 게 아니다. 온몸이 팽팽하게 긴장되면서 이마에 식은땀까지 솟아오른다. 희수는 가까스로 차려진 술상을 들고 거실 한가운데 내려놓자 성진은 술상을 이리저리 살피더니 불쑥 한 마디 내뱉는다.

"아니 차린 것도 없는데 왜 그리 시간이 오래 걸린 거야! 겨우 해물찌게 하나 달랑 끓여놓고선."

희수의 얼굴이 더 붉어지면서 마치 빨갛게 달아오른 숯덩이 같았다. 민기는 크게 당황한 표정을 지으며 재빨리 그녀를 두둔한다.

"찌게가 참 맛있겠는데요! 술안주로선 해물찌게가 최고죠. 그리고 자네 시간이 많이 걸린다는 건 그만큼 그 음식에 정성이 가득 담겨 있다는 거 아니겠나. 그렇죠, 형수님!"

형수님이라는 소리에 희수가 당황한 얼굴로 민기의 얼굴을 빤히 쳐다보자 민기는 빙긋 웃으며 다시 말한다.

"여기 오기 전 이 친구가 준이엄마한테 형수님이라고 부르래서요. 안 그러면 출입금지라는 말에⋯⋯. 이제 머지않아 제가 근처로 이사 오게 되면 이 친구한테 잘 보여야 하잖습니까."

민기의 말에 성진은 어깨를 으쓱거린다.

"암, 그렇고말고."

두 사람은 서로 술잔이 오갔고, 희수는 민기가 계약하게 될 아파트에 관한 정보를 알려준다.

"아파트에 살고 있는 애기엄마 남편이 지방으로 발령이 났대요. 처음에는 주말부부로 좀 살아볼까 했는데 그게 생각처럼 쉽지가 않을 것 같아서 아예 팔기로 결정했대요. 그래서 갑작스럽게 나오게 되었대요."

"낼 당장 계약하고 보름 후쯤 잔금을 치룬 후 다음 달에 이사를 할까 합니다. 그리고 내일 제가 회사에서 나올 수 없을지도 모르니 대신 형수님께서 계약해주십시오."

"그래도 직접 매수할 아파트부터 먼저 살펴봐야하지 않겠어요?"

"아파트야 깨끗이 청소하고 깔끔하게 도배만 하면 새집인 걸요 뭐."

그러면서 민기는 통장으로 일단 계약금을 송금하겠다며 그 돈으로 계약해달라고 부탁하자 그녀는 마지못한 듯 통장 계좌번호를 알려준다. 희수는 이제 자신의 임무가 다 끝났다는 생각이 들자 자리에서 슬그머니 일어나자 민기는 뭔가 서운하다는 낯빛으로 변하며 희수에게 함께 술 좀 마시자고 권유한다. 그 말에 성진은 그건 절대 안 된다며 손사래를 치곤 아내에게 빨리 아이들 방으로 들어가라고 손짓으로 말한다. 희수는 남편의 등쌀에 밀려 어쩔 수 없이 아이들 방으로 간다. 아이들의 방은 난장판이다. 장난감과 먹다가 남은 과자봉지와 동화책과 그리고 벗어놓은 옷가지들이 한때 뒤섞여 정신없이 여기저기 흩어져 있다. 희수는 그것들을 대충 치우며 곁눈질로 약간 열린 방문을 흘끔 쳐다본다. 민기의 목소리가 방문 틈새로 흘러들어온 것이다. 희수의 귀가 토기의 귀처럼 쫑긋 선다. 희수는 바짝 방문으로 다가가 귀를 모은다.

"난 정말이지 자네가 참 부럽다네. 저토록 착한 아내와 사랑스러운 아이들이 곁에 있으니 말이야."

"그러니까 자네도 얼른 장가를 가야지!"

"팔자에도 없는 고놈의 장가…… 전번에도 보기 좋게 바람맞았잖은가. 그렇다고 아무 여자나 붙들고 장가갈 순 더더욱 없고 말일세. 그런데 말이야 왜 자네는 새삼스럽게 이민을 가겠다는 건가? 사실 전부터 그게 궁금했는데 직접 물어볼 기회가 통 없었지 뭔가."

"난 이 나라가 정말 싫어. 숨이 막혀 죽을 지경이야. 꿈과 희망이라곤 전혀 찾을 수 없는 우리의 현실이지 않은가. 자네도 알다시피 전번 김 과장이 그렇게 사표를 쓰고 직장을 그만 둔 게 어디 남의 일이겠어! 그래서 난 회사에 다니는 게 정말 더 싫어졌네. 그렇다고 우리나라에서 아무 일이나 하면서 쪽팔리게 사는 것도 싫고 해서 그냥 떠나려는 걸세. 다른 삶에 대한 새로운 도전이랄까."

"그럼 언제쯤 떠나려고?"

"사실 올 겨울에 가려고 했는데 지금 아버지 건강이 편찮아서 아

직은 어떻게 될지 잘 모르겠네. 될 수 있으면 올 겨울에는 떠나고
싶은데 말이야."

"그럼 우리는 이웃사촌이 되자마자 금방 이별하는 셈이 되겠군
그래."

두 사람은 이어 회사업무에 관한 이런저런 이야기를 나눈다. 희
수는 살짝 열린 문을 조심스럽게 닫으며 머리를 절레절레 흔든다.
과자를 먹으며 로봇을 갖고 놀던 석이가 어딘 선가 동화책 한권을
갖고 오더니 읽어달라고 불쑥 내민다. 희수는 등을 벽에 기대고 앉
아 동화책 제목부터 살펴본다. 『장꼬꼬의 여행』이라는 동화책이
다. 희수는 동화책을 읽기 시작한다. 한참동안 엄마가 읽어주는 동
화이야기를 듣고 있던 준이는 바닥에 배를 깔고 누워 엄마를 바라
보고 있다가 갑자기 자신도 나중에 제주도 할머니 댁에 가면 꼭 닭
을 키워보고 싶다고 말하자 석이도 덩달아 맞장구를 치며 동화속
에 닭들을 보고 싶다고 말한다. 희수가 책을 다 읽어주자 아이들은
하품을 길게 하며 졸음에 눈이 반쯤 감겨 있다가 이윽고 침대로 올
라가 잠을 청한다. 그때 희수를 부르는 성진의 목소리가 들려오자
그녀는 얼른 거실로 나온다. 벌써 민기가 사온 소주 두 병이 모두
비어 있다. 성진은 양주 한 병을 갖고 오라고 말한다. 희수는 걱정
스러운 표정을 지으며 거실 장에 있는 양주 한 병을 갖다 주곤 거실
과 부엌의 경계선인 식탁에 앉아 가만히 그들의 이야기에 귀를 기

울인다. 먼저 취한 민기가 성진의 이민을 극구 만류하며 말한다.

"자네, 이민이 그렇게 말처럼 호락호락 쉬운 게 아닐세. 내 주변에서도 이민을 떠났다가 뒤늦게 후회하는 사람들도 많이 있다네. 그곳에서 죽을 만큼 고생할 바엔 차라리 우리나라에서 고생하는 게 더 낫지 않겠나! 아직도 늦지 않았으니까 자네도 다시 한 번 그 문제를 신중히 고민해 보게나. 굳이 형수님이 싫다는데 왜 그렇게 혼자서 그 일을 밀어붙이는 거야!"

"아까도 말했듯이 난 더 늦기 전에 새로운 삶의 도전을 하고 싶어서 그렇다니까."

"주식 팔고 아파트 팔고 무작정 그 많은 돈 갖고 갔다간 자칫 잘못하면 그곳에서 사기를 당할 수도 있다네. 듣자하니 그 나라에선 좋은 일자리도 쉽게 구할 수 없다던데. 또 농장을 경영하고 싶어도 그곳 농장주들이 쉽사리 땅을 팔아주지 않는다는 말도 들었네. 그쪽 농장주들의 승낙을 얻어내야만 그런 일도 할 수 있다는 게야."

민기는 실직자나, 나이가 많은 노인 분들은 그 나라 사회보장제도가 잘 되어 있어 그냥저냥 살기는 편할지 모르지만 아직 젊은 사람들에겐 외로운 땅덩이라고 강조하자 성진은 그 말에 박박이라도 하듯 그건 자네가 그곳 사정을 잘 모르고 하는 소리라며 눈살을 찌푸린다. 잠시 두 사람 사이에 옥신각신 의견 충돌이 일어나더니 이내 취기로 얼굴이 벌겋게 달아오른 민기가 손짓으로 희수를 부르며 한잔 같이 하라고 술을 권한다. 희수는 난처한 표정을 지으며 고개를 흔들고는 과일 한 접시를 만들어 그 술상에 갖다놓자 민기는 매우 근심스러운 표정으로 그녀를 바라본다.

"이 친구 정말 이민을 가려나본데 전 진짜 말리고 싶습니다."

"저도 그래요."

희수는 긴 한숨을 내쉬곤 다시 아이들 방으로 들어간다. 사실 아까부터 두 사람의 이야기가 몹시 궁금했다. 그런데 막상 자신의 귀로 직접 들어보니 그들은 이민에 관한 이야기를 주고받고 있었다. 잠시 뒤 성진이 또다시 희수를 부르자 그녀는 좀 귀찮다는 표정으로 거실로 나온다. 그때 술에 만취가 된 민기가 집으로 가겠다며 자리에서 일어나자 성진은 그를 붙잡고는 오늘밤은 자신의 집에서 묵고 가라며 그의 팔을 좀처럼 놓아주지 않는다. 그 광경을 본 희수는 두 사람의 얼굴을 번갈아 쳐다보다가 이윽고 민기한테 말한다.

"그렇게 하세요. 지금 밤도 너무 깊었잖아요. 준이아빠 말씀대로 해요. 저 사람이 그러고 싶다고 하시잖아요. 어차피 내일 아파트 계약도 해야 하니 저도 그러시는 게 좋을 성싶어서요. 두 분은 안방 침대에서 주무시고 전 아이들 방에서 함께 자면 돼요."

희수는 쏜살같이 안방으로 가 흐트러진 킹사이즈 침대시트를 벗겨내고 장롱에서 깨끗한 침구를 꺼내 산뜻하게 바꿔놓곤 그 방에서 나온다. 두 사람이 안방으로 들어가자 희수는 거실에 있는 술상을 정리하곤 자신도 아이들 방으로 가 바닥에 요를 깔고 누워 삼베홑이불을 머리 위까지 둘러쓰고 두 눈을 감는다. 하지만 통 잠이 오질 않는다. 민기의 얼굴이 자꾸만 눈앞에 아른거린다. 그의 숨결이 귀에 들려오는 듯하자 그녀는 몰래 안방으로 들어가고 싶다는 엉뚱한 공상을 해본다. 보고 싶고 또 보고 싶고 또 돌아서면 다시 보고 싶어지는 민기가 바로 자신의 안방에서 잠을 자고 있다. 희수의 가슴이 마냥 설렘으로 가득 차오른다. 희수는 계속 몸을 뒤척이며 잠을 이루지 못한다.

하얗게 밤을 지새운 희수가 창가로 희뿌옇게 밝아오는 아침을 맞이하자 조심스럽게 아이들이 깰세라 그 방에서 빠져나온다. 그러고는 서둘러 아침식사를 준비한다. 민기가 남편과 함께 식사를 하는 모습을 상상하자 희수는 기쁨과 감격으로 가슴이 뿌듯해진다. 희수의 손길이 더 분주하게 움직인다. 어젯밤 한숨도 못 잤는데도 이상하게도 몸이 가볍고 온몸에서 기운이 샘솟듯 솟아오른다.

어느새 깔끔하게 차려놓은 식탁에는 북어를 길쭉길쭉 찢어 넣은 얼큰한 콩나물 해장국이 준비되어 있다. 그리고 옥돔구이와 시금치나물 무침과 계란찜과 얼마 전에 시어머니가 보내주신 매실장아찌와 마늘장아찌로 차려진 시골밥상이다. 남편보다 일찍 일어나 샤워를 마친 민기는 거실 소파에 앉아 잠시 조간신문을 훑어보다가 성진이 샤워를 끝내고 거실로 나오자 그제야 함께 식탁으로 와

의자를 뒤로 빼고 앉으며 입을 크게 벌려 감탄을 한다.

"와우, 이건 마치 우리 어머니가 날 위해 차려주신 아침상 같습니다! 정말 오랜만에 마주해보는 밥상입니다. 형수님, 정말 감사히 먹겠습니다!"

식사를 끝낸 두 사람은 곧장 출근을 하자 희수는 방금 전 그들이 열고 밖으로 나간 현관문 앞에서 한참동안 우두커니 서 있다. 그 무렵 민기는 아파트를 빠져나오자마자 곧장 꺼놓았던 휴대폰을 켠다. 하영에게서 걸려온 여러 통의 전화와 문자들이 휴대폰에 흔적으로 고스란히 남아 있었다.

8장 어둠의 배면

　무더위가 한창 기승을 부릴 때 민기의 이삿짐을 실은 용달차가
아파트에 도착하자 그 앞에서 대기해 있던 희수는 경비아저씨와
함께 민기를 도와 이삿짐을 엘리베이터로 옮겨주며 바쁘게 몸을
움직이고 있다. 그들의 도움으로 민기는 보다 신속하고 편리하게
이삿짐을 아파트로 옮길 수 있었다. 희수는 그런 일거리가 자신의
일이라도 되는 것처럼 스스로 자청하여 부엌살림을 정리해준다.
민기는 뭐가 못마땅한지 경비아저씨와 함께 큰방에 갖다놓았던 침
대를 작은 방 창가 쪽으로 옮겨놓고는 작은 방에 있던 책상을 큰방
으로 갖다놓는다. 그러고는 수고한 아저씨한테 약간의 수고비를
드리고 난 후 아저씨가 나가자 다시 자신의 잡동사니 짐들을 정리
한다. 옷을 정리하고 이어 안방붙박이 장롱에 얼마 되지 않은 이불

을 대충 개켜서 집어넣고는 잠시 거실바닥에 쪼그리고 앉아 담배를 태운다. 그 무렵 부엌 싱크대를 주방용세제로 반짝반짝 닦아내고 그의 얼마 되지 않은 살림 정리를 끝낸 희수가 뒤늦게 몸을 돌려 민기를 바라본다. 희수와 눈이 마주친 그는 부끄러운 듯 얼굴을 붉힌다. 희수의 얼굴에도 엷은 홍조가 물든다. 민기가 희수에게 좀 앉아서 쉬라며 손짓으로 말하곤 어색하게 웃으며 말한다.

"꽁꽁 감추어두었던 내 치부를 희수 씨에게 죄다 드러내는 것 같아 지금 제 기분이 아주 묘합니다."

그 말에 희수는 눈알을 이리저리 굴리며 거실을 둘러보곤 생그레 웃는다.

"참 궁금했어요. 민기 씨가 갖고 있는 짐들이 과연 어떤 것일까, 하고요. 막상 이렇게 눈으로 보니까 여느 자취살림이나 다름없는데도 이상하게도 제겐 민기 씨의 이삿짐이 마치 아주 귀한 물건처럼 여겨졌으니 말이에요. 왜 그럴까요?"

"……."

"허긴 저도 이러는 제 마음을 잘 몰라요. 이런 것도 전번 민기 씨가 말했던 그 인연이라서 그럴까요? 저를 보았을 때 어디선가 많이 본 듯한 사람처럼 느껴진다고 했잖아요. 사실 저도 그랬거든요. 그러고 보면 전생의 인연이 다시 이생에서 만난 건 아닌지 그런 생각까지도 들고요."

"그럴지도 모르죠. 내가 이렇게 희수 씨네 아파트단지로 이사까지 왔으니 이건 인연도 보통 인연이 아니라 아주 깊은 인연인 셈인 거죠, 안 그렇습니까?"

"그러게요!"

희수가 민기의 얼굴을 말끄러미 바라보자 민기는 그녀의 커다란 눈을 뚫어지게 쳐다보며 속삭이듯이 말한다.

"희수 씬 정말 순수해요. 그 순수함이 지금 얼마나 아름다운지 모릅니다."

순간 희수의 얼굴이 잘 익은 사과처럼 새빨개진다. 잠시 두 사람 사이에 무거운 침묵이 흐른다. 희수는 잠깐 머릿속에서 성진을 떠올려본다. 성진을 생각하면 여전히 자신의 마음은 천길 지하로 떨어져 내려가는 걸 느낄 수 있다. 희수의 얼굴이 금세 어두운 그늘이 서린다. 민기는 강렬한 호기심으로 가득한 눈동자로 희수를 쳐다보다가 담배연기와 함께 깊은 한숨을 내쉰다. 그러고는 재빨리 필터 가까이 남은 담배를 깊이 빨아대곤 그걸 종이컵에 짓이겨 끈다. 희수는 애써 뇌리에서 성진의 생각을 지우려고 고개를 살살 내젓는다. 지금 순간은 오로지 눈앞에 있는 민기만을 생각하고 싶어진다. 그러자 마음속에 장밋빛 새벽놀이 온몸으로 번지듯 그 감미로움에 흠뻑 빠져든다. 아, 행복하다. 정녕 이게 꿈은 아니겠지. 그렇게 속으로 중얼거리며 희수는 뒤늦게 그의 안방과 작은 방을 이리저리 살펴본다. 그러다가 갑자기 의아한 표정을 지으며 말한다.

"어머 민기 씨, 짐정리가 잘못 된 거 같아요. 안방에 있는 책상을 작은방으로 옮겨와야 하는 거 아닌가요? 침대가 지금 작은 방에 있어요."

"아, 제가 미처 말씀을 드리지 못했군요. 그 방은 제 사촌여동생이 사용할 방입니다."

"아니 사촌여동생이라뇨?"

"아, 예. 사실 제게 여동생이 하나 있습니다."

"근데 왜 오늘 그 동생과 함께 안 왔어요?"

"급한 볼 일이 생겨 천안 집에 잠깐 내려갔어요. 아마 저녁에나 올라올지도 모르겠습니다."

"그럼 민기 씬 오늘 저녁식사를 저희 집에서 드시지 못하겠군요. 그 동생이랑 함께 드셔야 하니까요. 난 그것도 모르고 오랜만에 남편과 아이들이 없는 집에서 민기 씨랑 오붓하게 식사라도 하려고 했는데……"

희수가 약간 섭섭한 표정을 짓자 민기는 희수를 지그시 바라보며 말한다.

"그 친군 제주에서 언제 돌아온대요?

"휴가가 다음 주 일요일까지니까 그 저녁에나 돌아오겠네요."

"그럼 저도 그때 시간을 맞춰 희수 씨네 아파트로 가겠습니다. 어차피 그 친구한테 제가 덕분에 이사 잘 왔다고 신고식도 해야 하니까요."

그러면서 민기는 그녀에게 거듭 고맙다는 말을 건네자 희수는 마치 민기가 가족이라도 된 듯 친근한 어조로 나머지 이삿짐은 천천히, 너무 무리하지 말고 정리하라며 서둘러 그곳에서 빠져나와 자신의 아파트로 향한다.

밤하늘엔 보름달이 환하게 떠 있다. 베란다에 몸을 기대어 둥근 달을 올려다보던 희수는 참으로 아름다운 밤이라고 생각한다. 남편과 아이들이 제주에 내려가서인지 다시 오랜만에 홀가분한 마음으로 혼자만의 자유로운 시간을 만끽하고 있다. 무엇보다 자신의 아파트 맞은편에 민기가 살고 있다는 그 사실이 희수의 마음을 더는 외롭지도 고독하게도 만들지 않아 참 좋았다. 그래서인지 희수의 눈길은 자꾸만 습관처럼 그의 아파트 쪽으로만 쏠린다. 하지만 지금 시간까지도 민기의 아파트에는 불이 켜지지가 않고 있다. 아직도 그는 자신의 사촌여동생과 함께 밖에서 식사를 하고 있는 것일까. 희수의 얼굴에 쓸쓸함이 묻어난다. 이상하게도 민기에게 여동생이 있다는 사실이 신경을 거슬리게 했다. 희수는 문득 그의 사촌여동생이 어떤 여자인지 그 얼굴이 보고 싶어진다. 그녀는 보름달을 쳐다보던 시선을 거두며 혼자 중얼거린다. 대체 그 여자는 어떻게 생겼을까. 그런데 왜 그는 진즉에 그 동생의 존재에 대해 단한 마디도 언급하지 않았을까. 왜 하필 오늘에야 그 얘기를 꺼냈단 말인가. 희수는 민기가 조금은 서운해진다. 자신은 이미 그에게 속내를 다 털어놨다고 생각했는데 그는 뭔가 꽁꽁 감추고 있는 듯한 구린내가 난다고 여기자 갑자기 기분이 심란해진다. 여자의 직감이랄까. 불길한 예감이 얼핏 머릿속에 스치자 희수는 빠르게 고개를 내젓는다. 민기는 자신에게 고마운 사람이 아니던가. 희수는 그런 민기에게 그 어떤 감정도 섭섭해 해서는 결코 안 된다고 스스로에게 타이른다. 지난달 자신의 아파트단지로 민기가 이사를 오겠다는 말을 들은 후부터 기이하게도 불면증이 말끔히 사라졌다. 그 덕분에 습관처럼 복용하던 수면제도, 원인모를 두통으로 인해 자주 복용하던 진통제도 더는 먹지 않게 되었다. 그건 민기가 있었기에 가능했다. 그래서 요즘은 그런 약들을 복용하지 않아도 충분히 수면을 취할 수 있을 만큼 건강이 빠르게 호전되었다. 그로 인해 삶에 활기를 되찾게 되었고 그때 비로소 마음에서 남편을 떠나보낼 수도 있게 되었다. 대신 그 빈자리를 민기의 생각으로 가득 채워 넣었다. 그러니까 민기는 자신의 우울한 마음을 치유해준 유일한 삶의 에너지라고 희수는 생각한다.

민기가 아파트로 이사 들어오기 며칠 전 아파트 잔금을 모두 치른 민기는 전화로 희수를 불러냈다. 그날 두 사람은 근처 커피숍에서 함께 차를 마셨고 그때 민기가 먼저 희수의 생활에 대해 물어왔다. 희수는 그만 얼떨결에 속내를 털어놓게 되었다. 희수를 통해 그들의 전후 사정의 삶을 상세히 알게 된 민기는 진지한 태도로 말했다. 어쩌면 성진이 그 친구가 마음을 잡지 못하고 이리저리 방황하는 것도, 그래서 이민을 가겠다고 하는 것도, 바로 지난 날 그의 잃어버린 꿈과 희망 때문인지도 모른다고…… 희수는 뒤늦게 민기가 자신의 사생활에 대해 모두 알게 된 것을 깨닫고는 입이 방정이라고 후회했다. 그녀로선 자존심이 많이 상했지만 그렇다고 민기가 없는 사실을 말하는 것도 아니라서 어쩔 수 없이 희수는 시무룩한 얼굴로 그저 민기의 말을 잠자코 듣고만 있었다. 민기도 지난 번 희수가 찾아간 신경정신과 의사처럼 똑같은 말을 해주었다. 분명 두 사람 사이에는 원인과 결과가 있을 것이라고. 그러니 언제 한 번 서로 허심탄회하게 마음을 터놓고 제대로 된 소통을 한 번 해보라고. 그럼 그 해답의 실마리가 술술 풀리게 될 것이라고. 그러면서 민기는 언제까지나 자신은 좋은 친구로 남을 것이며 또한 빛나는 우정으로 그녀의 곁을 지켜주겠노라고 굳은 약속까지 해주었다. 하지만 희수는 민기의 조언에 따르지 않았다. 지금에 와서 새삼스럽게 자신의 속내를 남편에게 털어놓아봐야 아무 소용이 없었다. 아니 그 속을 드러내는 순간 그것은 더 큰 불행만 초래할 뿐이라고 생각했다. 이미 죽은 과거는 다시 되살아 올 수도 없었고 이미 죽어버린 삶은 더 이상 꿈과 미래가 존재하지 않았다. 그래서 희수는 굳이 그 말에 따르지 않았다. 하지만 그 후 민기의 세심한 배려와 관심은 마침내 상처로 얼룩진 자신의 마음을 말끔히 치유해준 것만은 틀림없는 사실이라고 희수는 굳게 믿고 있었다. 그런 민기가 오늘 드디어 이사까지 왔으니 희수로서는 더 이상 그에게 바랄 게 없다고 생각한 것이다. 그냥 민기의 존재가 가까이 있다는 것 그 자체만으로 희수는 앞으로도 삶을 충분히 잘 컨트롤하면서 즐겁게 살아갈 수 있을 것만 같았다. 그러니 다른 잡다한 생각일랑 머릿속에서 깡그리 지워버려야 한다고 희수는 스스로에게 말한다. 희수가 한참동안 생각을 더듬으며 베란다에서 서성거리고 있을 때 민기의 아파트에 불이 환하게 켜진다. 순간 희수는 그 따뜻한 불빛을 애타게 기다렸던 사람마냥 북받쳐 오르는 설렘과 흥분을 억제하지 못하고는 얼른 전화를 걸어 마치 엄마가 자식을 챙기는 듯이 다소 걱정스러운 투로 말한다.

"저녁은 드신 거예요?"

"아, 예."

"혹시 지금 그 동생분도 함께 있나요?"

"예."

"그럼 두 분 시간이 괜찮다면 우리 집으로 오실 수 있나요? 제가 다과라도 좀 대접하고 싶어서요. 또 동생 분 얼굴도 보고 싶고 해서요."

"아아 일부러 그러실 필요까지는 없습니다. 제가 기회가 되면 나중에 정식으로 인사소개 시켜드릴게요. 참 오늘 정말 수고가 많았습니다. 너무 감사했고요. 그 보답으로 언제 제가 멋지게 한턱 쏘겠습니다. 전번에도 말씀드렸듯이 그 약속 꼭 지킬 겁니다. 희수 씨가 원하는 날에 말입니다."

"고마워요. 그 약속 꼭 지켜야 해요. 그래요. 지금은 조금은 아쉽지만 동생 분은 나중에 보기로 하죠 뭐. 그럼 잘 자요!"

먼저 전화를 끊은 희수는 갑자기 마음이 허전해진다. 자신이 전화하면 만사 제쳐두고 민기가 달려올 줄 알았는데 그러지 않았다는 게 조금은 서운해진 것이다. 그것도 지금 남편과 아이들이 없는 사실도 잘 알고 있으면서. 희수는 침울한 표정으로 안방으로 가 침대에 벌렁 드러눕는다. 그때 휴대폰이 울리자 희수는 침대에 드러누운 채로 전화를 받는다. 그녀의 착 가라앉은 음성을 들은 민기는 잠깐 망설이다가 말을 꺼낸다.

"혼자 있기가 심심하시면 희수 씨가 이쪽으로 와요. 우리랑 술이나 한잔하게요."

"전 괜찮아요. 나중에 민기 씨가 크게 한 턱 쏘겠다면서요? 그때 왕창 마시겠어요."

"아아, 알겠습니다. 그때는 정말 희수 씨가 원하는 거 모두 제가 해드리겠습니다."

"정말이죠? 나중에 허튼 소리 하는 거 아니죠?"

"암요. 사나이 정민기가 어떻게 빈말을 하겠습니까?"

"그래요. 전 그 말을 믿고 싶어요. 정말 고마워요."

"그 인사는 나중에 그때 가서 하는 겁니다. 그럼 문단속 잘하시고 편히 주무세요!"

민기의 전화가 끊기자 다시 이름 모를 포만감이 가슴으로 가득 채워진다. 희수는 안방 창문을 활짝 열고는 고개를 들어 다시금 밤하늘에 둥둥 떠 있는 보름달을 올려다본다. 환한 보름달이 자신을 보고 활짝 웃고 있는 듯하다. 희수는 문득 철새가 되어 저 끝없는 우주로 훨훨 날갯짓을 하며 날아가고 있는 또 다른 공상에 빠져든다. 그러자 희수는 금세 철새가 된다. 그 철새는 저 어둠 속에 꽁꽁 숨은 수많은 별들 중 가장 아름다운 별 하나를 따서 그에게 주고 있다. 그리고 그에게도 날개를 달아주자 두 사람은 이내 나란히 저 밤하늘을 훨훨 날아다닌다. 수많은 별과 달이 떠있는 그 주위를 빙빙 맴돌며 서로 사랑의 밀어를 속삭인다. 아, 사랑해! 꿈결에 잠겨있던 희수의 입에서 저절로 그 소리가 흘러나온다. 희수는 손으로 그 입을 틀어막으며 깜짝 놀란다. 현실의 삶으로 돌아온 희수는 지금이라도 그의 아파트로 달려가고 싶어진다. 그와 여동생과 함께 즐거운 대화를 나누면서 술을 마시고 싶었다. 하지만 그건 상대방에게 너무 실례를 범하는 행동이기에 조금 전 민기의 초대를 거절한 것이다. 희수는 방금 전 자신의 부탁을 들어주겠다는 민기의 전화기 속의 말을 떠올리며 그 행복감에 푹 젖어든 채 두 손을 모아 보름달을 향해 간절히 소원을 빌어본다. 어서 빨리 자신을 그의 곁으로 보내달라고. 희수는 다시금 그의 사촌여동생이라는 여자가 어떻게 생겼는지를 매우 궁금해 하면서 지금 그의 곁에 머물고 있는 그녀가 한없이 부러워진다. 잠시 그런 생각이 머릿속에서 스치고 지나가자 희수는 쓸쓸하게 웃으며 활짝 열린 창문을 꽝 닫아버린다.

벌써 그가 이사를 온 지도 며칠이 지나고 있었다. 회사에서 퇴근을 한 민기는 곧장 희수의 아파트로 찾아온다. 이틀 동안 보지 못했던 민기의 얼굴을 보게 되자 희수는 반색을 하며 그를 맞이한다. 그러고는 왜 여동생을 안 데리고 왔냐고 묻자 민기는 난처한 표정을 지으며 동생은 오늘 천안으로 내려갔다고 말한다. 서울에서 직장을 다니려고 왔는데 별안간 천안에 살고 계신 이모가 몸이 아프다는 연락을 받고 황급히 내려가게 되었다고. 그래서 다시 예전처럼 혼자가 되었고 아무래도 혼자 있으려니 마음도 적적하다며 그는 멋쩍게 웃자 희수가 마음에도 없는 한 마디 툭 쏘아붙인다.

"그러니까 장가를 왜 안 가는지 모르겠네요. 민기 씨 정도면 여자들이 줄줄 따라다닐 것 같은데 왜 여태 혼자인지 전 아무리 생각해도 그 마음을 정말 이해할 수 없다니까요."

그 말에 반박이라도 하듯 민기가 단호하게 말한다.

"아니 내가 그 일에 대해서 몇 번이나 더 말해야 알겠습니까? 전 여자들한테 퇴짜를 맞는 비운의 운명이라고요. 그래서 이젠 아예 독신주의자로 살려고 작정했으니 희수 씨도 더 이상 결혼하라는 말을 내 앞에서 다신 꺼내지 마십시오."

"자꾸 그런 농담하지 마요. 언제까지나 청춘인줄 아세요? 제발 더 늦기 전에 장가나 좀 가세요. 아파트까지 저렇게 장만해놨으니까 이제 참한 색시만 데려오면 되겠네요, 안 그래요?"

"희수 씬 벌써 제가 귀찮아진 겁니까? 이제 겨우 이사 온 지 사흘밖에 안됐는데 말입니다."

"지금 제가 말하는 소리는 그런 말이 아니잖아요. 아이, 이젠 나도 몰라요. 그건 민기 씨 일이니까 알아서 하세요. 장가를 가든 독신으로 살든 앞으로 전 그 일에 전혀 상관하지 않겠어요."

그러자 민기는 환하게 웃으며 그건 자신이 그토록 바라는 소리라며 마냥 좋아한다. 그 후부터 민기는 희수의 집을 마치 제 집 드나들 듯이 찾아왔다. 그때마다 희수는 그에게 차를 대접하거나 때로는 식사를 대접하기도 했다. 그렇게 지내다보니 민기가 때로는 가족처럼 여겨질 때도 있었다. 나중에는 민기로부터 이런저런 각종 선물까지도 받게 되었다. 화장품 세트, 도서상품권, 구두티켓 등등. 민기는 그동안 자신이 모아둔 것을 희수에게 모조리 내놓았다. 그나마 요사이 외근업무가 많아진 탓인지 민기는 시도 때도 없이 시간을 가리지 않고 불쑥불쑥 희수의 아파트를 스스럼없이 찾아오는 횟수도 잦아졌다. 그 무렵 제주도에 머물고 있는 남편으로부터 희수는 뜻밖의 소식을 들었다. 이민을 가지 않을 것이라고…… 아버지 말씀대로 제주도에서 펜션을 하면서 새롭게 인생을 시작해볼 작정이라고……. 이참에 아버지가 당신의 토지를 자신에게 물려주겠다고 해서 이민을 단념하게 되었다고. 그러면서 내일 저녁 아이들과 함께 서울로 올라갈 것이라고 말했다. 순간 희수의 온몸에서 힘이 쭉 빠져나갔다. 그토록 이민을 가지 말라고 말렸는데 막상 남편의 입에서 이민을 접었다는 소리를 듣자 자신의 입에서 안도의 숨을 내쉬는 게 아니라 갑자기 가슴에 커다란 구멍이 뻥 뚫린 것 같았다. 그렇다면 자신은 남편이 이민을 떠나기를 원했단 말인가. 희수는 고개를 절레절레 흔든다. 남편이 이민을 간다고 했어도 자신은 결코 그를 따라가지 않을 생각이었다. 아니 속으로 은밀한 음모를 꾸몄는지도 몰랐다. 그걸 빌미로 삼아 남편과 자연스럽게 헤어지길 마음속으로 간절히 원했으니까. 하지만 이제 그럴 기회조차 잃어버렸다. 그러니 더는 남편을 피할 수 없게 된 것이다. 희수는 영락없이 남편을 따라 제주도로 가서 함께 살 도리밖에 없게 되자 마음이 심란해졌다. 정들자 이별이 다가오고 있음을 알아차린 그녀는 마음에서 단단히 붙잡고 있는 민기를 놓고 싶지 않았다. 그렇게 민기와 생이별을 해야 할 게 확연히 현실로 드러나자 희수는 이제 더는 남편과 헤어질 그 어떤 구실조차도 만들 수 없게 되어버렸다. 아, 어쩌란 말인가. 성진의 전화를 받고 난 후부터 희수의 마음은 예전처럼 허전하고 외로워졌다. 희수는 아주 가까이에서 민기와 좀 더 깊은 대화를 나누고 싶었다. 희수에게 있어 민기의 아파트는 그녀의 마음이 향하는 바람코지와도 같은 곳이었다. 민기의 아파트에 불이 환하게 커져 있으면 희수의 마음도 환해졌고 어쩌다 늦은 시각까지 불이 꺼져 있는 날에는 그녀의 마음 또한 매우 어두워졌다. 그럴 때면 그 얼마나 걱정을 했던가. 혹시 그에게 사고라도 생긴 건 아닐까. 아니면 또 마음이 외로워져서 혼자 어디에선가 방황하고 있지나 않을까······.

여름휴가를 끝낸 남편과 아이들이 서울로 올라왔다. 그리고 다음날 놀이터에서 신나게 놀고 있던 준이가 이미 날이 어두워졌는데도 집으로 돌아오지 않자 저녁식사 준비를 모두 끝낸 희수는 뒤늦게 바삐 놀이터로 향해 달려갔다. 놀이터에는 아이들이 한 명도 보이지 않았다. 순간 덜컥 겁을 집어먹은 희수는 곧장 경비실과 관리실로 달려가 자신의 아이를 찾아달라고 부탁했고 잠시 뒤 준이를 찾는다는 방송이 아파트 곳곳으로 퍼져나가자 그 소리를 들은 평소 희수와 인사를 나누고 지낸 이웃 아파트 아줌마들이 하나둘 그녀의 아파트로 모여들었다. 때마침 퇴근해서 희수의 아파트로 들어온 그는 그 사실을 알고는 매우 놀란 표정으로 잠시 안절부절못한다. 그때 그녀가 다급하게 남편에게 전화를 하려고 하자 그걸 본 민기는 그러지 말라고 만류한다. 지금 성진은 밖에서 해외바이어를 대접하고 있는 중이라 연락해도 전화를 받지 않을 거라고. 회사일로 거래처 손님을 만날 땐 아예 전화기를 꺼놓는다고. 대신 자신이 준이를 찾아보겠다며 황급히 밖으로 뛰어나간다. 한참 후 다시 헐레벌떡거리며 아파트로 들어온 민기의 몰골은 형편없었다. 그는 양복 윗주머니에서 휴대폰을 찾다가 깜짝 놀란다. 휴대폰이 없어진 것이다. 조금 전 준이를 찾겠다고 여기저기 뛰어다니다가 그게 어디에 떨어졌는지 통 기억에도 없었다. 그런 민기의 모습을 아까부터 지켜보던 아파트 여자들의 시선이 일제히 그에게로 향한다. 민기는 그들의 시선에 아랑곳없이 두 팔을 서로 엇갈려 팔짱끼곤 걱정스러운 표정으로 오른쪽 손바닥을 턱에 갖다 댄다. 그러고는 계속 정신없이 거실을 오락가락하며 안절부절못하다가 마침내 담뱃갑에서 담배를 꺼내 입에 물곤 베란다로 나간다. 이윽고 계속 줄담배를 피워대며 이거 참, 큰일이군, 하고 혼자 중얼거리자 여기저기서 수군거리는 소리가 그의 귀에 들려온다.

"준이 엄마, 대체 저 사람은 누구야?"

그 소리에 민기가 민감한 반응을 보이며 재빨리 끼어든다.

"저 말입니까? 준이 삼촌입니다."

그때서야 의아한 표정을 짓던 여자들이 서로 얼굴을 마주보며 고개를 끄덕이더니 하나둘 아파트에서 빠져나간다. 그리고 얼마나 시간이 흘렀을까. 집안 전후사정을 전혀 모르고 있던 준이가 유치원 친구엄마의 손을 잡고 아파트로 들어선다. 친구엄마는 희수에게 미안한 투로 말한다.

 "전 준이를 찾는다는 방송을 듣지 못했어요. 조금 전에야 가게 문을 닫고 집으로 들어오는데 아파트 입구에서 경비아저씨가 그 말을 전해줘서 알게 됐거든요. 그런데 집에 들어와 보니 아 글쎄 우리애하고 준이가 소파에서 쓰러져 자고 있지 뭐예요. 이거 정말 본의 아니게 심려를 끼쳐드려 죄송해요."

 희수는 준이친구엄마가 나가자 자신의 눈앞에 준이가 서 있다는 그 사실 하나만으로도 너무도 감사했다. 하지만 엄마의 마음을 전혀 모르는 준이는 엄마가 무섭게 혼낼까봐 겁에 질린 얼굴로 고개를 푹 숙이고 있다. 희수는 준이를 와락 품으로 끌어안고는 작은 소리로 흐느끼다가 준이를 품에서 떼어내곤 두 손으로 가슴을 쓸어내리며 힘없이 소파에 쓰러진다. 준이는 마침내 울먹울먹한 표정으로 작은 방으로 들어간다. 작은 방에서 꼼짝도 하지 않고 이불을 뒤집어쓰고 누워 있던 석이가 방문을 열고 형이 들어오자 얼른 일어나 준이를 끌어안고는 엉엉 소리내어 울면서 말한다.

 "난 형이 나쁜 아저씨한테 끌려간 줄 알았잖아."

 늦은 시각에 집으로 돌아온 남편을 붙잡고 희수는 준이 때문에 아파트단지가 한바탕 난리가 났다는 사건의 전말을 들려주자 그는 뜻밖에도 무표정한 얼굴로 한마디 툭 내던진다.

 "그래도 아이를 찾았으니 천만다행이군그래."

그러고는 몸이 고단하다며 먼저 샤워하고 자겠다면서 곧장 안방으로 들어가자 희수는 무섭게 눈을 치뜨며 그의 뒷모습에 시선을 모은다. 아빠라는 사람과 민기의 역할이 뒤바뀐 것이다. 그래서인지 더더욱 남편에게서 정나미가 뚝 떨어진다.

다음 날 아침 온몸이 불덩이가 된 희수는 좀처럼 침대에서 일어나지 못하고 계속 끙끙 앓는 소리를 낸다. 출근준비를 서두르던 남편은 신열이 펄펄 끓고 있는 희수를 마치 자신과 전혀 상관없는 남을 보듯 힐끗 한번 쳐다보곤 이내 귀찮다는 표정을 지으며 나중에 약국에 가서 약이라도 사먹으라며 퉁명스럽게 내뱉곤 곧장 부엌으로 간다. 그러고는 아침식사는 어쩔 수 없이 대충 때우게 되었다며 혼자 구시렁대면서 식탁 위에 있는 식빵 두 조각을 꺼내 그 안에 딸기잼을 발라서 그걸 우유와 함께 먹고는 그냥 출근을 한다. 잠시 후 준이와 석이도 아빠처럼 대충 빵과 우유로 한 끼 식사를 때우곤 유치원과 어린이집에 갈 준비를 서두른다. 이윽고 아이들이 막 현관으로 나서려고 할 때 때마침 늦은 출근을 하던 민기가 아파트에 들어온다. 아이들은 민기를 보자 잠깐 걸음을 멈춘다. 그러곤 준이가 시무룩한 표정으로 엄마가 많이 아프다고 말하자 석이도 형이 한 말을 그대로 따라 말하면서 눈물을 글썽인다. 민기는 아이들의 머리를 쓰다듬어주곤 다신 엄마를 속상하게 만들면 안 된다고 타일러주면서 양복바지주머니에서 손수건을 꺼내 아이들의 눈물을 닦아준 후 그들을 데리고 나온다. 그러고는 마치 자신이 그들의 자상한 아빠라도 된 것처럼 준이를 유치원 차량에, 석이를 어린이집 차량에 태워주고는 다시 아파트로 돌아온다. 민기가 온 사실을 뒤늦게 알게 된 희수는 가까스로 침대에서 몸을 일으켜 거실로 나와 그대로 푹 소파에 쓰러지듯이 앉는다. 그걸 본 민기는 매우 걱정스러운 표정으로 손바닥을 희수의 이마에 갖다 댄다. 이마에서 열이 펄펄 끓어오르자 그는 눈을 크게 치켜뜨며 혼자 버럭 역정을 낸다.

"아니 대체 성진은 뭐하는 놈이야? 마누라가 이렇게 열이 펄펄 끓고 있는데도 병원엘 안 데리고 가고 그냥 출근해버렸단 말인가!"

그는 마치 그녀의 남편이라도 되는 것 마냥 빨리 병원으로 가자고 재촉한다. 희수는 세상만사 다 귀찮다는 표정을 지으며 힘없이 두 손을 내젓는다. 민기는 그래도 병원을 가야한다며 자꾸만 다그친다. 희수가 완강하게 거절하며 병원은 절대 가지 않겠다고 거부하자 그는 황급히 밖으로 나간다. 잠시 후 다시 아파트로 돌아온 민기의 손에는 전복죽이 들어 있는 쇼핑백이 들려져 있다. 민기는 약봉지를 꺼내 그것을 전복죽과 함께 희수가 앉아 있는 탁자 위에 올려놓는다. 일순 희수의 눈에 물기가 젖어들기 시작한다. 민기는 이럴 때일수록 뭐든 먹어야한다며 플라스틱 수저를 희수의 손에 쥐어준다. 희수는 가까스로 몸을 일으켜 앉아 마지못한 듯 숟가락을 들고 전복죽을 조금 떠먹고는 수저를 내려놓는다. 이번에는 민기가 물 컵과 약봉지를 희수의 손에 건네주자 그걸 받아든 희수는 약을 입안으로 털어놓는다. 민기가 매우 안쓰러운 표정으로 그녀를 바라보며 말한다.

"건강은 자신이 스스로 잘 챙겨야 합니다. 누가 대신 챙겨주는 게 아니니까요. 희수 씨가 건강해야 아이들도 잘 돌볼 수 있습니다. 점심시간에 남은 죽 전자레인지에 데워서 더 드시고 약도 제 시간에 꼬박꼬박 잘 챙겨 드셔야 합니다. 전 오늘 외근업무가 있어서 이만 나가보겠습니다."

그 말에 희수는 한없이 고맙다는 눈길로 민기를 바라보며 말없이 고개만 끄덕인다. 민기는 돌아서다 말고 다시 희수의 이미를 짚어본다. 희수는 지그시 두 눈을 감은 채 민기가 하는 냥 가만히 내버려둔다. 그런 희수에게 민기는 힘들게 거실소파에 기대어 있지 말고 침대로 가 편히 쉬라는 말을 남기고는 아파트를 빠져나온다. 민기가 나가자 희수는 꾹 참고 있던 눈물을 주르륵 쏟아내며 두 손을 꽉 맞붙잡는다. 민기에게로 향한 고마움과 감사한 마음이 이제 사랑으로 번져가고 있었다. 하지만 자신만의 감춰진 그 마음을 함부로 내보일 수도 없었다. 민기는 자신이 넘볼 수 없는 금지구역이었다. 그래서 절대 넘봐선 안 될 사람이라고 그녀는 다시 생각한다. 그런 현실이 그녀의 가슴을 더욱 아프게 만들고 있다.

따가운 여름햇살이 내리쬐는 한나절 무렵 휴대폰이 울린다. 빠른 시간 건강을 되찾은 그녀는 입가에 환한 웃음을 머금으며 그 전화를 받으며 사냥하게 말한다.

"어제는 정말 감사하고 고마웠어요. 민기 씨 덕분에 이제 몸이 다 완쾌됐어요."

"그럼 근처 갈비집에서 점심식사나 합시다."

민기의 말에 희수가 선뜻 대답을 못하고 잠시 망설이고 있자 그는 다시 힘주어 말한다.

"아무튼 나오십시오. 이건 내 명령입니다."

"……."

어떤 알 수 없는 힘에 이끌린 듯 희수는 서둘러 민기와 약속한 장소로 종종걸음을 친다. 민기는 희수가 나타나자 의기양양한 듯 앞장을 서고 식당으로 향해 걸어가자 그녀는 약간 쑥스러운 듯 눈을 아래로 내리깔고는 사뿐사뿐한 걸음으로 그의 뒤를 바짝 따라가며 속으로 중얼거린다. 어쩜 저리도 당당할까. 걸음걸이하며, 저 눈빛하며, 매사 행동과 언변까지도 상대방을 꼼짝 못하게 제압해 버리는 묘한 힘이 그 어디서 솟아나오는 것일까. 특히 타인의 시선 따윈 전혀 의식하지 않는 그 용기는 대체 어디에서 나오는 것일까. 흉내 낼 수도 그렇다고 무작정 따라할 수도 없는 성격이지 않은가. 희수는 그의 성격 하나하나가 마냥 부럽게만 느껴진다. 아니 어쩌면 그게 결혼한 사람과 아직 결혼을 하지 않은 사람의 성격차이일까.

아닐 것이다. 민기가 만약 결혼을 한다고 해도 원래 성격을 그대로 간직할 것이다. 성격은 태어날 때부터 타고 난다고 하지 않았던가.

희수는 민기가 앉은 그 맞은편으로 가 자리에 앉는다. 민기는 그윽한 눈길로 희수의 얼굴을 여기저기 훑어본다. 희수의 얼굴이 홍시감처럼 붉어진다. 희수는 불현듯 어제 자신의 이미를 짚어보던 민기의 손길이 느껴진 것이다. 그의 따뜻한 손길은 야릇하게도 자신의 아픈 마음까지도 말끔히 치유해주었다. 그 온기가 그녀의 가슴에서 다시 사랑이라는 이름으로 차지하고 있었다. 그건 정말이지 매혹적인 향기이기도 했다. 돌아서면 보고 싶고 또 그리워지는, 언제까지나 갈증을 느끼게 만드는 사랑. 그렇게 금지된 사랑이 항상 희수의 가슴을 두근거리게 만들었다. 잠시 후 주문한 고기가 나오고 그 고기가 숯불 위에서 지글지글 먹기 좋게 잘 구워지자 민기는 집게로 그걸 집어 적당한 크기로 잘라낸다. 그러고는 상추에 고기 한 점을 얹히곤 그 위에 마늘과 풋고추와 된장을 곁들인 다음 그걸 정성스럽게 싸고는 희수에게 입을 크게 벌리라고 한다. 희수가 손사래를 치며 매우 쑥스러운 표정을 지으면서 한사코 받아먹기를 거부하자 민기는 내민 손이 부끄럽다며 자꾸만 입을 크게 벌려 그것을 받아먹으라고 하는 바람에 그녀는 마지못한 듯 약간 어색한 표정을 지으며 그걸 받아먹는다. 민기는 다시 고기를 마늘, 된장을 곁들여 상추에 싸면서 당차게 말한다.

"자고로 고기는 말입니다, 이렇게 무식하게 먹어야만 제 맛이 나는 법입니다."

민기는 자신의 입에 상추쌈을 가득히 집어넣곤 먹음직스럽게 먹어댄다. 그 모습을 본 희수가 활짝 웃어버린다. 그는 방금 전 자신의 입안에 들어간 상추쌈의 절반 크기를 만들어 다시 그녀에게 입을 크게 벌리게 한 후 그걸 그녀의 입속으로 쏙 넣어준다.

"저 앞에선 체면 같은 거 차리지 마시고 아까 저처럼 무식하게 먹어야 합니다. 그래야 고기가 제 맛이 나죠. 그리고 제가 희수 씨 아프지 말라고 고기를 사주시는 거니까 많이 드시고 힘내서 매사 씩씩해져야 합니다, 알겠죠?"

"고마워요."

그녀는 조금 전 어색한 얼굴표정을 없애곤 싱글벙글 웃으며 연신 민기가 건네는 쌈을 사양하지 않고 넙죽넙죽 받아먹는다. 바깥의 오열하는 더위도 두 사람은 까마득히 잊은 채 마냥 행복한 웃음을 지으며 즐거운 식사를 한다.

식당에서 나온 두 사람은 근처 공원으로 가 나란히 걸어가다가 어느 길모퉁이에 이르자 희수가 먼저 발걸음을 멈춘다. 그곳에 '사랑그리기'라는 카페가 있었다. 요즘 시대에 걸맞지 않는 촌스러운 카페 이름 때문인지 희수가 잠시 그 앞에서 머뭇거리자 민기가 시원한 냉커피나 한잔 하자며 카페로 들어가자고 말한다. 카페로 들어온 두 사람은 주위를 두리번거린다. 실내 공간은 그다지 넓지 않다. 테이블 다섯 개가 있고 벽면에는 어느 무명화가가 그린 듯한 여자의 누드그림이 걸려 있다. 그 밑엔 많은 연인들이 그 카페를 방문하여 남긴 메모의 흔적들이 벽면 여기저기에 남아있다. 그 분위기가 아주 독특하게 그들의 눈에 보인다. 두 사람은 빠르게 그 메모들을 훑어보고 있다. 그때 누군가 낙서처럼 써놓은 글씨에 두 사람의 시선이 딱 멈춘다. '당신은 이루어질 수 없는 사랑을 해보셨나요?' 순간 두 사람의 얼굴이 차갑게 굳어지고 만다. 희수는 뭔가에 한 대 뒤통수를 호되게 얻어맞은 것처럼 정신이 멍해졌고 민기는 수천 개의 바늘 끝이 심장을 마구 찔러대는 듯한 고통이 다시 찾아왔다. 그런 민기에게 희수가 먼저 자리에 앉으면서 작은 소리로 속삭이듯이 말한다.

"민기 씬 혹시 이루어질 수 없는 사랑을 해보셨나요?"

"왜 갑자기 그런 질문을 하시는 겁니까?"

"여기 카페 벽면에 그 글귀가 쓰여 있잖아요."

민기가 그제야 자리에 앉고는 고개를 돌려 젊은 주인여자한테 두 잔의 아이스 아메리카노커피를 주문하곤 그녀 쪽으로 다시 고개를 돌리곤 어렴풋이 미소를 지으며 말한다.

"세상에서 가장 아름다운 사랑은 아마도 이루어질 수 없는 사랑이 아닐까요?"

그 말에 희수는 얼떨떨한 표정을 지으며 말한다.

"왜 그렇게 생각해요?"

"유효기간이 없으니까요. 흔히들 사랑해서 결혼하면 그 사랑의 유효기간은 약 이 년 정도랄까, 아니면 삼 년 정도쯤. 그 후엔 그토록 뜨겁던 사랑도 차츰 식어버려 결국엔 서로들 악연으로 변하기 일쑤니까요. 하지만 이루어질 수 없는 사랑엔 유효기간이라는 게 없죠. 서로에게 애달픈 그리움만 아주 오랫동안 가슴에 남잖습니까."

그의 말에 그녀는 미심쩍은 듯 고개를 갸웃거리며 말한다.

"그래서 민기 씬 독신주의자가 되겠다고 마음을 먹은 건가요? 언제까지나 이루어질 수 없는 사랑을 가슴에 간직하고 싶어서?"

"제 말인 즉은 그게 내가 아니라 주위 사람들 대부분 그렇다는 거죠 뭐."

민기가 어색하게 웃으며 눈동자를 이리저리 굴리자 희수는 눈을 말똥히 뜨고 그를 말끄러미 바라본다. 그러자 민기는 어깨만 으쓱하고 더 이상 아무 말도 하지 않는다. 그때 그들이 주문한 커피가 테이블 위에 놓이자 두 사람은 마치 심한 갈증에 목말라 하는 사람처럼 똑같이 커피 잔을 쥐곤 그 커피를 냉수를 마시듯 단숨에 쭉 들이킨다. 그 잔에 커피가 바닥을 보일쯤 희수가 먼저 잔을 탁자에 내려놓으며 민기의 얼굴을 살펴본다. 그 얼굴에서 진한 고독과 어두운 그늘이 베어 나오자 희수는 속으로 중얼거린다. 민기도 나를 좋아하고 있는 걸까? 그렇다면 내가 두려워하는 것처럼 지금 민기도 금지된 사랑을 두려워하는 건 아닐까? 그래서 속에 담아둔 말을 꺼내지 못하는 나처럼 혼자 가슴앓이를 하고 있단 말인가? 불현듯 그런 의문들이 떠오르자 희수는 민기를 품에 꼭 끌어안고 싶어진다. 아니다. 솔직히 말하자면 그 가슴에 얼굴을 묻고 실컷 울고 싶어진다. 삽시간에 분위기가 서먹서먹해지자 민기는 손목에 찬 시계를 물끄러미 내려다보다가 그만 일어나자고 말한다. 이윽고 밖으로 나온 두 사람은 공원의 가로수 길을 따라 걸어가면서 무거운 침묵으로 일관한다. 희수는 민기에게 무슨 말을 어떻게 해야 좋을지를 놓고 혼자 곰곰이 생각해본다. 이내 무거운 피로감이 먹구름처럼 와르르 몰려오자 희수는 우울한 표정으로 이를 앙다물고 고개를 젓는다. 지금으로선 그 어떠한 말도 꺼낼 수 없는 자신의 처지가 아니던가. 공원을 벗어나고 혼잡한 거리로 나온 민기가 피곤함이 진득이 묻어나는 목소리로 회사에 들어가 봐야 할 것 같다고 말하자 희수는 가볍게 목례를 하며 오늘 점심을 사줘서 정말 고마웠다는 말을 전하곤 먼저 그에게서 등을 돌려 아파트로 향해 걸어간다. 희수의 머릿속엔 아까부터 계속 '이루어질 수 없는 사랑'이란 글귀가 뱅글뱅글 맴돌고 있었다. 왜 하필이면 그 카페에 들어갔단 말인

가. 그와의 기분 좋은 만남이 그 글귀 때문에 갑자기 서로의 가슴에 커다란 부담감만 안겨줬다는 느낌이 들자 희수는 몹시 속이 상해진다.

아파트로 돌아온 희수는 일부러 부지런히 손을 놀리며 오전에 밀린 집안 청소를 정신없이 끝내곤 바삐 저녁식사를 준비하고 있다. 그런 희수의 머릿속엔 오로지 한 가지 생각만이 멈춰 있을 뿐이다. '이루어 질 수 없는 사랑' 식사를 준비하다말고 희수는 안방 화장실로 들어가 두 손으로 와락 머리칼을 쥐어뜯으며 고개를 빠르게 내젓는다. 아냐, 그럴 리가 없어. 그가 왜, 무엇 때문에……

9장 빛의 배면

 가을의 문턱, 구슬픈 가을비가 추적추적 내리고 있다. 희수는 호기심에 가득 찬 눈빛으로 커피숍 창가에 앉아 많은 인파로 북적거리는 도심의 거리를 물끄러미 바라본다. 그들은 제각각 여러 빛깔의 우산을 받쳐 들고 자신들의 목적지를 향해 바삐 걸어가고 있다. 저쪽 전철역 출입구로 내려가는 계단에 나이가 많은 노숙자가 지나가는 행인들에게 구걸을 하고 있는 모습도 언뜻 희수의 눈에 들어온다. 참으로 오랜만에 그런 세상 한가운데 자신이 우뚝 서 있다. 그래서인지 시야로 들어오는 모든 삶의 풍경들이 희수에게는 낯설게만 느껴진다. 그동안 자신이 얼마나 오랜 시간을 집안에만 틀어박혀 박쥐처럼 살았는가를 희수는 다시금 깨닫게 된다. 정말이지 민기는 자신에게 생명의 은인이나 다름없는 존재다. 슈렉의 영화에서처럼 그녀에게도 그런 기적적인 일이 일어난 것이다. 공주가 구원을 얻은 것처럼 그녀도 창살 없는 감옥에서 가까스로 빠져나올 수 있었다. 그렇지 않으면 평생을 그 안에 갇힌 채 시름시름 앓다가 결국 고통스럽게 죽어갔을 게 아니던가. 그러니까 민기는 그런 불쌍한 여자를 구해준 셈이다. 희수는 민기를 만난 후부터 세상은 그렇게 우울하지도 지독히 고독하지도 슬프지도 않다는 걸 뒤늦게 깨달았다. 그런 인생에서 희망 또한 전혀 없는 것만도 아니었다. 지금 가슴속에는 남모르는 한줄기 아름다운 사랑이 마치 희망의 별처럼 반짝반짝 빛나고 있지 않은가 말이다. 사랑이 사람을 얼마나 행복하게 해주는가를 희수는 민기를 만나면서 알게 됨을 너무도 감사하고 행복하게 생각하고 있었다. 그래서 요즘 들어 희수의 삶은 날로 화창한 봄날처럼 화사하고 화려하게 변신을 시도하고 있었다. 잃어버린 청춘에 못해본 몫까지 애써 흉내내보면서. 그래서인지 그토록 지루하고 답답하게만 여겨지던 아파트 공간이 마치 산뜻한 공간처럼 느껴졌다. 예전 그 공간에 갇혀 그토록 서러운 가슴을 끌어안고 훌쩍이던 그녀는 온데간데없고 대신 향긋한 향수를 풍기며 활짝 웃고 있는 새로운 그녀만이 부푼 꿈을 안고 그 공간에서 머물고 있었다. 그러니까 천국과 지옥은 바로 마음에 달려 있다고 희수는 생각한다. 마음이 바뀌니까 그렇게 숨이 막힐 듯한 공간이 그처럼 아늑하게 느껴질 수 없었다. 희수는 자신만의 색

깔로 하얀 도화지에 사랑의 그림을 예쁘게 그리듯 아파트 공간을 그 흔적으로 하나씩 채워가고 있었다. 하지만 이제 점점 떠나야할 날이 다가온 것이다. 희수는 비록 그 공간에서 떠나도 마음에 자리하고 있는 민기만은 영원히 간직하고 싶었다. 어쩌면 사랑은 어느 예술품보다도 더 위대한 최고의 예술품인지도 모른다고 희수는 생각했다. 그 사랑의 힘은 많은 변화를 가져다주었으니까. 오늘도 이처럼 화사하게 화장을 할 수 있었던 것도 또 며칠 전 백화점에서 쇼핑한 커피색 원피스에 베이지색 바바리를 차려 입을 수 있었던 것도 모두 사랑의 힘에 이끌려 자신을 곱게 꽃단장을 한 것이다. 하지만 성준은 아내의 변화를 알면서도 입을 굳게 다물고 있었다. 희수는 그런 남편의 입에서 여태 예쁘다, 멋있다, 세련되었다라는 단 한마디 말의 표현도 들어본 적이 없었다. 때로는 남편의 무관심이 오히려 희수에게 커다란 위안이 되어 주었다. 당분간만이라도 각자의 삶에 서로가 충실할 수 있었으니까. 허긴 성진도 요즘 눈코 뜰 새 없이 바빴다. 새로운 사업을 시작한답시고 툭하면 제주도를 들락거리면서 집을 비우는 횟수가 잦았다. 오늘도 성진은 아이들을 데리고 제주도로 내려갔다. 물론 앞으로 하게 될 사업계획 때문도 있지만 무엇보다 아버지의 건강을 챙기고 싶다는 늦바람 효자정신이 발동하여 아버지를 챙기기에 급급했다. 올 연말이면 성진이 회사에서 퇴직을 한다는 것을 이미 회사에서도 알고 있다. 그녀도 어쩔 수 없이 그런 남편을 따라 제주도로 내려가게 될 것이다. 그래서 요즘 더 민기가 그리운지도 모른다. 그처럼 점점 다가오는 이별의 시간들이 희수의 마음을 아프게 만든다. 하지만 희수는 이민을 떠나지 않은 것만으로도 천만다행으로 여기며 마음을 고쳐먹는다. 제주와 서울의 거리는 비행기를 타면 가까워서 언제든지 민기를 보려고 하면 서로 만날 수 있기 때문이다. 어차피 민기는 독신으로 살겠다고 했으니 굳이 자신이 먼저 그를 떠날 이유는 없다. 그때 문득 머릿속에 며칠 전에 읽어보았던 릴케의 시가 떠오른다. 루안드레아스 살로메에 대한 릴케의 열렬한 사랑의 고백을 읊은 시처럼 희수도 자신의 사랑을 민기에게 전달하고 싶은 간절함이 마음에서 일어난다.

거리에 쏟아지는 빗줄기가 점점 굵어지고 있다. 약속시간보다 일찍 커피숍에 도착한 희수는 그를 기다리는 동안 이런저런 상념에 젖어 있다가 입구 쪽에 있는 통 유리문이 열리자 그쪽으로 시선을 모은다. 민기가 접은 우산을 둥근 플라스틱 우산꽂이에 집어넣고는 희수에게로 다가오고 있다. 희수는 활짝 웃으며 민기를 바라보자 민기도 벙긋 웃으며 그녀 곁에 다가와 나란히 그 옆에 앉은 후 따끈한 원두커피를 주문한다. 이내 두 사람은 서로 사랑이 듬뿍 담긴 눈길로 바라본다. 그러다가 민기가 희수의 얼굴을 찬찬히 뚫어보며 먼저 말을 꺼낸다.

"제가 며칠 보지 못한 사이 집에 무슨 일이 있었나요? 희수 씨 얼굴이 많이 해쓱해져서 말입니다. 혹시 제 동생 녀석이 찾아가 뭐라 쓸데없는 소리를 한 건 아닌가요?"

"아아, 아뇨. 전 그 동생 분을 아직 만나보지도 못했는걸요. 근데 왜 동생분이 저한테 찾아와요?"

"아, 아닙니다. 내가 괜한 쓸데없는 소리를 지껄였군요. 방금 전 제 말은 그냥 잊어버리세요."

"제 얼굴이 안 좋아 보이세요? 어쩜 전번에 민기 씨가 선물로 주신 책 두 권을 한꺼번에 몰아서 읽어서 아마 그렇게 보였을 거예요. 무리하게 봤더니 사실 몸이 좀 피곤했거든요. 근데도 기분은 엄청 좋은 거 있죠! 그게 참 아이러니하다니까요."

"그럼 그새 두 권의 책을 다 읽은 겁니까?"

"그럼요. 민기 씨가 선물한 책이니까요. 사실 전 원래 책 읽는 거 진짜 싫어했는데 민기 씨가 선물한 책은 이상하게도 재밌어서 다 읽게 되더라고요!"

"희수 씬 참 대단하십니다. 그래도 제가 책을 선물한 보람은 있군요. 근데 오늘 저한테 긴히 할 말이 있다는 게 대체 뭡니까?"

다소 긴장된 얼굴로 민기가 물어오자 희수는 잠시 머뭇거리다가 그동안 마음에서 단단히 벼르던 말을 조심스럽게 꺼낸다.

"전번에 제가 부탁만 하면 모두 들어준다고 하셨죠? 어떤 부탁이든요."

"아, 물론입니다. 저 하늘에 별이라도 따서 드려야죠."

"그럼 이번 주말에 함께 기차여행을 떠나요!"

"네? 기차여행을요!"

"그래요. 꼭 가보고 싶어요. 그러니까 제가 대학을 다닐 때 전 늘 생각했어요. 만약 저한테 정말 좋아하는 남자친구가 생기게 되면 가장 먼저 기차여행을 해볼 것이라고요. 그런데 여태 그 흔한 기차여행 한번 해보지 못했지 뭐예요. 아니 솔직히 말씀드리면 전혀 그럴 마음이 일어나지 않았던 거죠. 결혼한 후로 제 감정은 딱딱한 돌멩이처럼 차디차게 굳어졌으니까요. 그러니 자연스럽게 감정까지도 무뎌지더라고요. 이제 준이아빠가 퇴직하고 제주도로 내려가면 우리도 앞으로 어떻게 될지도 모르겠고……. 아무튼 저를 위해 함께 기차여행에 동행해주세요. 전번에 민기 씨가 저한데 언제까지나 좋은 친구가 되어 준다고 하셨잖아요. 빛나는 우정으로 지켜준다면서요."

느닷없는 희수의 제안에 민기는 잠시 난감한 표정을 지으며 할 말을 잃는다. 희수는 민기의 안색을 살피다가 다시 말을 잇는다.

"이건 아마도 제가 민기 씨한테 처음이자 마지막 부탁인지도 몰라요. 사실 오늘 저희 아파트를 부동산에 내놓았거든요. 그래서 제 마음도 뒤숭숭하고요. 친구가 좋다는 게 다 뭔가요? 준이아빠가 서울로 돌아오기 전에 떠나고 싶어서 그래요."

"희수 씬 그렇게 기차여행을 꼭 해보고 싶으십니까?"

"강요하지는 않겠어요. 다만 제 옆에 민기 씨가 동행해준다면 저야말로 더할 나위 없이 행복할 거예요. 만약 동행을 할 수 없다면 어쩔 수 없이 저라도 혼자 떠날 작정이니까요."

"그럼 일단 제 기차표도 예매해두세요. 사실 저도 희수 씨랑 함께 시간을 좀 보내고 싶었는데 잘 됐군요. 아까 잠시 망설였던 건 그날 일정이 어떻게 될지 몰라서 선뜻 대답을 못했던 겁니다. 일단은 저도 그 약속을 최우선으로 지키겠습니다. 근데 성진이 그 친군 고향집에서 잘 지내고 있답니까?"

"아유, 그 사람 얘기 꺼내면 제 머릿속이 아주 복잡해져요. 전 준이아빠가 그곳에서 무슨 일을 벌이고 있는지조차도 잘 모르니까요. 그냥 펜션만 하겠다는 소리만 들었지 그 밖의 다른 말은 통 하질 않아서 저도 잘 몰라요. 그래도 이민가지 않고 제주도로 가는 게 얼마나 다행한 일이에요, 안 그래요?"

"그 말은 맞습니다. 그 친군 아버지를 잘 둬서 그래도 재산이라도 물려받게 되었으니 앞날이 창창하겠네요. 참으로 부럽습니다. 그런 아버지를 둬서 말입니다."

"그런 소리 하지 마세요. 돈이 인생의 전부는 아니잖아요. 사업 잘못해서 하루아침에 쫄딱 망하는 사람들이 세상에 허다하잖습니까. 돈이란 있다가도 없고 없다가도 생기는 법이에요. 돌고 도는 게 돈이니까요. 하지만 사람의 소중한 마음은 어디 그래요? 마음은 절대로 돈으로는 살 수 없지요. 그것은 돈보다도 더 소중한 보배이니까요. 그래서 귀한 사랑을 받은 사람은 목숨 줄이 끊어지는 그 순간까지 그 감사한 마음을 가슴에 간직한 채 저승길로 떠나게 되는 게 아닐까요. 그러니까 진정한 사랑은 우리 인간에게 마지막 남은 가장 소중한 보물인 셈이죠. 전 그 보물을 이미 선물 받은 셈이고요."

"그렇다면 희수 씨에게 그런 사람이 있다는 겁니까?"

민기의 말에 희수가 대답 대신 고개를 끄덕이자 그는 그걸 눈치 챘다는 듯이 혼자 배시시 웃으며 커피를 마신다. 그들은 좀 더 서로의 이야기를 나눈 후 찻집에서 나온다. 거리에는 여전히 빗줄기가 내리고 있다. 그는 다시 회사로 가봐야 한다면서 차를 타고 회사로 향하고, 그녀는 열차표를 예매하기 위해 곧장 전철을 타고 서울역으로 향한다. 그녀가 기차표를 미리 구입하고 다시 밖으로 나왔을 때 거리에는 서서히 땅거미가 내려앉고 있고 빗줄기는 좀처럼 그칠 기미가 보이지 않는다. 날씨 탓일까. 그녀는 피로감에 잔뜩 쌓인 얼굴로 어깨를 축 늘어뜨린 채 손에 들고 있는 빨간 우산을 높이 받쳐 들곤 서둘러 아파트로 향해 걸어간다. 요즘 들어 이상하게도 마음과는 달리 온몸이 젖은 솜뭉치처럼 마냥 무겁게만 느껴졌다. 아파트로 돌아오자마자 눈꺼풀이 무겁게 내려앉는다. 그녀는 소파에서 그대로 길게 드러눕는다. 그리고 잠이 들려고 할 무렵 누군가 아파트 초인종을 눌러댄다. 그녀는 벌떡 일어나며 혹시 민기가 아닐까, 하고 얼른 인터폰을 확인한다. 하지만 밖에는 웬 낯선 여자가 우두커니 서 있다. 깜짝 놀란 그녀는 대체 누구냐고 묻자 여자는 자신이 민기의 동생이라고 당돌하게 대답한다. 그때 오후에 찻집에서 만났던 민기의 말이 그녀의 머릿속에서 퍼뜩 떠오른다. 혹시 제 동생이 희수 씨를 찾아가지 않았나요? 그랬다. 바로 그 여지다. 자신이 늘 궁금해 하던 여자. 희수는 한걸음에 달려가 잠긴 현관문을 열어주며 반갑게 여자를 맞이한다. 하지만 뜻밖에도 여자는 아주 도도하고 찬바람이 쌩쌩 불 정도로 차가운 시선으로 희수를 빤히 쳐다본다. 크게 당황한 희수는 잠시 그 자리에서 안절부절못하다가 이내 여자를 거실로 안내한다. 그리고 희수가 여자한테 다과와 차를 좀 내오려고 몸을 막 돌려 부엌으로 가려고 하자 갑자기 여자가 희수의 발걸음을 멈춰 세운다.

"그럴 필요 없어요. 전 아무것도 생각이 없으니까. 긴히 드릴 말씀이 있어서 이렇게 찾아왔어요."

쌀쌀맞게 내던지는 말투에 희수의 시선이 절로 여자의 옷차림과 그 얼굴에 쏠린다. 풍성한 물빛 통원피스를 입은 여자는 파마머리를 하나로 짧게 단정히 묶은 단아한 민얼굴을 하고 있다. 인상은 이지적이고 차갑게 보이지만 그런대로 미인이라고 할 수 있는 그런 얼굴이었다. 희수는 소파로 가 앉으면서 상대방 여자에게도 앉으라고 권하자 여자는 뭔가 불만이 가득한 얼굴로 그녀를 째려보며 그대로 서서 거침없이 술술 말을 내뱉는다.

"아줌마, 그동안 오빠한테서 아줌마에 대한 말씀을 많이 들었어요. 좋은 분이고, 오빠를 잘 챙겨주시는 고마운 분이라고요. 그래서 사실 저도 하루빨리 아줌마를 뵙고 싶었어요. 근데 오빠가 그 자리를 주선해주지 않더군요. 만나게 해주겠다고 해놓고선……. 이제야 이유가 있었네요. 제가 직접 뵈니까 아줌마는 제가 생각했던 것보다는 훨씬 젊고 예쁘네요. 제가 질투가 날 정도로요."

"어머나, 지금 저한테 무슨 말을 하고 있는 건가요? 대체 무슨 말을 하고 싶은 건가요?"

"돌려서 말하지는 않겠어요. 다신 제 오빠를 만나지 말아요. 그 말을 하려고 실례인줄 알면서도 찾아왔어요. 전 세상에서 오빠를 가장 사랑하니까요. 누군가 오빠 곁에 얼쩡거리는 게 제일 싫으니까요"

"사랑? 사랑에도 종류가 많잖아요. 그렇다면 아가씨의 사랑은 어떤 종류죠? 전 아가씨가 사촌여동생이라는 말을 들었는데……."

"사촌동생이 아니라 나중에 오빠와 결혼할 여자예요. 다만 우리는 지금 서로에게 시간이 좀 더 필요해서 기다리고 있는 거고요. 오빠의 엄마 허락을 받기 위해서죠. 아니 오빠 엄마의 허락 따윈 필요하지 않을지도 몰라요. 어차피 우리 보다 먼저 돌아가실 테니까요."

"그 말은 대체 무슨 뜻이죠?"

"지금은 오빠의 엄마가 허락을 안 하시겠지만 때가 되면 그 어떤 누구의 방해를 받지 않고 우린 결혼할 수 있다는 뜻이에요. 그러니 옆에서 자꾸 기웃거리지 말아요."

순간 희수는 심한 현기증을 느낀다. 여자의 말을 듣고 있자니 지금 두 사람의 관계가 보통 사이가 아니라는 걸 단박에 느낄 수 있다. 또 여자는 쐐기를 박듯이 지금 그걸 당당하게 확인시켜주고 있는 것이다. 희수는 가까스로 감정을 추스르며 한 마디 내뱉는다.

"그럼 오빠도 아가씨랑 같은 마음인가요?"

"물론이죠."

여자의 너무도 당돌한 말에 희수의 커다란 두 눈이 점점 더 커진다. 여자는 계속 말을 이어간다.

"조금 전에 오빠가 그러더군요. 아줌마는 인자함과 따뜻한 정이 묻어나는 분이라고요. 그래서 오빠가 그 마음에 많이 의지하게 되었다고. 제가 아줌마한테 부탁드리고 싶은 건 지금부터라도 제 오빠한테 그런 식으로 다가서지 말라는 말을 꼭 드리고 싶어서예요. 사람은 자신도 모르게 어떤 상황에 처하게 되면 그 감정에 쉽게 빠져드는 법이잖아요. 여자한테는 직감으로 느끼는 게 있어요. 아줌마가 오빠 앞에 나타난 후로 오빤 예전과 달리 저를 대하는 태도가 변했어요. 저도 이런 말까지는 드리고 싶진 않았는데 이제 더는 참을 수가 없어서 그래요. 정말이지 요즘 오빠를 보면 뭔가에 정신이 잔뜩 팔려 있는 사람처럼 보여서요. 그게 다 아줌마, 당신 때문이에요, 알아요?”

“지금 아가씨는 그게 다 제 탓이라고 생각하나보죠?”

“사실이 그렇지 않나요?”

“전 두 아이가 있는 엄마예요. 아가씨가 아무리 오빠를 사랑한다고는 하지만 이렇게 막무가내로 저에게 함부로 말을 하면 못써요. 설령 내가 가끔 오빠와 만난다 하더라도 우리가 어떤 불순한 관계도 아니고 서로 좋은 이웃이고, 회사동료 친구의 아내이고, 또 때론 말벗을 논할 수 있는 친구 사이도 될 수 있는 그런 사람들이에요. 그리고 민기 씨와 제가 친구처럼 지내는 것도 제 남편까지 다 알고 있고요. 그런 문제를 갖고 아가씨가 왜 저한테 그걸 따지는지 전 도무지 그 마음을 이해할 수가 없네요.”

“아줌마는 겉으로는 고상한 척 그렇게 말씀을 하셔도 저는 느낄 수 있어요. 아줌마 마음속에 꼬리가 아홉 개를 감추고 있는 구미호의 근성을 갖고 있다는 것을!”

“뭐, 뭐라고요? 그럼 지금 아가씨가 저를 질투하는 건가요?”

“질투가 아니고 아줌마가 진정으로 걱정스러워서 드리는 말씀이지요. 그러니까 쓸데없는 데 에너지를 쏟지 마시고 아줌마 남편

과 아이들에게 그 남아도는 에너지를 팍팍 쏟아 부으라고요, 알겠
어요!"

순간 희수는 머리를 강하게 한 방 얻어맞은 기분이 든다. 마음 같
아선 당장에 저 버르장머리 없는 계집애를 집안에서 끌어내고 싶지
만 그녀는 가까스로 자신의 감정을 최대한 억누르며 소파에서 일어
나 거실 창가 쪽으로 걸어간다. 여자의 시건방진 태도에도 몹시 화
가 났지만 민기에 대해서도 무척이나 화가 난 것이다. 잠시 무거운
침묵이 흐르자 여자가 다시금 한마디 더 덧붙인다.

"오빠와 전 꼭 결혼할 거예요!"

누가 묻지도 않은 말을 여자는 다시 희수에게 강하게 주입 시키
곤 휑하니 밖으로 나가버리자 희수는 갑자기 심한 두통에 시달린
다. 그렇다면 대체 민기의 본심은 뭐란 말인가. 혹시 전번에 입버
릇처럼 말했던 이루어질 수 없는 사랑은 자신이 아니라 바로 저 여
자를 두고 한 말이었던가. 오빠 동생이라는 허울 좋은 감투를 쓰고
는 저들은 지금 그 사랑 놀음에 빠져 있단 말인가. 희수의 얼굴이
차디찬 대리석처럼 딱딱하게 굳어진다. 기어코 민기의 이루어질
수 없는 사랑의 실체가 지금에야 그 정체가 적나라하게 드러난 것
이다. 그렇다고 해서 지금 당장 희수는 민기를 자신의 마음에서 내
몰 순 없다. 이미 민기의 존재가 마음 깊숙이 자리를 차지하고 있기
때문이다. 이제 민기가 없는 삶은 죽음보다 더 깊은 어둠처럼 느껴

진 것이다. 희수는 화장대 서랍에서 그동안 끊었던 두통약을 꺼내 입에 털어놓곤 그대로 침대에 쓰러지듯이 드러눕는다.

하영은 우산도 없이 혼자 청승맞게 비를 맞으며 아파트 주변을 걸어간다. 막상 그녀를 보고나니 괜히 불같은 질투가 솟구치면서 울화통이 치밀어 올라왔다. 하영은 아랫입술을 질끈 깨물며 자신을 바보 같은 계집애라고 스스로를 나무라며 공원에 있는 긴 의자에 몸을 잔뜩 웅크리고 앉는다. 민기를 죽도록 사랑하는 것이 자신에게는 인생의 마지막 희망인데 갑자기 또 다른 불청객이 끼어들어 자꾸만 훼방을 놓고 있었다. 여태껏 자신의 부탁이라면 모든 걸 들어주었던 민기가 행여 그녀에게도 그런 자상함을 베풀고 있는 건 아닐까 의심해보면서. 그녀가 미인이라는 점에서도 하영은 몹시 불쾌하고 짜증이 났다. 어디 그뿐인가. 요즘 민기는 전화하는 것도 뜸했고 자신이 전화를 해도 그 전화를 노골적으로 받지 않는 경우가 더러 있었다. 어쩌다가 통화를 한다 해도 예전처럼 자신의 이야기를 제대로 들어주지도 않자 하영으로서는 아무래도 민기의 마음이 수상쩍었다. 그래서 하영은 그때 서울에서 진득하게 눌러 앉아 어떻게든 직장을 구해서 다녔어야했는데 그러지 못한 걸 뒤늦게 후회했다. 사람은 자주 만나지 않으면 눈에서 멀어지는 법이었다. 이게 다 이모의 건강을 간호한답시고 자주 천안을 내려간 게 화근이라고 하영은 생각했다. 언제부터인가 민기는 말끝마다 희수의 이름을 자주 거론했고 그때마다 하영은 민감한 반응을 보였는데 이제는 아예 노골적으로 희수의 칭찬을 입에 달고 살았다. 참다 못한 하영은 며칠 전부터 준이엄마를 제발 만나게 해달라고 졸라댔지만 민기는 나중에 만나게 해주겠다고 말꼬리를 돌려버렸다. 그러자 하영은 더 이상 기다릴 수 없었다. 그래서 희수를 찾아간 것이다. 따끔하게 한방 먹이려고 했는데 오히려 마음에 더 커다란 상처만 입고 말았다. 그녀에게서 차분함과 엄마 같은 포근한 내면이 깔려 있는 것을 어렴풋이나마 느낄 수 있었다. 그나마 커다란 눈은 상대를 속까지 훤히 꿰뚫어 보는 듯 강렬하고도 매우 슬퍼 보이기도 했다. 아마도 오빠가 그런 분위기에 서서히 빠져 들어갔다고 하영은 생각하고 또 생각한다. 그래도 다행인 점은 그녀의 말처럼 자신이 두 아이가 있는 엄마라는 걸 강조하는 것 보아서는 엉뚱한 짓을 할 그럴 여자로는 보이지 않았다는 것. 그런데도 하영의 마음은 여전히 불안하고 초조하기만 하다. 사실 자신을 바라보는 그녀의 눈빛이 예사롭지가 않아서였다. 금방이라도 위기를 몰고 올 것 같은 그 커다란 눈 속에 그 미묘한 떨림. 마치 거대한 폭풍을 몰고 올 것만 같은 위험함이 도사리고 있었다. 물론 그래봤자 그녀는 가정이 있는 유부녀가 아니던가. 하영은 빗물에 섞여 흘러내리는 눈물을 손등으로 훔쳐내며 쓸쓸하게 웃는다. 자신의 알 수 없는 미래의 운명이 마치 저 어둠 속과 같았다. 하영은 의자에서 일어나 저만치 불이 환하게 켜져 있는 민기의 아파트를 향해 천천히 걸어간다.

10장 모퉁이 돌아서면 보이는 것들

　희수는 보도블록을 따라 계속 걸어간다. 한참동안 걷다보니 저만치 산부인과라고 쓰인 간판이 눈에 띄자 희수는 야간 겁먹은 표정으로 잠시 그 자리에 우두커니 서서 우물쭈물하다가 다시 마음을 다잡고는 바삐 병원 쪽을 향해 종종걸음을 친다. 사실 어젯밤에 여자가 아파트에 다녀간 후로 통 잠을 이룰 수 없었다. 그래서 밤늦은 시각까지 텔레비전을 켜놓고 그 화면에만 집중했다. 하지만 머릿속에선 민기를 만나게 되면 그 문제를 어떻게 말을 해야 할지를 놓고 심각한 고민에 빠져 있었다. 그런 일이 없었다면 마음이 이렇게까지 낙심될 것도 없었다. 그녀는 땅이 꺼질 듯한 한숨을 내쉬며 그 생각을 머릿속에서 지워버리려고 애를 썼다. 때마침 TV에선 의학박사가 부인병 암에 관한 이런저런 이야기를 시청자들에게 들려주고 있었다. 무심결에 그 얘기를 듣게 돼서인지 이래저래 마음이 심란해진 희수는 친정엄마의 아랫배를 떠올리며 혹시 하는 마음에 화면에서 지시하는 대로 자신도 거실 바닥에 반듯하게 누워 무심코 아랫배를 손바닥으로 샅샅이 만져봤다. 순간 손끝에 뭔가 만져지는 촉감이 느껴졌다. 오른쪽 아랫배에 딱딱한 감촉 같은 게 있었다. 그녀는 그만 화들짝 놀라고 말았다. 순식간에 불길한 예감에 휩싸인 희수는 조금 전 그 여자에 대한 잡다한 생각은 깡그리 머릿속에서 지워졌다. 다시금 몇 번이나 자신의 아랫배를 만져봤다. 그곳엔 여전히 뭔가가 있었다. 아, 이게 대체 뭐란 말인가. 순식간에 새파랗게 얼굴이 질린 희수는 온몸을 벌벌 떨었다. 혹시 자궁에 암 덩어리가 들어있는 건 아닐까. 어떻게 그 덩어리가 손끝으로 만져지는 것일까. 혹시 자신이 다른 장기를 만진 것은 아닐까. 그 순간 그녀의 뇌리에서 친정엄마의 말이 되살아났다. 이건 암이 아니야. 이게 암이었으면 난 벌써 무슨 사단이 나도 난 게야. 그러니까 이건 물혹인데 아주 오랫동안 내 뱃속에서 이리저리 굴러다녔어. 엄마는 가끔 딸의 아파트서 하룻밤을 묵고 가시곤 하였다. 그럴 때면 희수는 장난삼아 엄마의 불룩 튀어나온 아랫배를 깔깔거리며 만져보곤 했다. 그때마다 주먹 크기만 한 뭔가가 엄마의 뱃속에서 이리저리 움직이는 게 손끝에 느껴졌다. 그녀의 두 눈이 휘둥그레졌다. 그녀는 자리에서 벌떡 일어나 엄마한테 어서 빨리 병원에 가보자고 다그쳤다. 하지만 엄마는 빙그레 웃으시며 괜찮다고 했다. 혹은 엄마의 뱃속에서 함께 오래 살아왔다고 아무 걱정 하지 말라고. 엄마는 그것에 관해 정밀검사를 받아본 적도 없었다. 결국 엄마는 암이 아닌 다른 병으로 세상을 떠났지만 그때 기억은 아직도 머릿속에 생생히 남아 있었다. 그랬다. 엄마는 당신의 운명에 따라 자연사를 원한다고 했다. 그래서 당신이 간절히 원해서 병원에서 퇴원한 후 집에서 도우미의 손길을 받으며 육 개월을 더 지내시다가 결국 숨을 거두었다. 희수는 자신의 아랫배에 들어 있는 이물질도 어쩌면 엄마의 그것처럼 느껴졌다. 엄마의 유전자가 자신의 몸에 남아 있는 것처럼 말이다. 그러니 미리부터 겁을 집어먹고 두려움에 벌벌 떨 필요는 없다고 그녀는 스스로에게 위로했다. 왜냐면 자신도 엄마처럼 그 어떤 통증이라곤 전혀 느껴보지 못했으니까. 물론 어쩌다가 부부관계를 하고나면 은밀한 그곳에 얼얼한 통증을 느끼곤 하였다. 그렇다고 그것으로 인해 군이 병원에 갈 필요까지는 없다고 그녀는 생각했다. 그래서 아이를 출산한 후 여태 자궁암 검사를 제대로 받아보지도 않았다. 하지만 손끝에 잡히는 이물질이 느껴지는데도 엄마처럼 그렇게 무심하게 가만있을 수만도 없었다. 의사의 확실한 진단이 무엇보다도 필요했다. 언제까지나 불안한 마음으로 살아갈 순 없기 때문이었다. 그러한 걱정으로 밤을 하얗게 지새운 희수는 날이 밝자 병원 문을 여는 시간만을 불안한 마음으로 기다리다가 마침내 그 시간에 맞춰 서둘러 병원으로 향했다. 그런데 막상 병원 앞에 도착해 보니 마음이 마냥 두렵고 무서워진다. 그녀는 손을 꼭 그러쥔 채 병원으로 들어가 접수를 하곤 대기자 의자에 앉아 자신의 이름을 호명하기를 기다리고 있다. 그녀의 온몸이 심하게 떨리고 있다. 희수는 연신 속으로 중얼거린다. 그래, 별 거 아닐 거야. 나도 엄마처럼 물혹일 거야. 그때 간호사가 그녀의 이름을 호명하며 진찰실로 들어오라고 손짓하자 희수의 두 다리가 후들후들 떨린다. 진찰실로 들어온 희수는 의사의 물음에 두 번의 출산경험과 한번 낙태시킨 경험을 말하면서 약간 떨리는 목소리로 복강경불임수술도 했다는 말도 덧붙이자 의사는 그 내용을 진찰차트에 적고는 의례적인 질문을 한다.

"자궁암 검사를 받으신다고요?"

"예. 그런데 선생님, 제 오른쪽 아래뱃속에 작은 주먹만한 크기의 혹 같은 게 만져져요."

그 말에 의사는 별 소리를 다 한다는 듯 싱겁게 웃으며 말한다.

"웬 농담을요. 아마도 환자분은 신경이 무척 예민한 가 봅니다."

의사가 자신의 말을 대수롭지 않게 받아넘기자 희수는 다시 심각한 표정으로 말한다.

"아니에요. 정말이라니까요! 제가 어젯밤에 여러 번 만져봤어요."

의사는 팔걸이 의자에서 일어나며 간호사에게 환자를 진찰대로 안내하라고 지시한다.

희수가 간호사의 지시에 따라 진찰대에 눕자 곧장 의사의 진찰이 시작된다.

"자, 봅시다."

잠시 후 진찰을 끝낸 의사가 매우 심각한 표정으로 재빠르게 말한다.

"빨리 손을 써야겠습니다. 아주 급해요."

의사의 그 말이 희수의 귀에는 아득히 먼 곳에서 들려오는 메아리처럼 귓전에 윙윙거린다. 그녀는 두 눈이 캄캄하고 그대로 천길만길의 낭떠러지로 몸이 굴러 떨어지는 느낌이다. 차트에 뭔가 쓰고 있는 의사의 손길이 거침없이 빨라진다. 그리고 의사는 소견서를 그녀에게 건네준다. 종합병원으로 가라는 소견서다. 희수의 심장이 덜컥 내려앉으면서 머릿속이 하얘진다. 그 어떤 생각도 떠오르질 않는다. 희수는 자신의 앞에 놓인 현실을 좀처럼 믿을 수가 없다. 아니 마치 공포의 꿈을 꾸고 있는 것처럼 느껴진다. 하룻밤 푹자고 일어나면 깨끗이 뇌리에서 사라질 꿈, 그런 꿈속을 하염없이 헤매고 있는 것이라고 느껴진다. 의사를 바라보는 눈에는 오로지 공포만을 가득 담고 있을 뿐이다. 그녀의 손끝에 닿는 건 무서운 죽음이란 공포. 희수는 흠뻑 비에 젖은 가엾은 아주 작은 새처럼 온몸을 바들바들 떨면서 간신히 입을 뗀다.

"그럼 제가 어떤 암 인가요?"

"난소암 같습니다. 보다 정확한 건 종합병원에 가서서 다시 검사를 받아 봐야하겠지만요. 그런데 환자분은 혹이 이렇게 크게 자라는 동안 왜 여태 병원에 가보지 않았나요?"

"그럼 제가 죽을 수도 있는 건가요?"

"요즘 의학이 아주 많이 발달해서 말기 암이 아니라면 대부분 치유가 가능합니다. 환자 의지에 따라 그 병의 치유도 달라지는 것이니까요."

"그렇다면 제 자궁과 난소는 어떻게 되는 거죠? 영영 여자구실을 못하게 되는 건가요?"

"꼭 그렇지는 않아요. 여성호르몬제를 복용하게 되면 부부관계에는 별 상관이 없습니다. 암튼 정확한 건 더 검사를 받아봐야 알겠지만 아마도 환자분은 자궁과 난소를 절개해야 할 겁니다. 물론 검사 결과에 따라 난소를 하나만 절개할 수도 있고요. 그건 정확한 CT촬영 검사 후 담당의사가 결정할 겁니다. 빨리 서두르세요. 암이 다른 부위로 더 확산되기 전에 빠른 시일 안에 수술을 받아야하니까요."

진찰실에서 나온 희수의 눈에 세상은 온통 암흑으로만 보일뿐이다. 희수는 넋이 빠진 사람처럼 정신이 멍해 있다. 이윽고 그녀는 복도를 따라 천천히 발을 옮긴다. 그때마다 눈앞의 모든 사물들은 지렁이처럼 꾸물꾸물 움직인다. 심한 현기증이 일자 희수는 걷던 걸음을 잠깐 멈추곤 차디찬 병원 시멘트 벽면에 두 손을 짚고는 한 참동안 꼼짝하지 않는다. 항상 남의 일처럼 여겨왔던 일이 바로 자신에게 일어난 것이다. 암, 암이었다. 그게 암 덩어리였다니. 희수의 눈앞에 아이들의 얼굴과 그토록 원망스럽고 미웠던 성진과 민기의 얼굴과 돌아가신 아버지와 엄마의 얼굴이 한꺼번에 어른거린다. 모든 꿈과 희망은 한순간에 사라지고 만 것이다. 그녀의 눈에서 굵은 눈물이 볼을 타고 흘러내린다. 초점 없이 먼 곳을 바라보는 눈빛에서 수많은 그리움들이 비어져 나온다. 그것들은 모두가 철새가 되어 하나씩 하나씩 허공 속으로 사라지고 있다. 희수는 신으로부터 저주를 받은 느낌이 들자 속으로 아우성을 쳐댄다. 왜 접니까? 왜 하필 당신은 저를 선택하셨어요? 아아, 아니야. 이건 필시 꿈일 거야. 내가 암에 걸리다니. 이럴 순 없어, 이럴 순 없단 말이야. 오오, 부처님, 오오 하느님! 이건 분명 꿈이지요? 왜 하필이면 저예요? 왜 하필이면 저냐고요? 전 좀 더 아름다운 삶을 살아보려고 발버둥을 쳤을 뿐이에요. 그게 그토록 커다란 죄인가요? 왜 당신은 제게 느닷없이 커다란 불행을 안겨 주시는 거냐고요? 이제야 막 사랑에 눈을 뜨게 되었어요. 그리고 비로소 행복을 느끼게 되었어요. 전 아직 그 사랑을 시도조차 못해봤다고요? 대체 제가 당신께 무슨 큰 죄를 지었다고 제가 감당할 수 없는 가혹한 형벌을 내리느냐고요? 희수는 그렇게 신에게 계속 항변을 하며 속으로 처절하게 울부짖는다. 얼마나 시간이 흘렀을까. 마침내 희수는 소견서를 백에 집어넣곤 거리로 나와 택시를 잡아타고는 집으로 향한다. 비틀즈의 'let it be'가 택시 안에서 흘러나오자 희수는 자신도 모르게 왈칵 눈물이 쏟아진다. 아, 이젠 어쩐란 말인가. 지금 이런 엄청난 자기의 불행을 어느 누구에게 말할 수 있단 말인가. 살 수 있는 권한도 죽을 수 있는 권한도 오로지 자신의 선택에 달려 있다고 희수는 생각한다. 그래서인지 성진과의 지난 삶이 그녀에게는 더 서럽고 원망스럽게 다가온다. 택시가 아파트 앞에 당도하자 희수는 요금을 지불하곤 곧장 아파트로 들어와 휴대폰 전원을 꺼버린다. 그러곤 침대에 반듯하게 누워 두 눈을 감는다. 그동안 숱한 죽음들을 생각하면서 살아왔던 삶이었다. 성진과 심한 말다툼을 하거나 그가 자신을 무시하거나 전혀 그 어떠한 관심조차 보이지 않을 때 문득문득 찾아왔던 죽음의 그림자들. 그때마다 희수는 어떠한 형태로 죽을까를 놓고 고민에 빠져들기도 했다. 수면제 과다복용으로 자살할까, 아니면 한밤중 거리를 마구 쏘다니다가 범죄자의 표적이 되어 칼에 맞아 죽을까, 그것도 아니면 아파트에서 떨어져 콱 한방에 죽어버릴까. 그런데 지금은 지난날의 자신의 치기어린 행동을 후회했다. 생명은 너무도 소중한 것이었다. 그런 소중한 생명을 너무 가볍게 여겼기에 지금 신은 자신에게 큰 벌을 내린 게 틀림없다고 희수는 생각했다. 희수는 이불을 뒤집어 쓴 채 오열을 터뜨리고 만다.

캐리어 가방을 끌며 서울역 대합실로 들어선 희수는 경부선 열차를 타기 위해 잠시 주위를 두리번거리며 민기를 찾는다. 하지만 민기가 보이지 않자 그녀는 불안하고 초조한 낯빛으로 그 주변을 한 바퀴 빙 둘러본다. 벌써 와 있어야 할 민기가 그 어디에도 보이지 않는다. 커다란 아픔이 그녀의 가슴을 짓누른다. 그 어떤 것도 마음에서 결정된 것이 없다. 병원에 가야할지, 아니면 그냥 이대로 절집으로 가야할지를 놓고 고민해 보았지만 도무지 그 어떤 것도 선택하기가 망설여졌기 때문이다. 이럴 때 민기라도 곁에 있으면 그다지 고통스럽지는 않을 것 같은데 어찌된 영문인지 민기조차도 보이지 않는다. 희수는 모든 사람들로부터 자신이 처참하게 버려진 느낌마저 들었다. 그래서인지 가슴이 천 갈래 만 갈래 찢어지는 듯한 아픔을 느낀다. 희수는 북적거리는 인파들 틈에서 잠시 안절부절못하며 발을 동동 구른다. 잠시 후, 열차를 타라는 안내방송이 흘러나오자 여기저기 흩어져 있던 사람들이 저마다 열차를 타기위해 개찰구 쪽으로 몰려온다. 희수는 마음이 불안하고 초조해져 심장이 바짝 죄어드는 것 같았다. 어느새 길게 줄을 섰던 사람들이 하나둘 썰물처럼 대합실을 빠져나가자 그녀는 더는 어쩔 수 없다는 듯 천천히 발걸음을 옮긴다. 그리고는 양어깨를 축 늘어뜨린 채 개찰구를 향해 걸어가면서 자꾸만 고개를 뒤로 돌리며 이런저런 생각을 더듬어본다. 혹시 민기에게 무슨 급한 일이 생겼을까. 예전에 진숙과 그 동생이 차량 접촉사고를 당해 소개팅자리에 나오지 못했듯이……. 희수는 휴대폰을 한번 확인한다. 민기의 전화나 문자의 흔적은 그 어디에도 없었다. 민기에게 전화를 할까 잠시 망설이다가 그만둔다. 민기가 약속장소에 나오지 못할 때는 필시 그만한 이유가 있기 마련이라고 희수는 생각한다. 만약 민기가 전화를 할 수 있는 상황이었다면 벌써 전화를 했을 터였다. 지금껏 아무 연락이 없는 건 그가 그럴 수밖에 없는 사정이 있기 때문일 것이다. 희수는 그렇게 스스로를 위로하며 민기의 마음을 다소나마 이해하려고 애를 쓴다. 하지만 알 수 없는 미련이 자꾸만 옷자락을 붙잡고 늘어진다. 희수는 혹시나, 하고 걷던 발걸음을 멈추고는 뒤를 바라보고 또 바라보기를 되풀이한다. 하지만 그 어디에서도 민기의 그림자는 보이지가 않았다. 희수는 버릇처럼 내뱉는 한숨을 길게 내쉬며 막 개찰구를 통과한다. 바로 그 시각 등 뒤에서 민기의 목소리가 들려온다.

"희수 씨, 잠깐만요!"

그 소리에 희수가 걸음을 멈추고 얼른 고개를 돌린다. 민기가 헐레벌떡 달려온 듯 몹시 숨 가빠하면서 희수의 손을 덥석 잡는다. 민기의 얼굴이 온통 땀으로 번들거린다. 희수는 지금 자신 앞에서 벌어지는 극적인 광경이 마치 꿈을 꾸고 있는 것처럼 느껴진다. 아, 민기가 약속을 지켜주었구나. 순간 기쁨의 눈물이 주르륵 볼을 타고 흘러내린다. 민기는 오른 팔로 그녀의 어깨를 감싸 안는다.

"갑자기 천안에서 동생이 올라왔지 뭡니까. 아무런 연락도 없이……. 내가 막 약속장소로 나가려던 참에 말입니다. 녀석은 다짜고짜 내 휴대폰을 빼앗으며 그 어디에도 나가지 말라고 하도 앙탈을 부리며 통에 한바탕 옥신각신 말다툼하고 나오느냐고 그만 휴대폰도 놓고 왔지 뭡니까. 저장된 번호만 사용하다보니 희수 씨 휴대폰번호도 모르고요. 그래서 죽기 살기로 달려왔는데 그래도 이렇게 만나게 되네요. 정말 우리의 인연이 깊기는 깊은가 봅니다. 그럼, 우리도 어서 열차 타러갑시다!"

두 사람은 마치 다정한 연인처럼 손을 꼭 잡고 걸어가 이윽고 경부선 열차에 올라탄다. 민기는 좌석 표를 확인하곤 창가 쪽에 희수를 앉히면서 그녀의 여행 가방을 챙기며 말한다.

"간단한 기차여행 아닙니까? 희수 씨 가방을 보니까 어디 멀리 떠나는 사람처럼 보여서 말입니다."

"부산에 갔다가 내친걸음에 봉정암에도 다녀올까 해서요. 아버지, 엄마 위폐가 그곳에 모셔져 있거든요. 전번부터 꼭 한번 가보고 싶었거든요."

"아, 그렇군요. 허긴 제주도로 떠나시면 돌아가신 부모님 생각이 더 많이 나시겠죠. 희수 씬 그곳에 친구도 없으니까요. 잘했어요. 제주도 내려가기 전에 이곳저곳 두루 둘러보고 가서야죠 뭐. 성진이 그 친구가 막상 사업을 시작하게 되면 희수 씨도 정신없이 바쁠

테니까요."

"……."

잠시 후 열차가 출발하자 희수는 두 눈을 감은 채 등받이에 등을 기댄다. 그러자 민기가 의아한 듯 고개를 갸웃거리며 말한다.

"저기 창밖 풍경 안 봐요? 기차여행 하고 싶다면서요? 세상 밖에 펼쳐진 풍경을 실컷 보고 싶다고 그랬잖습니까?"

"그랬지요. 하지만 지금 민기 씨가 제 곁에 있는 것만으로도 제게는 좋은 여행을 즐기고 있는 거예요. 세상 그 어떤 사물을 구경하는 것보다 진실로 마음을 알아주는 딱 한 사람만 있어도 세상은 아름답게 보이는 법이니까요. 그러니까 지금 민기 씨는 제게 최고의 선물을 해준 셈이지요."

"제가 희수 씨에게 그런 존재였습니까?"

"물론이죠."

"설마 했는데 진짜로군요. 사실 전 희수 씨한테 그다지 해드린 게 없는데……. 저도 희수 씨처럼 그동안 내 마음을 알아주는 사람을 많이 기다리며 그리워했습니다. 그런데 찾았지 뭡니까."

"그게 누군데요?"

"바로 희수 씨요. 그런 면에서 우린 뭔가 통하는 구석이 있다니까요, 하하하!"

"전번에 민기 씨가 이루어질 수 없는 사랑에 대해 제게 말한 적이 있죠? 그 상대가 혹시 동생분인 그 아가씨 아닌가요?"

"그건 왜 갑자기 물으십니까?"

"궁금해서요. 민기 씨 얼굴을 볼 때마다 뭔가 사연이 많은 사람처럼 보였는데…… 그런 말이 있잖아요. 외로운 사람은 외로운 사람을 알아본다고. 제 눈엔 민기 씨가 그렇게 보였거든요. 이제 민기 씨 속을 시원하게 제게 털어놔보세요. 전 이미 다 털어놨는데 괜히 저 혼자 밑지는 것 같잖아요. 그건 너무 불공평한 일이고요. 진정으로 민기 씨가 절 친구로 생각하신다면 어서 고백해 봐요."

희수의 말에 민기는 잠시 담배를 태우고 오겠다며 자리에서 일어난다. 희수는 그제야 열차 밖의 풍경을 바라본다. 어느새 열차는 서울 도심을 빠져나와 쏜살같이 낯선 농촌의 풍경 속으로 내달리고 있다. 희수는 다시 침울해진다. 병원에서 소견서를 받고 난 후 줄곧 자신의 인생에 대해 며칠 동안 신중히 고민을 했다. 의사의 말대로 종합병원으로 가 입원해서 순리대로 검사를 받고 그 결과에 따라 수술을 하고 또 필요하면 방사선이나 항암치료를 받으면서 투병을 해야 할 것인가, 아니면 공기 좋고 물 좋은 곳으로 찾아가 자연치유를 통해 삶을 연명하면서 엄마처럼 주어진 운명에 순응할 것인가. 그 문제를 놓고 골똘히 생각해봤는데도 그 어느 것도 결정할 수 없었다. 그러다가 희수는 그런 생각들을 과감하게 머릿속에서 지우개로 박박 지우듯이 지워버린다. 지금 자신은 세상에서 가장 사랑하는 사람과 함께 기차여행을 하고 있지 않은가. 민기와의 아름답고 소중한 시간들을 그녀 스스로가 망치고 싶진 않았다. 희수는 바람에 흔들리는 마음을 추스르며 유리창에 비추는 또 다른 자신의 모습을 바라보며 희미하게 웃어본다. 지금은 오로지 민기만을 생각하고 싶어진 것이다. 자신에게 마지막 바람이 있다면 그건 민기의 품안에서 죽고 싶다는 거. 그럴 수만 있다면 희수는 아무런 여한 없이 그냥 행복하게 죽을 수 있을 것만 같았다. 시간이 얼마나 지났을까. 자리로 돌아온 민기의 손에는 삶은 달걀과 밀감과 호두과자가 든 봉지가 들려져 있다. 민기는 호두과자 봉지를 희수에게 건네고는 잠시 후 속내를 털어놓기 시작한다.

"솔직히 고백하자면 저 또한 제 동생을 사랑했습니다. 우리는 정말 서로를 많이 사랑했지만 현실은 그럴 수가 없었지요. 제가 만약 제 동생을 여자로 받아들이는 날엔 제 어머니에게 변고가 생길 수도 있었으니까요. 제 어머니는 충분히 그러고도 남을 분이고 또 그런 성품이라서 말입니다."

그러면서 민기는 자신의 처한 지난날의 사연을 모조리 그녀에게 고백했다. 동생이 집으로 오게 된 사연부터 아버지가 바람을 피운 사실과 유전자검사를 하게 된 그 모든 사건의 전말까지. 민기의 얘기를 전해들은 희수는 그윽한 눈길로 민기를 바라본다.

"그렇다면 저에게는 어떤 감정이었나요? 그냥 친구? 그것도 솔직히 말씀해주세요."

"처음엔 연민의 정이었습니다. 이토록 마음씨 곱고 아름다운 분이 왜 남편의 사랑을 받지 못할까 하는 호기심 말입니다. 결국 그 연민의 정이 지금은 많이 변해버리지 않았나싶습니다. 돌아서면 자꾸만 희수 씨가 그립고 보고 싶었으니까요."

"민기 씬 아직도 동생 분을 사랑하고 있잖아요. 그런 상태에서 다른 여자를 그리워해도 되는 걸까요? 사람에겐 사랑의 감정이 하나가 아닌가요?"

"사랑도 세월이 많이 흐르다보니 변하는 것 같습니다. 세상에는 영원한 아름다움이 없듯이 영원한 사랑도 없다는 것을 저도 뒤늦게 깨달았으니까요. 동생이 그걸 눈치 챘는지 요즘 들어 부쩍 절 괴롭혔죠. 휴대폰을 뺏어 걸러온 전화나 문자를 하나하나 확인하면서 말입니다. 제 마음은 심하게 흔들리더군요. 지난날 제 행동에 대해 많은 후회를 했습니다. 동생을 끝까지 책임 질 수도 없으면서도 비겁하게 그 앨 책임질 수 있다고 호언장잠을 했으니 말입니다. 그렇지만 혈육 같은 동생으로 보살펴주겠다는 그 약속만큼은 꼭 지켜주고 싶었습니다. 그런데 이젠 동생이 그걸 거부합니다. 결국은 제 각오가 오히려 그녀에게 무거운 족쇄를 채우고 만 셈이 되고 말았습니다. 그러니까 제가 아주 죽일 놈이고 나쁜 놈이죠 뭐."

"너무 자신을 자책하지 마세요. 지금이라도 늦지 않았으니까요.

민기 씨가 그렇게 사랑한 여자였다면 더는 망설이지 말고 꼭 붙잡아야 해요. 전 어차피 민기 씨한테 아무 것도 해드릴 수 없는 여자예요. 그리고 저에 대한 민기 씨의 감정은 일시적일 거고요. 저의 존재는 차차 시간이 흐르면 민기 씨의 뇌리에서 말끔히 사라지게 될 거니까요. 그냥 한때 아름다운 추억의 시간을 보냈다고만 여겨주신다면 전 그것으로 족해요. 그러니 제발 그녀를 붙잡으세요. 나중에 크게 후회하지 말고요."

"아무리 그래봐야 우리 어머니가 결코 그걸 허락하지 않을 겁니다. 제가 방금 전에도 말씀드렸지만 만약에 그렇게 되면 어머니는 당장 내 앞에서 죽을 수도 있으니까요. 전 그런 불효를 저지르고 싶진 않습니다."

"사람은 영원히 살지 않아요. 때가 되면 민기 씨의 어머니가 먼저 세상을 뜨게 되겠지요. 그때 두 분이 결혼하시면 되잖아요. 그 일에 대해선 크게 염려하지 마요. 세상에서 가장 슬픈 일은 사랑하는 사람을 잃는 일이에요. 사랑이 떠났을 때 우리는 그 떠나버린 사랑을 마냥 그리워하며 살게 되죠. 전번 민기 씨의 말처럼 그건 이루어질 수 없는 사랑이기에 말입니다. 그저 바라만 봐야 하는 사랑이니까요. 영영 추억으로만 간직해야만 하는 슬픈 사랑이니까요. 사랑이란 서로 만났을 때는 잘 모르는 법이에요. 그런데 한 쪽이 떠나 그 자리가 텅 비어 있을 때 비로소 깨닫게 되는 게 사랑이죠. 그래서 사랑은 서로가 서로를 사랑할 때 더 깊은 사랑을 해야 하는 거예요. 혹시라도 그 사랑을 의심하게 되면 나중에 더 크나큰 슬픔에 빠져들게 되니까요. 그 아가씨 마음을 더는 아프게 하지 마요. 분명 두 분에게도 반드시 그 기회가 찾아올 거라고 저는 믿으니까요."

"너무 늦은걸요?"

"……?"

"희수 씨를 알기 전에는 그 애가 내 인생의 전부라고 생각했습니다. 물론 어머니 때문에 마음이 고통스럽고 괴로웠지만요. 그래서 더 매몰차게 그 애를 저한테서 내몰았던 건지도 모릅니다. 그러다 보니 이제 그 사랑의 마음도 그 빛깔도 변해버렸습니다. 자자, 이제 그 얘기는 그만 여기서 끝냅시다. 이제부터 우린 그 어떤 것도 생각하지 말고 오직 우리만의 소중한 시간을 즐겨보는 거예요, 네?"

"혹시 '이루어질 수 없는 사랑'이란 책을 읽은 적 있으세요?"

"……."

"일본 작가가 쓴 책인데 정말 사랑이란 이루어질 수 없음을 말해주는 책이었어요. 참으로 슬픈 사랑이었지요. '이루어질 수 없는 사랑'요."

희수가 야릇한 미소를 지으며 입술을 삐죽거리자 민기는 호두과자 하나를 그녀의 입안으로 쏙 넣어주면서 말한다.

"사랑을 해본 사람만이 그 사랑이 어떤 것인지 잘 알겠지요. 굳이 활자로 보지 않더라도 말입니다."

　두 사람이 이런저런 얘기를 나누는 동안 열차는 동대구에 곧 도착한다는 안내 방송이 흘러나온다. 그때 민기는 희수의 팔을 붙잡고는 기차에서 내리자고 재촉한다. 부산까지 갈 필요가 없다고. 희수도 생각해보니 굳이 아무 연고도 없는 부산까지 갈 필요는 없었다. 처음 여행을 계획 했을 땐 부산으로 가 자갈치 시장과 국제시장, 태종대, 해운대를 두루 둘러보려고 했는데 지금으로선 그런 게 아무런 의미가 없게 된 것이다. 자신의 곁엔 오로지 민기가 있는 것만으로도 만족했기에 그녀는 민기의 뜻에 따라 서둘러 그와 함께 동대구에서 내린다.

　택시 승강장에는 많은 택시들이 정차되어 있었다. 순번을 기다리던 택시가 그들 앞에 서자 그들은 차 뒤 트렁크에 캐리어 가방을 집어넣고는 택시에 올라탄다.

　"여행을 오셨나 봅니다!"

　"아 예. 우리 집 사람이 오랜만에 여행을 하고 싶다고 해서요."

　"어디로 모실까요?"

　희수가 얼른 끼어든다.

　"특급호텔로 부탁드립니다!"

　"특별히 원하시는 호텔이라도 있으시면 그 호텔을 말씀해주세요."

　"아저씨가 괜찮다고 생각되는 호텔로 안내해주세요."

"아, 예."

민기는 고개를 옆으로 틀고 희수를 빤히 쳐다본다. 숙소는 자신이 말해야 하는데 그녀가 잽싸게 말해버리자 멋쩍었던 것이다. 민기의 그런 기분을 알아차린 희수는 그의 손을 살그머니 잡는다.

"내가 원하는 거 죄다 들어준다고 했잖아요, 전번에!"

희수가 찡끗 윙크를 하자 민기는 어이가 없다는 표정을 지으며 희수를 바라본다. 택시는 낯선 도시의 밤거리를 힘차게 내달린다. 희수는 이 낯선 도시의 화려한 불빛들을 언제까지 볼 수 있을지 생각에 잠긴다. 자신의 서글픈 운명을 붙잡고 울고불고해본들 아무 소용이 없었다. 아무리 신에게 매달려 살려달라고 애원해 봐도 그 어디에도 신의 응답을 들을 수가 없었다. 죽음이란 혼자 떠나는 고독한 이별의 여행이라는 걸 희수는 뒤늦게야 뼈저리게 깨달았다. 이제 자신에게 남은 인생을 타인을 원망하면서 살고 싶지 않았다. 그동안 내팽개쳐둔 자기만을 오로지 사랑하며 주어진 운명을 맞이하고 싶었다. 인생의 주인은 바로 자신인 것이다. 그게 그녀가 처절하게 울부짖으면서 찾아낸 스스로의 삶의 결정이었다.

택시가 호텔 앞에 정차하자 희수는 기사한테 별도의 팁을 건넨다. 미리 대기해 있던 호텔 벨 보이가 그들 곁으로 다가와 캐리어 가방을 챙기자 민기는 호텔 프런트로 가 객실을 알아보고 체크인을 한 후 룸 열쇠를 받고는 희수와 함께 엘리베이터를 타고는 칠 층

객실에서 내린다. 그들이 룸 앞에 도착하자 벌써 벨 보이는 도착해 있었다. 이번에도 희수가 벨 보이에게 후한 팁을 건네자 민기가 크게 당황한 표정으로 그녀를 말끄러미 바라본다. 희수는 활짝 웃으며 말한다.

"여행할 때는 돈을 좀 쓰는 거예요, 안 그래요?"

"이제 사모님 된다고 아주 노골적으로 돈을 펑펑 쓰십니다."

"그럼 앞으로도 계속 제가 그렇게 써볼게요, 호호호……."

"희수 씨 오늘 참 이상해요. 원래 그런 사람이 아니잖습니까. 알뜰하고 살림 잘하고 애들 잘 보살피고 그러지 않았습니까?"

"그러니까 민기 씨는 여태 저의 껍데기만 알고 있다는 거죠. 저 원래 그런 여자가 아니거든요. 그러니 일찌감치 저의 대한 감정을 접으세요, 네?"

희수가 장난 끼 섞인 표정을 짓자 민기는 헛헛하게 웃으며 키 카드를 룸 손잡이에 갖다 댄다. 묵직한 룸 문이 열리자 두 사람은 자연스럽게 안으로 들어간다. 그러고는 약간 서먹하면서도 흥분된 표정으로 서로의 얼굴을 마주 보다가 희수가 먼저 민기를 와락 껴안는다. 그러자 민기는 자신의 품으로 깊이깊이 파고드는 희수를 끌어안고 그 입술을 빨아대면서 거친 숨을 헉헉 몰아쉰다. 두 사람은 한참 동안 서로에 대한 사랑에 목마른 사람처럼 그렇게 부둥켜안고 키스를 하다가 이윽고 민기가 희수를 잡아끌고 침대 위에 쓰러뜨린다. 민기의 손이 가늘게 떨며 희수의 옷을 하나씩 벗겨내자 희수는 두 눈을 꼭 감은 채 몸을 송두리째 민기에게 맡겨버린다. 순간 민기는 동작을 멈추고는 마치 숫총각처럼 선뜻 그녀를 갖지 못하고 망설이고 있다. 희수가 그런 민기를 힘껏 껴안고는 자신의 입김을 그의 입술을 덮으며 애무하기 시작한다. 금세 민기의 몸이 불덩이처럼 달아오르자 희수는 그의 몸 구석구석을 탐닉한다. 희수의 혀와 입김이 살갗을 스칠 때마다 민기의 입에서는 이루 형언할 수 없는 흥분의 신음소리가 절로 터져 나온다. 혼자 자위를 할 때와는 전혀 다른 색다른 쾌감을 비로소 그녀를 통해 경험해보고 있는 것이다. 이번에는 민기가 희수의 몸 구석구석을 방금 전 그녀가 한 것처럼 혓바닥으로 샅샅이 애무한다. 희수는 남편과의 정사에서 단 한 번도 느껴보지 못한 쾌감을 느끼며 마침내 아악, 비명을 질러댄다. 금방이라도 가슴이 터져버릴 것만 같았다. 언젠가 영화에서 보았던 장면처럼 자신도 마약에 취해 온몸이 갈기갈기 찢겨지는 쾌감의 공상을 하면서 희수는 그의 손 안에서 간절히 죽고 싶어진다. 그럴 수만 있다면 죽음 따윈 전혀 두렵지가 않을 것만 같았다. 마침내 민기의 페니스가 희수의 은밀한 그곳으로 깊숙이 들어오자 희수는 더 깊은 쾌감에 몸을 빠르게 흔들어댄다. 이윽고 오르가슴에 도달하는 희수의 입에서 황홀감에 젖어드는 소리가 흘러나온다.

"아아, 사랑해요, 당신을 정말 사랑해요!"

"저도 희수 씨를 너무 사랑해요!"

그렇게 한바탕 거친 회오리가 몰아친 후에도 그들은 서로의 몸에서 좀처럼 떨어지려고 하지 않았다. 한참 후에야 민기가 품안에서 희수를 풀어준다. 민기의 품에서 빠져나온 희수는 그 어떠한 죄책감도 느끼지 않았다. 오히려 커다란 정신적 육체적 사랑의 기쁨을 뒤늦게라도 그를 통해 깨닫게 됨을 감사하게 여기고 있다. 자신이 그토록 사모하고 그리워하던 민기와의 사랑의 행위는 그녀가 지상에서 받은 마지막 선물이기 때문이다. 설령 그로 인해 가슴팍에 주홍글씨가 박힌다고 해도 희수는 결코 지금의 행위를 후회하지 않을 것이다. 그녀의 눈에서 왈칵 눈물이 쏟아진다. 민기는 소리 없이 울고 있는 희수의 축축한 눈물을 닦아주면서 속삭인다.

"이젠 울지 말아요. 지금부터는 당신 곁에 제가 있으니까요. 그러니 아무런 걱정도 하지 마십시오. 앞으로 제가 당신을 지켜줄 겁니다."

민기는 다시금 자신의 입술을 그녀 입술 위로 가만히 포갠다. 그런 다음 침대에서 몸을 일으키곤 먼저 욕실로 들어가 욕조에 물을 받아두곤 희수를 부른다. 희수가 발가벗은 채 욕실로 들어서자 민기는 그녀의 손을 잡아끌고는 욕조 안에 앉히곤 머리를 감겨주고 온몸 구석구석을 정성스럽게 닦아주면서 마치 어린아이 다루듯 아주 조심스럽게 씻겨준다. 희수는 민기가 하는 대로 가만히 내버려둔다. 두 사람은 다시금 욕실 안에서 또 한 번의 뜨거운 정사를 치른다. 한바탕 거친 폭풍우가 지나가자 희수는 흐르는 샤워기 물에 얼굴을 바짝 들이댄다. 희수의 눈물이 물줄기와 함께 하염없이 흘러내리고 또 흘러내린다.

민기는 심한 갈증을 느꼈는지 룸 냉장고 안에서 캔 맥주 두 개를 꺼내 하나를 희수에게 건네곤 자신의 손에 있는 걸 단숨에 벌컥벌컥 마셔댄다. 희수가 맥주를 마시지 않겠다고 도로 냉장고 안에 집어넣자 민기는 그것도 마저 단숨에 비워버리곤 침대로 가 드러눕는다. 희수가 그 곁에 가만히 눕자 민기는 희수의 손을 꼭 잡은 채이내 깊은 잠에 곯아떨어진다. 그제야 희수는 살그머니 일어나 주섬주섬 흩어진 옷가지를 챙겨 입곤 가방 안에 미리 써놓은 편지를 꺼내 룸 탁자에 펼쳐놓는다. 그러고는 혹시라도 민기가 깰세라 조심스럽게 가방을 챙겨들곤 까치발로 룸을 빠져나와 엘리베이터로 향한다.

사람이 세상을 살아가는 이유가 대체 뭘까요. 간혹 그런 생각을 하게 되면 전 자꾸만 제 삶이 슬퍼지곤 했습니다. 그럴 때마다 정신은 피폐했고 육체는 앙상한 나뭇가지처럼 말라갔으며 내 안의 모든 세포는 서서히 죽어가고 있었지요. 타인을 만나 한

지붕 밑에서 부부라는 이름으로 살아간다는 건 때로는 서로에게 피를 말리는 처참한 고통이었으니까요. 돌아서면 언제나 혼자였고 외로웠으며 고독했기에 밤마다 불면증에 시달려야만 했어요. 저에게 희망이라곤 전혀 없는 어둠의 세상이었으니까요. 그러다가 당신을 만나게 되었습니다. 당신은 처음으로 나의 잃어버린 이름을 불러주었지요. 그 따뜻한 관심에 서서히 내 안에서 깊은 겨울잠을 자고 있던 나의 정체성이 고개를 들게 되었어요. 당신으로 인해 새롭게 태어난 게지요. 식물이 오랜 가뭄에 시들어 말라 죽어가듯이 저 또한 그랬으니까요. 그런 제게 당신은 사랑의 물을 뿌려주었던 겁니다. 당신이 이 세상에 존재한다는 그 자체만으로도 저는 참으로 행복했습니다. 물론 타인들이 손가락질을 하겠지요. 하지만 저는 그런 비난이 전혀 두렵지가 않았어요. 죽음보다 더 깊은 어둠의 공간에서 희망의 빛을 비춰 준 사람은 바로 당신이었으니까요. 당신이 제게 손을 내밀어 주었기에 그토록 얼음처럼 차디찼던 제 가슴은 뒤늦게 온기를 되찾을 수 있게 되었으니까요. 이제 제 가슴에 당신의 커다란 사랑을 담을 수 있게 되었습니다. 그래서 아무 미련 없이 떠날 수도 있게 되었지요. 당신이 제게 선물한 소중한 추억 하나만으로도 전 남은 생을 당신께 감사하며 살아 갈 수 있게 되었으니까요. 그러니 부디 절 미워하거나 원망하시지 말고 너그러운 마음으로 용서해주세요. 전 거부할 수 없는 제 운명의 길을 찾아 떠나가는 것이니까요. 그동안 마음으로만 갈망하던 비상. 당신은 제게 그 날개를 달아주었지요. 비로소 이제 철새가 되어 저 허공을 훨훨 날아갈 수 있게 되었어요. 당신은 세상에서 단 하나뿐인 가장 소중한 마음의 보석을 제게 선물했으니까요. 감사했습니다. 그럼 내내 건강하세요.

그 여자의 방

초판 1쇄 인쇄일	2016년 9월 29일
초판 1쇄 발행일	2016년 9월 30일

지은이	이을순
펴낸이	정진이
편집장	김효은
편집 / 디자인	박재원 우정민 김진솔 백지윤
마케팅	정찬용 정구형
영업관리	한선희 이선건 최인호 최소영
책임편집	김진솔
인쇄처	국학인쇄사
펴낸곳	국학자료원 새미(주)
	등록일 2005 03 15 제251002005000008호
	서울시 강동구 성내동 447-11 현영빌딩 2층
	Tel 442-4623 Fax 6499-3082
	www.kookhak.co.kr
	kookhak2001@hanmail.net

ISBN	979-11-87488-20-0 *03800
가격	14,000원